HOF DER RABEN UND DES UNTERGANGS

KÖNIGIN DER SCHATTEN

ELIZA RAINE

ELIZA RAINE

HOF DER RABEN UND DES UNTERGANGS

KÖNIGIN DER SCHATTEN

BRÄUTE DES NEBELS UND DER FAE

Für alle, die niemals aufgeben.
Bei Odin, du schaffst das.

GLOSSAR UND AUSSPRACHE

Viele Namen und Bezeichnungen sind von Altnordisch abgeleitet. Obwohl die Liste nicht vollständig ist, habe ich versucht, die Namen aufzuführen, bei denen die Aussprache unklar sein könnte.

Die Welt

Yggdrasil (Iggdrassil) - Der Baum des Lebens, gängiger Name für die Welt der fünf Höfe

Valdstab (Wald-Stab) - Stab, der den Fae magische Kräfte verleiht

Runenträger – Menschen mit Runentätowierungen, welche zu einem der fünf Höfe passen, die in der Lage sind, Wald-Stäbe zu erschaffen

Goldgeber – Runenträger des Goldhofes

Feuerschmied – Runenträger des Feuerhofes

Schattenspinner – Runenträger des Schattenhofes

Wasserweber – Runenträger des Wasserhofes

Holzbauer – Runenträger des Erdhofes

Yggdrasils Sprache

Veslingr (Wesslinger) – Ein nerviger Feigling

Walhalla (Walhalla) – Der Himmel

Thrall (Trall) – Sklave

Heimskr (Heimsker) – Dumm

Namen

Reyna (Reinah)

Frima (Frima)

Svangrior (Svann-Grior)

Brynja (Brinnjah)

Rangvald (Rangwald)

YGGDRASIL
THE ICE COURT
THE EARTH COURT
THE FIRE COURT
THE GOLD COURT
THE SHADOW COURT

KAPITEL 1

»Habt ihr sie gefunden?« Mein Herz pochte hart in meiner Brust, als ich den Krieger vor mir anblickte.

Die Schreie hinter ihm übertönten seine erste Antwort. Ein Hungernder stolperte auf den Krieger zu, und obwohl ich wusste, wie stark er war, zuckte er zusammen. Der Kreatur fehlte ein Arm und die Hälfte ihres Bauchs, und der Rest ihres zusammengenähten Körpers bestand aus unterschiedlichen Hauttönen. Ihr weit aufgerissenes Maul war blutverschmiert, und ihre glasigen, leblosen Augen richteten sich auf die mächtige Axt des Kriegers.

Schatten umspielten meinen Stab, dann wirbelten sie auf die untote Kreatur zu und absorbierten sie vollständig. Ihr überirdischer Schrei verhallte.

»Habt ihr sie gefunden?«, wiederholte ich mit fester Stimme.

»Ich glaube, das haben wir, mein Prinz.«

»Wir segeln noch heute Abend. Jeder, der ihr ein Haar krümmt, wird sterben.«

KAPITEL 2

»Du hast geschummelt.« Als er diese Worte grunzte, streckte der große, nach Bier stinkende Mann vor mir eine Hand aus. Seine schmutzigen Finger hingen über meiner schwarzen Spielfigur in der Luft.

Seine Augen bewegten sich nach oben, um mich anzusehen. Sie waren gerötet und glänzten von all dem Bier, Met und Wein, den er getrunken hatte.

»Geschummelt? Du bist ein schlechter Verlierer, Skegin«, sagte ich und schlug seine Hand weg.

»Und du bist eine Missgeburt«, antwortete er mit einem Blick auf mein Haar. Früher hätten mich seine Worte verletzt, doch jetzt ließen sie mich meine Haltung straffen. Ein Lächeln umspielte meine Lippen. Ich hob die Hände und strich mir durch mein langes, kupferfarbenes Haar.

»Lieber eine Missgeburt als ein Verlierer«, sagte ich schmunzelnd.

Tatsächlich hätte er mich fast geschlagen. Trotz seines Gestanks und seiner ungepflegten Erscheinung war er einer der besseren Spieler in *Upper Krossa*, der Stadt, die dem Palast des Goldhofs am nächsten lag. Aber er war betrunken, und ich war mir sicher, dass Odin dies zu meinem Vorteil nutzen würde.

Seine Augen verdunkelten sich bei meiner spöttischen Bemerkung. »Wenn ich solches Haar hätte, würde ich es abschneiden«, knurrte er.

Sein eigenes Haar war ein wildes Durcheinander – und vom gleichen Braunton wie das Haar aller Bewohner *Yggdrasils*. Ich hatte noch nie einen anderen Menschen mit meiner Haarfarbe gesehen.

»Wie würde ich dann all die Zöpfe zur Schau stellen, die ich mir verdienen werde?«

Er schnaubte bei meiner Antwort. »Du wirst dir nie irgendwelche Zöpfe verdienen. Zöpfe muss man sich erkämpfen.« Er schlug sich mit der Hand gegen die Brust, wodurch das Bier in seinem Krug überschwappte und seine bereits fleckigen Felle durchnässte. Die wenigen Männer in der Bierstube, die sich um uns versammelt hatten, schlugen sich ebenfalls gegen die Brust, jubelten und tranken dann aus ihren eigenen Krügen.

Ich *konnte* kämpfen, aber das würde ich ihm nicht sagen. Außerdem musste man von seinem Clan geehrt werden, um sich Zöpfe zu verdienen. Ich hatte keinen Clan.

Ich war Eigentum des Palasts.

»Es gibt andere Wege, um sich Zöpfe zu verdienen«,

sagte ich. Ich musste dafür sorgen, dass er weiterredete, denn das würde ihn ablenken. Wenn er merkte, wie leicht er mich besiegen könnte, würde ich Schwierigkeiten bekommen. Ich hatte mehr auf dieses Spiel gesetzt, als ich mir leisten konnte.

Dieses Mal wanderte sein Blick zu der glänzenden, goldenen Rune, die in die Haut meines Handgelenks eingraviert war. »Du bist ein Sklave, genau wie ich.« Sein Ton war harscher geworden, das freundliche Sticheln verschwand. »Die Rune macht dich nicht zu etwas Besserem als der Rest von uns.«

Das stimmte. Die goldene Rune an meinem Handgelenk machte mich nicht zu etwas Besserem, aber in den Augen unserer Fae-Meister machte sie mich wertvoller. Ich nickte langsam. »Darin bin ich allerdings besser als du.« Ich deutete beiläufig auf das Spiel. »Wie wäre es mit einer neuen Wette? Ich werde mir einen Zopf verdienen, bevor du es tust.« Er lachte laut und nahm einen Schluck aus seinem Krug.

»Du wirst die nie einen Zopf verdienen.«

»Dann nimm die Wette an.« Ein Hauch von Zweifel huschte über sein Gesicht, und das war alles, was ich brauchte. »Nein?« Ich beugte mich vor und versuchte, den stechenden Geruch von Vieh und Bier zu ignorieren. »Hast du Angst, dass ich gewinnen werde, Skegin?«

Der Ausdruck von Zweifel verwandelte sich in Wut, und ich wusste, dass ich es geschafft hatte. Der wacklige Stuhl fiel klappernd zu Boden, als er wankend auf die Füße kam. »Du hilfst den Fae, du kupferhaarige Hexe! Du denkst, du könntest einfach so aus dem Palast kommen und uns Krieger wie den letzten Dreck behandeln! Du bist kein Deut besser als sie«, zischte er.

Ich setzte ein steinernes Gesicht auf, fest entschlossen, jegliche Gefühlsregung zu unterdrücken.

Aber er hat recht, rief mir mein Gewissen zu. *Ich habe es den gierigen, grausamen und brutalen Fae des Goldhofs ermöglicht, meine gesamte Rasse zu versklaven.*

Ich blieb auf meinem Stuhl sitzen und zuckte lässig mit den Schultern. »Du bist zu dumm, um dieses Spiel zu gewinnen, und zu feige, um meine Wette anzunehmen.« Mein Puls beschleunigte sich, denn ich wusste, welche Antwort ich erhalten würde. »Ehrlich gesagt sind die meisten Kinder schlauer als du. Der Dreck an meinem Stiefel könnte es mit dir aufnehmen. Bist du ein *Veslingr?*« Wut verdunkelte sein Gesicht, als ich diese uralte Beleidigung aussprach.

Im Gegensatz zu den gierigen Fae ehrten die Menschen des Goldhofs noch immer die Tugenden, die Odin ihnen vor Jahrhunderten offenbart hatte: Tapferkeit, Weisheit und Ehre. Der sicherste Weg, einen Menschen des Goldhofs aufzustacheln, war, ihn dumm und feige zu nennen.

Er trat mit dem Fuß aus und schleuderte das Spielbrett in Richtung Nebentisch.

Ein Gefühl des Triumphs durchströmte mich. »Diese Runde geht auf mich«, sagte ich und stand schnell auf. Ich duckte mich hastig unter seiner zuschlagenden Faust hinweg, die auf mich zukam. Er war fast einen Fuß größer als ich und hatte schlecht gezielt, also war es mir ein Leichtes, ihm auszuweichen.

Er stieß ein gurgelndes Brüllen aus und versuchte, etwas aus seinem Ledergürtel zu ziehen, aber sein dicker Pelz blockierte seine ungeschickten Finger.

Ich ging das Risiko ein, ihm den Rücken zuzukehren, drehte mich um und blickte den Buchmacher an, der hinter uns am Tisch saß. Ich streckte die Hand aus.

»Meinen Gewinn, bitte.«

Der junge Mann warf mir einen wissenden Blick zu. »Gut gemacht, Reyna«, sagte er. »Anfangs sah es nicht so gut für dich aus.« Er wusste genau, was ich getan hatte. Ich grinste ihn an, und er reichte mir einen kleinen Beutel mit klirrenden Münzen, gerade, als Skegin einen weiteren Schrei ausstieß. Ich fuhr gerade noch rechtzeitig herum, um zu sehen, dass er eine kleine Axt hervorgezogen hatte und damit auf meinen Kopf zielte.

Ich winkte ihm zu, lächelte kurz und rannte dann davon.

Zu fliehen war vielleicht nicht mutig, aber in diesem Moment war es definitiv klug.

Ich hatte keinen Schild und trug Kleidung aus Baumwolle und Leder – ich war nicht in der Lage, mich zu verteidigen. Außerdem hatte ich das Geld, wofür ich den Palast verlassen hatte.

Rasch schlängelte ich mich zwischen weiteren, lärmenden Gästen hindurch und lief durch die Türen der Bierstube nach draußen. Ohne auch nur eine Sekunde innezuhalten, sprintete ich den goldenen Kopfsteinpflasterweg zum Palast hinauf.

Ich wusste, dass er mir nicht folgen würde. Er war zu betrunken und würde schon bald jemanden finden, mit dem er sich prügeln konnte. Das war die *Yggdrasil*-Lebensweise. Trinken. Kämpfen. Ficken. Und dann noch einmal.

Zumindest war es in den Städten der Menschen so. Auch die Fae tranken, kämpften und fickten, aber sie taten es auf eine ganz andere Weise.

Ich funkelte den glitzernden Palast an, während ich darauf zulief. Die Fae hatten ihr Zuhause auf dem zentralen Berggipfel des Landes erbaut, sodass es die umliegenden Dörfer und Städte überragte.

Mehr als zwanzig Türme aus reinem Gold ragten majestätisch aus den wunderschönen, abgestuften Innenhöfen auf, verbunden durch glänzende Treppen, die mit vergoldeten Verzierungen versehen waren. Überall gab es prächtige Buntglasfenster, die das herrliche, goldene Licht des Goldhofs reflektierten.

Es hätte atemberaubend sein sollen.

Nicht für mich.

Es war das schönste Gefängnis, das man sich vorstellen konnte, eine glänzende Schlinge um meinen Hals, die langsam das Leben aus mir herauswürgte.

Die Wachen vor den Toren des Palasts machten sich nicht die Mühe, mich aufzuhalten, als ich vorbeirannte. Mein kupferfarbenes Haar verriet, wer ich war, und die regelmäßigen Bestechungsgelder hatten zur Folge, dass sie mich meistens vorbeiließen.

Ich verspürte Hoffnung. Das Geld in meinem neuen Beutel würde es mir vielleicht endlich ermöglichen, den Goldhof zu verlassen.

Vielleicht war es genug, um mir meine Freiheit zu erkaufen.

Die gleichen, nagenden Zweifel, die ich immer hatte, schlichen sich in Form von Karas Stimme in meinen Kopf. *»Du kannst den Goldhof nicht verlassen, Reyna! Du bist eine Runenträgerin – jeder andere Hof wird versuchen, dich zu töten!«*

Aber wenn man sein ganzes Leben lang von gierigen, bösartigen Fae gedemütigt, benutzt und geschlagen worden war, verlor die Aussicht auf den Tod etwas von ihrer Trostlosigkeit.

Nicht, dass ich sterben wollte, ganz und gar nicht.

Aber die Gefahren jenseits des Hofes hatten sich im Laufe der letzten Jahre verändert. Dinge, die mich zuvor erschreckt und hörig gemacht hatten, waren nicht mehr in der Lage, mir Angst einzuflößen. Der Goldhof bot mir Schutz, aber um welchen Preis?

Die Geschichten über den Schattenhof ließen mich immer noch schaudern, aber ich war mir sicher, dass ich einen Platz in einem der anderen drei Höfe finden und frei sein könnte.

Meine Füße trugen mich über die glänzenden Kacheln der riesigen Treppen, die in die abgestuften Gärten gehauen worden waren, bis ich die Ebene erreichte, auf der einige der niederen Fae-Höflinge und die Goldwerkstatt untergebracht waren. Die goldenen Turmspitzen ragten weit über mir in den Himmel und schimmerten wie Katzenaugen. Jeder Schritt brachte Lichtstrahlen hervor, die voneinander abprallten. Ich schirmte meine Augen ab und warf einen wütenden Blick auf die Haupttore des Palastes zwei Ebenen höher, dann duckte ich mich durch den Dienstboteneingang. Ich verlangsamte mein Tempo, um die glänzende Halle möglichst unauffällig zu durchqueren. Ein paar Höflinge warfen mir desinteressierte Blicke zu, als ich mich auf die versteckten Sklavenquartiere zubewegte.

Als ich die Werkstatt erreichte, in der ich lebte und arbeitete, sah mich die Wächterin stirnrunzelnd an. Sie trug blaue Kriegsbemalung auf den Wangen, und ihr braunes Haar war zu zahlreichen Zöpfen geflochten, was bedeutete, dass sie eine menschliche Kriegerin von hohem Status war. Trotzdem war sie eine Sklavin. Eine menschliche Sklavin.

»Wo bist du gewesen?« Ihre herrischen Worte machten mich wütend.

»Bei deinem Mann.«

Sie schlug mir ihren Speer vor den Bauch, noch ehe ich reagieren konnte.

»Du bist eine erbärmliche Missgeburt«, zischte sie mir zu.

»Ach so? Laut deines Mannes immer noch besser im Bett als du«, antwortete ich und versuchte, trotz der Schmerzen in meinem Bauch aufrecht stehenzubleiben.

Basierend auf den spärlichen und nicht sonderlich positiven Erfahrungen, die ich in diesem Bereich gemacht hatte, war ich wahrscheinlich nicht besser im Bett als irgendjemand anderes. Ich würde auch nie mit dem Ehemann einer anderen Frau schlafen, aber das konnte sie natürlich nicht wissen.

Sie trat auf mich zu, ein böses Funkeln in den Augen. »Du wirst in der großen Halle erwartet.«

Ein kalter Schauer lief mir über den Rücken, als ich von Angst gepackt wurde. »In der großen Halle?« Ich schaffte es nicht, meine Besorgnis zu verbergen, und ihr Grinsen wurde breiter.

»Ja. Heute trifft Lord Orm seine Wahl, und weißt du was? Du bist eine der wenigen, die noch übrig sind. Glückspilz.«

Mein Magen zog sich zusammen, und mein Herzschlag dröhnte in meinen Ohren.

Genau davor hatte Lhoris mich gewarnt. Mein Mentor hatte mir eingeschärft, ich solle den Kopf senken und keine Aufmerksamkeit erregen.

Aber wie es aussah, war es mir nicht gelungen.

In *Yggdrasil* gab es eine Reihe von Schicksalen, die schlimmer waren als der Tod.

Aber ein unsterbliches Leben als Konkubine, die an den grausamsten Herrn des Goldhofs gebunden war? Abgesehen von der Vorstellung, von *Hungernden* auseinandergerissen und gefressen zu werden, konnte ich mir nichts Schlimmeres vorstellen.

KAPITEL 3

Ich atmete langsam und unauffällig aus, schloss die Augen und zählte bis zehn.

Vielleicht wählt er nicht mich aus. Vielleicht wählt er nicht mich aus.

Wir waren zu fünft und standen in einer Reihe entlang des zentralen Teppichs, der auf die goldenen Throne am Ende der großen Halle zuführte, umgeben von gewölbten, vergoldeten Fenstern.

Ich warf einen Blick auf die vier anderen Mädchen, die mit mir auf dem Teppich standen. Zwei waren viel jünger als ich und wirklich hübsch. Die Frau neben mir war deutlich älter, trotzdem aber wunderschön. Die letzte war in meinem Alter und von Kopf bis Fuß mit blauer Kriegsbemalung und Pelzen bedeckt, wobei jedes bisschen entblößte Haut mit weißen Narben überzogen war. Sie bemerkte meinen Blick, zeigte mir ihre Zähne und spuckte dann auf den herrlichen, goldenen Teppich zu unseren Füßen.

Beinahe hätten sich meine Lippen zu einem trotzigen Lächeln verzogen, aber ich beherrschte mich im letzten Moment. Es gab einen lauten Knall, und ihr Gesicht verzerrte sich vor Schmerz. Der Sklavenmeister hinter ihr hatte seine Peitsche gehoben.

»Eines Tages werde ich dich zum Schreien bringen«, zischte er.

Sie presste die Lippen zusammen, als eines der jüngeren Mädchen nervös wimmerte und zu ihrem eigenen Sklavenmeister blickte. Der breitschultrige Mann hinter ihr grinste sie vielsagend an, rührte sich aber nicht.

Wir alle waren Sklaven. Menschliche Sklaven der Fae des Goldhofs. Und wir fünf hatten etwas, das einer der mächtigsten und damit wohlhabendsten Lords des Hofes haben wollte. Ich betrachtete die Handgelenke der anderen Mädchen, um das zu bestätigen, was ich bereits gewusst hatte.

Keine von ihnen trug eine Rune, was bedeutete, dass keine von ihnen so wertvoll war wie ich.

Die Fae *Yggdrasils* konnten ihre abscheuliche Magie nur mithilfe von Valdstäben wirken. Verbittert blickte ich auf das kantige Symbol, das in hellem Gold auf der Innenseite meines Handgelenks prangte. Eine größere Version davon befand sich zwischen meinen Schulterblättern und zeichnete mich eindeutig als *Goldgeberin* aus, einen Menschen mit der seltenen Gabe, für die Fae des Goldhofs magische Stäbe herstellen zu können.

Eine Hofdame und ihre Eskorte schritten an uns

vorbei. Ihr kunstvoll besticktes Kleid und ihr langes, geflochtenes, blondes Haar kennzeichneten sie als Fae.

»Habt Ihr von den jüngsten Überfällen auf die äußeren Dörfer gehört, Mylady?«, fragte die Eskorte leise. »Viele Menschenclans haben den Tod gefunden.«

Die Lippen der Frau verzogen sich, und die winzigen, goldenen Perlen in ihrem Haar glänzten im Licht, als sie den Kopf schüttelte. »Die Geschichten über die Macht des Schattenhofs sind stark übertrieben«, sagte sie. »Sie sind nichts als Barbaren, außerdem sind ein paar Menschenclans kein wirklicher Verlust.« Sie hob das Kinn, warf mir einen abschätzigen Blick zu und ging dann an mir vorbei, um sich dem Rest der flüsternden Menge von Höflingen anzuschließen, die in der Halle aufgetaucht waren, um zuzusehen, wie ihr Lord seine neue Konkubine auswählte.

Ich schaffte es, ein Knurren zu unterdrücken. In gewisser Weise hoffte ich, dass diese abscheuliche Fae recht hatte. Als Kind hatte ich Horrorgeschichten darüber gehört, wie die Herren des Schattenhofs telepathische Kräfte nutzten, um ihre Sklaven zu foltern und sie dazu zu bringen, ihre eigenen Familien zu töten. Danach wurden sie gezwungen, in stockfinsteren Kerkern zu leben, die mit den Leichen derer gefüllt waren, die sie ermordet hatten. Die Herren des Schattenhofs waren auf Angst und Terror spezialisiert und durch und durch unbarmherzig.

Ich schickte ein Stoßgebet an Freya und hoffte, dass alle Menschen, die vom Schattenhof überfallen wurden, von einer solchen Prüfung verschont und mit einem schnellen Tod gesegnet werden würden.

Ein lauter Knall unterbrach mein Gebet, als die Türen zur Halle aufgerissen wurden.

Lord Orm schritt den Teppich entlang und musterte uns aus seinen eisblauen Augen. Seine Größe war nicht zu übersehen. Seine Haut war so bleich wie die Farbe von Knochen, und er hatte hohe Wangenknochen und perfekte, spitze Ohren. Auch seine Kleidung war edler als die der anwesenden Höflinge. Wo sie Korsetts und Röcke oder feine Lederrüstungen trugen, ging er in langen, weißen Roben. Goldene Spitze zierte den gesamten Stoff und ließ ihn beim Gehen schimmern.

Seine schmalen, blassen Lippen verzogen sich zu einem entzückten Lächeln, als er die Kriegerin sah.

»Eine Menschenfrau auf ihren Knien ist in der Tat ein herrlicher Anblick.« Seine hohe Stimme hallte durch den Raum, und die Höflinge kicherten.

Die Kriegerin funkelte ihn wütend an. »Ich habe nicht gekämpft, um zu Eurem verdammten Spielzeug zu werden«, fauchte sie.

Etwas Dunkles blitzte in Lord Orms Augen auf. Er verstärkte den Griff um den Stab in seiner Hand, und eine Woge aus Wut und Schuldgefühlen überflutete meinen Körper. Ich erkannte diesen Stab. Ich hatte ihn gemacht. Er war das Ergebnis von sechs Monaten Arbeit.

»Spielzeug ist etwas für Kinder«, sagte er mit leiser Stimme. »Ich bin ein erwachsener Mann, wie du beim Betreten meines Schlafzimmers feststellen würdest.« Er schenkte ihr ein widerliches Lächeln. »Du würdest schnell merken, dass du dein ganzes Leben lang gekämpft hast, um dich auf das vorzubereiten, was ich von meiner zukünftige Konkubine erwarte. Ich brauche eine Frau, die ... widerstandsfähig ist.«

Bei Odin, ich würde alles dafür tun, um eine Bindung an diesen Mann zu vermeiden, aber die Kriegerin verdiente dieses Schicksal genauso wenig wie ich.

Die meisten glaubten, dass der Goldhof unter *Yggdrasils* fünf Höfen der angenehmste war. Er war der Mächtigste, der Reichste, der Schönste.

Aber in Wirklichkeit wurde der Goldhof von Gier regiert. Die Prinzipien des alten Gottes Odin waren vollständig verschwunden, und Wissen und Weisheit waren nicht mehr annähernd so erstrebenswert wie Reichtum und Magie.

Es war das Gold ihrer Stäbe, das ihnen ihre Magie gab, und die Strapazen, die sie auf sich nahmen, um es in die Hände zu bekommen, hatten sie in Monster verwandelt.

Schöne, glitzernde, sadistische Monster.

Lord Orm war als einer der bösartigsten Gold-Fae bekannt, und im Palast erzählte man sich, dass zwei seiner früheren Konkubinen durch seine Hand gestorben seien. Ich hatte nie Einzelheiten darüber erfahren, aber die Gerüchte waren überall, und der Gedanke daran bereitete mir Übelkeit.

· · ·

»Ausziehen. Alle.« Lord Orm wirbelte herum, als er den Befehl erteilte. Ich knirschte mit den Zähnen und löste das Lederband um meine Taille.

Ich durfte in Hosen und Lederwams arbeiten, während die meisten weiblichen Sklaven am Hof gezwungen waren, knapp geschnittene Kleider und dünne Röcke zu tragen. Mein braunes Lederkorsett fiel um meine Füße herum zu Boden, als sich die Bänder lösten. Widerwillig legte ich die Hände an meinen Gürtel, an dem ein kleiner Beutel mit meinem Werkzeug und hing. Mit Ausnahme des Goldes, das ich in die Stäbe einarbeiten musste. Das wurde unter strenger Bewachung durch die Fae in der Werkstatt aufbewahrt.

Ich warf einen Blick auf die beiden Frauen neben mir, während ich langsam meinen Gürtel öffnete und versuchte, den Ausdruck von Abscheu aus meinem Gesicht zu verbannen.

Die jüngeren Mädchen hatten sich bereits ihrer dünnen Kleidungsstücke entledigt. Sie waren eindeutig daran gewöhnt, dazu aufgefordert zu werden, sich auszuziehen. Die ältere Frau reckte ihr Kinn. Auf ihrem Bauch waren deutliche Geburtsnarben zu sehen. Die Kriegerin war wieder auf die Füße gekommen, aber ihr Sklavenmeister sah sie spöttisch an und riss ihr das Pelzgewand vom Körper, während sie ihn anfauchte und nach ihm schlug.

»Du ermüdest mich«, murmelte Lord Orm. »Ich mag Frauen mit einem gewissen Kampfgeist, aber ich fürchte, ich habe mich geirrt, als ich dich gebeten habe, an der heutigen Zeremonie teilzunehmen.« Er blieb vor ihr stehen. Meine Finger ruhten auf dem Bund meiner Hose.

»Sie wird tun, was Ihr befiehlt, Mylord«, grunzte der Sklavenmeister.

Lord Orm legte seinen schönen Kopf schief. »Ich bin mir nicht sicher, ob sie das wird.«

Sie bewegte sich schnell und wollte ihm auf den Fuß treten, so nah war er ihr.

Doch ihr wilder Geist war der Schnelligkeit der Fae nicht gewachsen. Er wich so schnell zur Seite aus, dass seine Umrisse verschwommen. Das Gold seines Stabs blitzte kurz auf, ehe es gegen die Seite ihres Kopfes krachte.

Seine Fae-Stärke war genauso überlegen wie seine Schnelligkeit.

Der Körper der Frau sackte leblos zu Boden. Schnell sah ich weg, um das klaffende Loch in der Seite ihres Schädels nicht sehen zu müssen. Kalte Angst kroch durch meine Adern, und mein Frühstück drohte, wieder hochzukommen.

Lord Orm seufzte und neigte seinen blassen Kopf. »Bei Odins Rabe, ich wollte nicht so hart zuschlagen«, murmelte er. »Egal, sie war zu nichts zu gebrauchen. Ich werde Euch für Eure verlorene Sklavin entschädigen. Bitte sprecht mit meinem Buchhalter, wenn Ihr geht.«

Ich wagte es noch immer nicht, hinzusehen, und hörte den Sklavenmeister grunzen: »Danke, Mylord.« Schwere Schritte hallten durch den Raum, als er die Halle verließ.

»Da waren es noch vier«, sang der Lord. »Warum

bist du noch angezogen?« Er trat in mein Blickfeld, und ich war gezwungen, ihm in die Augen zu sehen. Ich verbarg das Zittern meiner Finger und fuhr fort, meine Hose auszuziehen.

Mein Blick fiel auf seinen Stab. Ich versuchte, mich darauf zu konzentrieren, um meine Angst zu beruhigen. Am Ende des Metallschafts befand sich eine sanft glitzernde Kugel von der Größe eines Augapfels. Um ihn herum lag ein Ring, ebenfalls aus Gold, und aus dem Ring ragten zwanzig goldene Blätter hervor. Ich hatte jedes davon individuell gefertigt. Keine zwei Stäbe durften gleich sein, und je stärker das Design, desto stärker der Stab.

Dieser Stab hat gerade eine Frau umgebracht, er wird dich kaum beruhigen, Reyna.

Der Rotstich des glänzenden Goldes brachte mein Zittern zurück, als ich mich bückte und die Hose an meinen Beinen hinabgleiten ließ.

»Zu langsam.« Als ich mich aufrichtete, hob Lord Orm seinen Stab. Ein heller Lichtstrahl brach aus der Spitze hervor und bewegte sich wie ein Feuer über meinen Körper. Überall, wo das Licht auftraf, zerfiel der moosgrüne Stoff meines Hemdes zu Asche. Die zerrissenen Reste des Kleidungsstücks fielen um meine Füße herum zu Boden, sodass ich in nichts als einem Baumwollschlüpfer dastand.

In all meinen Jahren als Sklavin, eigentlich mein ganzes, verdammtes Leben lang, war ich gedemütigt worden, aber ich hatte mich noch nie so verletzlich gefühlt. Ich hatte mich viele Male ausziehen müssen, ich war oft geschlagen und verprügelt worden. Aber ich war zu kostbar, um besudelt zu werden, denn ich war eine Runenträgerin, was mir bisher ein gewisses Maß an Sicherheit gegeben hatte. Zumindest hatte mir mein Status erlaubt, die Kontrolle über meinen eigenen Körper zu behalten. Meine Arbeit erforderte eine enorme Menge an Energie, weswegen mein Geist und mein Körper gesund und ausgeruht sein mussten. Für die Fae des Goldhofes gab es nichts, was wertvoller war, als ihre Stäbe, und diese konnten nur von denen geschaffen werden, die eine Rune trugen.

Doch hier hatte mein Sklavenmeister nichts zu sagen. Lord Orm war kein Mann, den man abweisen konnte.

Langsam streckte er eine Hand aus und legte sie auf meine Schulter. Meine Haut prickelte unangenehm unter seiner Berührung, aber ich ließ zu, dass er mich umdrehte. Als ich ihm den Rücken zukehrte, hielt er inne, und ich spürte seinen kühlen Finger auf der Rune an meinem Rücken.

»Eine *Goldgeberin*«, murmelte er. »Es wäre nützlich, eine Frau zu haben, die nicht nur meine Bedürfnisse befriedigt, sondern auch dafür sorgt, dass mein Stab in makellosem Zustand ist.«

Ich keuchte und versuchte, ruhig zu bleiben.

Er wird mir nicht wehtun. Nicht hier, nicht heute. Ich bin zu wertvoll.

»Ich könnte dich sogar meinen Freunden ausleihen. Wer hat je einen Menschen mit dieser Haarfarbe gesehen?« Er drehte mich wieder zu sich um und hob ein paar Strähnen meines Haares in die Höhe, um damit vor meinen Augen herumzuwedeln.

Lord Orms Lippen verzogen sich angewidert, als er das Haar fallen ließ. »Das müsste sich ändern.« Ein Hauch von Trotz schlich sich auf mein Gesicht, und ich spürte, wie sich meine Lippen öffneten, um zu protestierend.

Zwei Jahrzehnte lang hatte mir mein Haar nichts als Ärger bereitet. Es machte mich anders, stach aus der Menge. Es machte mich zu einer Zielscheibe, sogar innerhalb der Gemeinschaft menschlicher Sklaven, doch von den anderen Menschen verachtet zu werden, hatte mich auch stärker gemacht. Es hatte mich dazu gezwungen, mich zu wehren und immer einen Schritt voraus zu sein. Mein Haar war zu einer Rüstung geworden.

»Hast du etwas zu sagen, kleine *Goldgeberin*?« Lord Orms Worte waren nicht mehr als ein Flüstern und klangen beinahe verführerisch. Gänsehaut breitete sich auf meinen Armen aus, als das Gold seines Stabes aufglühte.

Ein Bild tauchte in meinem Kopf auf, verschwommen, aber unmöglich zu vertreiben.

Es zeigte mich, an ein Bett mit vier goldenen Bettpfosten und milchweißen Laken gefesselt. Ich lag mit dem Gesicht nach unten, nackt, und die Rune auf meinem Rücken war mit roten Striemen übersät, die von einer Peitsche stammten.

»Nichts, Mylord«, zwang ich mich, zu sagen, als mir seine Vision die Kraft raubte. Meine Stimme war leise und schwach. Ich hasste es, hasste mich selbst dafür, dass ich mich ihm unterwarf.

Lord Orm starrte mich lange an, während ich versuchte, das Bild aus meinem Kopf zu verscheuchen.

»Diese hier!«, verkündete er kraftvoll, hob seinen Stab und richtete ihn auf mich.

Er hatte die anderen nicht einmal angesehen.

Das Blut rauschte in meinen Ohren, und schwarze Flecken verschleierten meine Sicht, als das magisch erschaffene Bild des Bettes verblasste.

Die Hoffnung, die meine Angst in Schach gehalten hatte, versiegte. Die Realität war wie ein Schlag in die Magengrube.

Ich würde die Konkubine dieses grausamen Fae werden.

Das bedeutete, dass mir das Sklavenleben, das ich bisher gekannt hatte, bald wie ein verdammtes Paradies vorkommen würde.

KAPITEL 4

»Du bist ungewöhnlich ruhig«, spottete die Wächterin, als wir die Tore der großen Halle hinter uns gelassen und die unteren Ebenen des Palastes erreicht hatten.

»Fick dich«, zischte ich, ohne mich ihr zuzuwenden. Ich beschleunigte meine Schritte, die mich durch die goldenen Korridore trugen. Die Schönheit der komplizierten Gemälde, Marmorverzierungen und glitzernden Edelsteine ließ mich kalt. Meine Gedanken bewegten sich so schnell, dass ich kaum mithalten konnte. Mein Magen rebellierte, während ich die Decke umklammerte, wie man mir gegeben hatte, um meinen nackten Körper zu bedecken.

Sie kicherte. »Ah. Da ist sie ja, die wahre Natur der kupferhaarigen Göre. Lord Orm wird sich an dir und deiner spitzen Zunge erfreuen, da bin ich mir sicher.«

Eine Sekunde lang verlangsamte ich meine Schritte.

Beinahe hätte ich mich umgedreht, um meine Faust in ihr selbstgefällig grinsendes Gesicht zu rammen.

Aber ich zwang mich dazu, weiterzugehen. Dafür ausgepeitscht zu werden, eine Wächterin angegriffen zu haben, war Zeitverschwendung. Zeit, die ich nicht mehr hatte.

Ich presste die Lippen zusammen, als wir uns auf den Weg zurück zur Werkstatt machten. Ich teilte den Raum mit vier anderen *Goldgebern*, die gefangen und in den Palast verschleppt worden waren. Zwei von ihnen mochte ich sehr, doch die anderen? Wenn es nach mir ginge, hätten sie direkt nach *Hel* segeln können. Meiner Haarfarbe wegen hatten sie mich jahrelang wie Dreck behandelt.

»Reyna!« Kara sprang von der Bank auf und kam angerannt, kaum hatte ich die Werkstatt betreten. Der Gesichtsausdruck des jungen Mädchens wandelte sich, als sie mich sah. Ihre Augen huschten zu der Decke um meine Schultern, dann zurück zu mir.

»Er wird dich morgen früh abholen. Räum hier auf«, schnappte die Wächterin, dann drehte sie sich um, ging und schloss die schwere Tür hinter sich ab.

»Oh nein. Nein, nein, nein«, flüsterte Kara mit weit aufgerissenen Augen. »Wir haben gehört, dass du zu Lord Orm gerufen wurdest. Bitte sag nicht, dass er dich ausgesucht hat.«

Ich tat einen tiefen Atemzug. »Er hat mich ausgesucht.«

Sie biss sich auf die Lippe, was sie noch jünger

aussehen ließ, als sie war. »Vielleicht ... vielleicht wird er nett zu dir sein.«

»Er hat eine Frau getötet. Vor aller Augen. Eine der Frauen, die zur Auswahl standen.«

Ihre braunen Augen wurden noch größer. »Sie getötet? Warum?«

»Sie hat versucht, ihm auf den Fuß zu treten.«

»Aus genau diesem Grund habe ich dir beigebracht, den mächtigen Fae gegenüber sanftmütig zu sein.« Die tiefe Stimme gehörte Lhoris, meinem Mentor. Ich drehte mich zu ihm um, als er auf mich zukam. Sein Alter und seine Erfahrung beim Herstellen von Valdstäben bedeuteten, dass er einen einzelnen Zopf in seinem buschigen Bart tragen durfte. Er hatte tapfer für seinen Clan gekämpft, bevor man entdeckt hatte, dass er eine Rune trug, also schmückte auch ein blauer Fleck Kriegsbemalung die Wange unter seinem linken Auge.

Ich nickte ihm zu. »Ich habe deinen Rat befolgt. Ich habe mir auf die Zunge gebissen. Sogar meine verdammte Kleidung habe ich wortlos ausgezogen.«

Eine seiner Augenbrauen zuckte, und ein Ausdruck von Wut blitzte in seinen weisen Augen auf. »Ich bin stolz auf dich, Reyna.« Er hielt inne und wechselte eine rasiermesserscharfe Klinge von einer Hand in die andere. »Und ... es tut mir leid.«

Ich erwiderte seinen Blick. »Das braucht es nicht. Ich werde fliehen, Lhoris.«

Da lag keine Überraschung in seinem Gesicht, nur Leid. Kara packte mich am Arm. »Du kannst nicht gehen!«

»Nun, ich werde mich auf keinen Fall an Lord Orm binden lassen.«

»Aber du bist eine *Goldgeberin*!« Ich sah meinen jungen Schützling an, und versuchte, meine Gefühle zurückzudrängen. Für sie musste ich stark sein. Ich musste verbergen, wie verzweifelt mich der Gedanke machte, sie allein in diesem verdammten Hof zurückzulassen. Ich musste sie glauben lassen, dass ich in Sicherheit sein würde.

»Ich werde einen Weg finden, meine Runen zu verstecken«, log ich. Es gab keine Möglichkeit, diese Male zum Verschwinden zu bringen, und selbst wenn, würde mein kupferfarbenes Haar die Aufmerksamkeit aller Menschen um mich herum auf sich ziehen.

»Nein, Reyna, nein! Die anderen Höfe werden dich finden. Es passieren so viele Überfälle! Du wirst direkt in deinen Tod laufen.«

Ihre Sorge war nicht unbegründet. Die Runen, die mich für den Goldhof wertvoll machten, bedeuten, dass ich in jedem der vier anderen Höfe des Todes war.

Die tödlichen Kriege zwischen den Fae tobten schon sehr lange, und der schnellste Weg, einen feindlichen Hof außer Gefecht zu setzen, war, ihm seine Magie zu nehmen. Abgesehen vom Töten eines Fae war die größte Errungenschaft das Beseitigen eines Runenträgers, auf den sie für ihre Stäbe angewiesen waren.

Kara schauderte und flüsterte: »Was, wenn der Schattenhof dich findet?«

Das war der einzige Grund, warum ich noch nicht geflohen war.

Wenn ein *Goldgeber* im Eis-, Feuer- oder Erdhof gefunden wurde, wurde er auf der Stelle getötet und sein Körper in den Palast geschleppt, da dort eine Belohnung wartete. Aber wenn ein Mitglied des Schattenhofs einen *Goldgeber* fand ...

Die Königin des Schattenhofs und ihr Stiefsohn galten als die grausamsten und bösartigsten aller lebenden Fae, und der Krieg zwischen Gold und Schatten war der längste und brutalste aller Konflikte. Odin stehe jedem *Goldgeber* bei, der dem Schattenhof zum Opfer fiel.

»Ich bleibe im Goldhof. Ich werde mich unter den Menschen in den unteren Dörfern verstecken«, sagte ich zu Kara. Noch eine Lüge. Lord Orm war zu mächtig, als dass ich mich in seinem eigenen Hof verstecken könnte. Kara sah mich an, und eine Mischung aus Zweifel und Angst lag auf ihrem Gesicht. »Oder im Erdhof«, sagte ich fröhlich. »Seine Bewohner sind nicht dafür bekannt, gewalttätig zu sein.«

Sie warf mir einen Blick zu. »Sie verbrennen jeden Vollmond Sklaven«, sagte sie und stützte die Hände in die Hüften. »Sie werden ständig vom Schattenhof überfallen!« Ihre Stimme bebte. »Der Schattenhof wird dich dazu zwingen, deine Freunde zu töten«, flüsterte sie. »Und ich habe gehört, dass sie die Hungernden mit Menschen füttern.«

Ich schluckte schwer. War das schlimmer, als an Lord Orm gebunden zu sein? Meine eigenen Freunde töten und lebendig aufgefressen werden, oder mein Leben in der Knechtschaft dieses gierigen, sadistischen Fae verbringen?

Der Anblick des zerschmetterten Schädels der Kriegerin huschte durch meinen Kopf. Sie war schnell gestorben. Sie war eine ehrenhafte Kriegerin gewesen, also würde sie direkt nach Walhalla kommen.

Aber Lord Orm wollte mich nicht töten. Ich war zu wertvoll. Und wenn ich an den Fae gebunden war, würde ich seine lange Lebensspanne teilen. Eine Ewigkeit, in der ich all das ertragen musste, wozu eine Konkubine seiner Meinung nach da war. Mein Magen verkrampfte sich.

»Du solltest dich anziehen«, sagte Lhoris und blickte zwischen mir und Karas tränenden Augen hin und her. »Und dann, wenn du Zeit hast, könnte ich deine Hilfe bei der Fertigstellung eines Stabes gebrauchen. Sobald er fertig ist, werden wir die praktischen Aspekte deiner Flucht besprechen.«

Ich nickte ihm zu und verspürte ein warmes Gefühl von Dankbarkeit, nicht nur für sein Angebot, mir zu helfen, sondern auch für seinen sachlichen Ton. Meine Gedanken waren von Angst und Verwirrung vernebelt, und ich wusste, dass ich nicht sehr gut darin war, meine Gefühle vor Kara zu verstecken. Ich wandte mich wieder dem Mädchen zu. »Kara, würdest du bitte eine halbe Unze Gold vorbereiten?«

Sie nickte und eilte dann zur Schmiede.

Der Flügel der Runenträger war im Wesentlichen eine riesige Werkstatt, von der vier Räume abgingen, die zwei

Schlafräume, ein Badezimmer und eine Speisekammer beherbergten. In der Mitte wurde die Werkstatt durch einen massiven Steintrog unterteilt, der mit geschmolzenem Schwefel gefüllt war, der zu einem hohen Preis vom Feuerhof erworben wurde. An den Außenwänden standen unsere Werkbänke, die vom funkelnden Licht des Goldhofs erleuchtet wurden, das durch die Fenster hereinfiel.

Ich betrachtete die Aussicht. Mehr als die Hälfte der Leute, die in den Dörfern dort unten lebten, waren Sklaven der Fae.

Sie sagten, die Menschen seien zu barbarisch, um sich über selbst zu bestimmen. Sie sagten, dass so die Hungernden entstanden seien. Ich schauderte. Der Clan in den alten Mythen soll so ausgehungert und verzweifelt gewesen sein, dass sich die Menschen gegenseitig aufgefressen hatten. Daraufhin seien sie von den Göttern für ihre abscheulichen Taten bestraft worden.

Es erklärte jedoch nicht, warum es den Fae nie gelungen war, ihrer elenden Existenz ein Ende zu bereiten.

Ich unterdrückte das Gefühl, das mich immer dann überkam, wenn ich an die Hungernden dachte. Rasch betrat ich den Schlafraum, den ich mir mit Kara und der anderen weiblichen *Goldgeberin* teilte. Zu meiner Erleichterung war das Zimmer leer. Ich zog ein schwarzes Hemd, ein braunes Lederkorsett und eine schwarze Reithose an und tauschte die Schuhe, die ich in der großen Halle getragen hatte, gegen meine Lederstiefel aus.

»Kara hat recht«, sagte Lhoris, als ich den Schlafraum verließ. Er hatte auf mich gewartet.

»In Bezug auf was?«

»Wenn der Schattenhof dich findet, werden sie dich sofort töten.« Er warf mir über die Schulter hinweg einen Blick zu. »Oder schlimmer.«

»Ich werde mich nicht in die Nähe des Schattenhofs begeben. Ich werde mich im Erdhof verstecken. Ich habe mich schon immer gefragt, wie man Stäbe aus Holz herstellt.«

»Reyna, auch sie werden dich töten, wenn sie deine Rune sehen. Die anderen Höfe wollen ...«

Ich beendete den Satz für ihn, denn ich hatte ihn schon viel zu oft gehört. »Der goldenen Schlange den Kopf abschlagen. Ich weiß, Lhoris.« Er starrte mich an, und ich legte meine Hand auf seinen Arm. »Was würdest du tun?«

Der Schmerz in seinen Augen verwandelte sich in Wut. Er musste ein furchterregender Krieger gewesen sein. Walhalla würde ihn eines Tages willkommen heißen. »Ich würde mich weigern, das Spielzeug dieses Monsters zu werden.«

Ich zuckte mit den Schultern und versuchte, meine wachsende Panik unter Kontrolle zu halten. »Eben. Entweder die Monster dort draußen, oder die Monster hier drinnen. Jedenfalls weiß dieses Monster bereits, wo es mich finden kann.«

Er nickte, Resignation lag auf seinem Gesicht. »Flucht.«

»Flucht«, wiederholte ich mit einem Atemzug.

Es half, das Wort laut auszusprechen. *Es ist so weit, Reyna. Du wirst endlich fliehen.*

Ich würde frei sein, aber nur solange ich mich für den Rest meines wahrscheinlich kurzen Lebens versteckte.

»Brauchst du wirklich meine Hilfe, um einen Stab fertigzustellen? Oder wolltest du dich nur mit mir unterhalten?«

Er schnaubte und wandte sich wieder seiner Werkbank zu. »Federn kriegst du einfach besser hin als ich«, sagte er. »Und wenn du wirklich gehst, dann solltest du deine Gabe vielleicht noch ein letztes Mal einsetzen.« Ich folgte ihm und versuchte, meine Trauer zu verstecken.

Ich würde ihn sehr vermissen. Und Kara. Sie waren die einzige Familie, die ich je gekannt hatte.

Und ich würde mich auch um sie sorgen. Lhoris konnte gegen sein Schicksal ankämpfen, aber Kara? Sie war hübsch und leicht einzuschüchtern. Eine gefährliche Kombination in einer Welt, in der man von goldenen Haien umkreist wurde. In den zwei Jahren, die denen sie in meiner Obhut gewesen war, hatte sie an Selbstvertrauen gewonnen, trotzdem ließ sie sich leicht ausnutzen.

Lhoris unterbrach meine Gedankengänge, als ich mich an seine Werkbank setzte und er seinen massigen Körper über mich beugte. Er deutete auf einen komplizierten, mit Edelsteinen besetzten Bogen am Ende des glänzenden Stabes, den er auf die Arbeitsplatte gelegt hatte.

»Siehst du diesen Ring über dem Edelstein?«

»Ja.«

»Sie möchte Federn auf beiden Seiten.«

»Kein Problem.«

Kara tauchte neben mir auf. Eine winzige Kugel aus glänzendem, geschmolzenem Gold lag in der Mitte ihrer behandschuhten Handfläche.

»Danke.«

»Darf ich zusehen?«, fragte sie mich. »Da es ... das letzte Mal ...« Sie brach ab, und ihre Augen füllten sich erneut mit Tränen.

»Natürlich darfst du.«

Ich ergriff eine Zange und nahm ihr das Gold aus der Hand. Die Rune an meinem Handgelenk wurde warm und begann, zu leuchten – ein Zeichen dafür, dass ich das heiße Gold berühren konnte.

Keiner von uns wusste, wie oder warum, aber diejenigen, die mit einer Runen geboren waren, hatten Zugang zu der Magie im Inneren des Goldes, und sie überwältigte die Sinne wie eine Droge.

Kaum hatte ich das Metall aufgehoben, veränderte sich meine Sicht. Alles wurde in einen goldenen Schimmer getaucht, und Linien aus schimmernder, flüssig wirkender Magie wirbelten um den Klumpen Gold herum. Als sie sich bewegten, konnte ich kleine Runen darin sehen, die funkelten, als wären sie aus Glitter. Mit der anderen Hand bewegte ich den Ring, den ich verzieren sollte, auf mich zu. Die Runen veränderten sich, und die magischen Ströme flossen vom Goldklumpen auf den Stab zu.

Es war eine Sprache, die mir nie beigebracht worden war, die ich aber instinktiv verstand. Je öfter ich meine Gabe einsetzte, desto mehr Runen konnte ich lesen. Sie sagten mir, wo ich meine Finger ansetzen, wie ich die feinen Werkzeuge verwenden und wo genau ich das Edelmetall verbinden sollte. Sie zeigten mir die Schritte zu einem Tanz, den niemand ohne Hilfe aufführen konnte.

Ich war wie in Trance. Meine Finger bewegten sich wie von selbst und folgten den spielerischen, funkelnden Anweisungen der winzigen, goldenen Runen. Ich wusste nie, wie viel Zeit verging, wenn ich arbeitete, und so brauchte ich auch keine Pause. Es war wie eine Flucht vor der Realität meiner Welt.

Zumindest so lange ich arbeitete. Wenn ich fertig war, war alles ... anders.

Als ich zwanzig winzige, detaillierte Federn in einem fließenden Bogen über dem Ring angebracht hatte, verschwand mein Goldblick, und die harten Eindrücke der Wirklichkeit stürzten aufs Neue auf mich herein.

Erschöpfung breitete sich bis auf die Knochen in mir aus. »Wie findest du es?«, fragte ich Lhoris und schob den Hocker zurück. Ich wusste, was als Nächstes passieren würde, also wollte ich allein sein.

»Perfekt«, sagte er und lehnte sich nach vorn, um sie sich anzusehen. Kara beugte sich ebenfalls vor, ihre Augen huschten über die feinen Details des Stabes. »Ruh dich etwas aus, dann legen wir einen Plan.«

Ich nickte und machte mich auf den Weg zurück zum Schlafraum. Die erste Welle der Dunkelheit traf mich, als ich mein Bett erreichte. Ich setzte mich hin, schloss die Augen und atmete tief ein. Normalerweise gab es drei oder vier Wellen. Die Erste war immer die Einfachste. Schatten und Feuchtigkeit, ein starkes Gefühl des Unbehagens.

Ich klammerte mich an die mit Heu gefüllte Matratze, als die zweite Welle kam. Mein Unbehagen verwandelte sich in Angst. Geräusche, die ich im wirklichen Leben noch nie gehört hatte, drangen an meine Ohren: ein überirdisches, kreischendes Lachen. Ich sah nichts als Dunkelheit, durchzogen von tiefroten Blitzen.

Seit meiner Kindheit hatte ich dunkle Visionen, nachdem ich mit Gold gearbeitet hatte. Als ich in den Palast gebracht und Lhoris unterstellt worden war, hatte es Monate gedauert, ehe ich den Mut gehabt hatte, ihn zu fragen, ob er dasselbe erlebte.

Er hatte mir gesagt, dass er das nicht täte, und dass ich es für mich behalten sollte.

Die dritte Welle brach über mich herein, beginnend mit einem markdurchdringenden Schrei, gefolgt von dem schrecklichen, kreischenden Lachen. Die Schatten lichteten sich ein wenig, genug, dass ich Gestalten erkennen konnte, die sich unbeholfen bewegten. Etwas an ihren Körpern wirkte falsch, und der Geruch von Blut stieg mir in die Nase.

Du bist in deinem Zimmer, Reyna. Hier gibt es kein Blut. Nichts davon ist real.

Der Geruch war immer das Schlimmste. Ich verstand

nicht, wie eine Vision einen Geruch vermitteln konnte.

Links von mir tauchte ein Gesicht auf, und Angst schnürte meine Brust ein. Die Vision verblasste.

»Bitte lass es heute nur drei sein«, flüsterte ich.

Außer Lhoris wusste niemand von meinen Visionen, und nicht einmal ihm hatte ich die volle Wahrheit gesagt.

Ich hatte ihm nie erzählt, was ich in der selteneren, vierten Vision sah.

Das konnte ich nicht.

Ich zweifelte nicht an dem, was ich sah, aber ich wusste auch nicht, wie das möglich war. Ich wollte es nicht wissen.

Galle stieg mir in die Kehle, als mich ein Gefühl reinen Entsetzens überkam. »Scheiße«, fluchte ich, dann wurde mir schwarz vor Augen. Das Gesicht rückte in mein Blickfeld, der blutbefleckter Schlund eines Mundes, der zu einem wahnsinnigen Grinsen verzogen war. Sie war einmal ein Mensch gewesen, aber es war klar, dass dies lange her war. Teile ihrer Wange und ihres Ohres waren verschwunden, und an ihrer Stelle war nichts als zerfetzte Haut. Ihre Augäpfel waren schwarz, und sie hatte keine Lippen. Eine knorrige Hand bewegte sich auf mich zu. Drei Finger fehlten.

Ich stieß einen verzweifelten Schrei aus, dann klärte sich meine Sicht. Keuchend ließ ich mich aufs Bett zurückfallen. Schweiß tränkte mein Hemd.

Es spielte keine Rolle, wie oft ich die Hungernden sah, es erschreckte mich jedes Mal genauso sehr, als wäre es das erste Mal.

KAPITEL 5

»Also musst du an den Wachen vor unserer Tür vorbei, an den Wachen auf dieser Etage, an den Wachen an den Toren und dann ... bis zum Baum, ohne erkannt oder aufgehalten zu werden.«

Kara starrte mich an, als hätte ich auch das letzte bisschen Verstand verloren, und ich konnte es ihr nicht verübeln. Ich rieb mir mit der Hand übers Gesicht.

»Was, wenn ich Lord Orms Konkubine werde und stattdessen einen Weg finde, ihm die Eier abzuschneiden?«, schlug ich vor.

Kara errötete, und Lhoris lachte. »Der Arsch hätte es verdient«, schnaubte er.

»Ich würde allen Frauen einen Gefallen tun.« Ich versuchte, den Scherz weiterzuführen, aber in Wahrheit schwirrte mir der Kopf. Wo ich auch hinsah, stand mir das Unmögliche bevor. Es war unmöglich, sexuell an einen Mann wie Lord Orm gebunden zu sein, unmöglich, außerhalb des Goldhofes zu überleben, und genauso unmöglich, von hier zu entkommen.

»Die Wächterin hat wirklich gesagt, dass er dich morgen abholen wird?«, fragte Kara.

»Ja. Morgen. Wir haben nur noch heute Abend.«

Wir saßen um den kleinen Tisch in der Speisekammer herum. Glücklicherweise waren die anderen *Goldgeber* nicht aufgetaucht, und wahrscheinlich hatten sie persönliche Aufgaben erhalten. Reparaturarbeiten dauerten oft Wochen, und es war nicht ungewöhnlich, dass die *Goldgeber* in dieser Zeit in den Quartieren der Fae blieben. Die meisten Runenträger brauchten nach der Arbeit viel Ruhe. Auf mich schien das nicht zuzutreffen, aber ich hatte beschlossen, diese Tatsache für mich zu behalten. So hatte ich wenigstens die Gelegenheit, allein zu sein, während ich mit meinen Visionen kämpfte.

»Ich werde dich vermissen.« Karas Stimme war leise. Ich spürte, wie mir Wärme ins Gesicht stieg, meine übliche Reaktion auf starke Gefühle. Ich weinte selten, aber meine Gefühle waren genauso stark wie bei jedem anderen. Aus irgendeinem Grund reagierte mein Körper mit heißem Zorn statt mit Tränen.

»Wenn es nicht so gefährlich wäre, würde ich dich mitnehmen«, sagte ich. Ich hatte nie eine andere Familie als Kara und Lhoris gekannt. Meine Entschlossenheit bröckelte, als ich die beiden ansah. War es das Risiko wert?

War es den Verlust der einzigen zwei Menschen wert, die mich liebten?

Ein unerwarteter, innerer Kampf tobte in meinem Inneren. Jedes Mal, wenn ich daran dachte, nie wieder mit Gold zu arbeiten, wurde ich von Angst übermannt. War ich süchtig nach meiner Arbeit, wie ein Krieger nach Bier oder Bauern nach Mohn? Die golden funkelnden Runen waren ein Teil von mir. Vielleicht brauchte ich sie.

Lord Orm ist einer der Lieblinge der Königin. Vielleicht erlaubt er mir, weiter im Palast mit Lhoris, Kara und dem Gold zu arbeiten.

Beim Gedanken an den Lord wurde ich jedoch an die Vision erinnert, in der ich mich selbst ans Bett gefesselt gesehen hatte. Abscheu überkam mich, wenn ich daran dachte, was er mit meinem Körper tun würde, und ich zwang mich dazu, meine wild kreisenden Gedanken zu kontrollieren.

Nein. Lieber würde ich den Tod riskieren, als Lord Orm für den Rest meines ewigen Lebens mit mir tun zu lassen, was er wollte.

Das Licht, das durch die großen Fenster hereinfiel, verblasste, und wir erstarrten.

Im Goldhof verblasste das Licht nie.

»Was ist los?«, flüsterte Kara.

»Still«, zischte Lhoris.

Wir lauschten angestrengt und wagten es kaum, zu atmen.

Das ferne Geräusch von klirrendem Metall drang an mein Ohr, und ich sah Lhoris an. Er nickte knapp. Ich sprang auf und zog Kara mit mir.

»Versteck dich im Vorratsschrank und komm nicht heraus.« Ich zog sie zu den hölzernen Schränken. Ihr

Gesicht war voller Panik.

»Was ist los?«

»Ich weiß es nicht. Sag mir, dass du mich verstanden hast.«

Sie nickte mit bleichem Gesicht. »Nicht aus dem Schrank kommen.«

»Gut.« Ich kniete mich hin, zog getrocknete Fleischbrötchen und Säcke mit Gemüse aus den unteren Regalen und stopfte alles in einen anderen Schrank. »Das sollte Platz genug sein. Rein mit dir.«

Sie schlang die Arme um mich, ihr dünner Körper zitterte. »Ich will nicht, dass du gehst.«

Mit pochendem Herzen drückte ich sie an mich. »Ich weiß. Es war schön, mit dir zu arbeiten, Kara. Du wirst die beste *Goldgeberin* aller Zeiten werden, und lass dir nur nicht einreden, dass es anders sei. Du bist für dich verantwortlich, für niemanden sonst. Und jetzt versteck dich.« Ich gab ihr einen Kuss auf den Kopf, so sanft, dass ich unsicher war, ob sie es bemerkt hatte. Sie ließ mich los, duckte sich und kroch mit tränenüberströmtem Gesicht in den Schrank.

»Verhalte dich still, bis Lhoris dich herausholt.«

Ich fuhr herum und rannte los, bevor mich der Anblick ihres verängstigten Gesichts dazu bringen konnte, bei ihr zu bleiben.

Lhoris stand an seiner Werkbank. Er sammelte alles ein, was als Waffe verwendet werden konnte: schwere Hämmer, scharfe Messer und seine eigene, hart erarbeitete Streitaxt.

»Was ist los?«, keuchte ich, als ich ihn erreichte. Sein

Gesicht war ernst. Das Klirren von Schwertern und Speeren war lauter geworden, und einige sehr menschlich klingende Schreie waren zu hören.

»Es gibt nur etwas, was das Licht des Goldhofs dämpfen kann.« Angst umschloss mein Herz wie eine eisige Hand. Ich wusste, was er als Nächstes sagen würde.

»Die Schwester der Königin?«

Er nickte grimmig. »Oder ihr Sohn, der Prinz des Schattenhofs.«

Ich wollte nach dem Schmelzhammer auf der Werkbank greifen, aber Lhoris streckte eine Hand aus und packte mich am Handgelenk.

»Das ist deine Chance.«

»Zu sterben? Wenn der Schattenhof den Palast überfällt, bedeutet das, dass der Konflikt zwischen den Königinnen eskaliert ist.«

»Flieh, Reyna. Das ist die Ablenkung, auf die du gewartet hast.«

Ich starrte ihn an und sah die Entschlossenheit in seinen Augen. »Und du?«, flüsterte ich.

Sehnsucht flammte in seinen braunen Augen auf, aber er schüttelte den Kopf. »Ich werde bleiben. Für Kara.«

Ein Gefühl von Erleichterung überkam mich. Bei ihm war sie sicher. »Danke.«

Er gab ein Schnauben von sich und sagte dann: »Du solltest das hier nehmen.« Er hielt den Stab mit den zwanzig Federn hoch, den ich gerade erst für ihn fertiggestellt hatte.

»Was? Nein! Sie würden dich grün und blau schlagen!«

Seine Schultern strafften sich. »Ein wertvolles Tauschmittel für deine Reise, das ist es wert. Außerdem glaube ich, dass der Palast bald im Chaos versinken wird, und dass das Verschwinden des Stabs leicht mit dem Angriff erklärt werden kann.«

Ich zögerte nur eine Sekunde. »Danke.« Ich schloss meine Hand um den Stab. »Noch einmal.«

»Danke mir, indem du das Leben lebst, das ich nie hatte.« Die ehrlichen Gefühle in seinem Gesicht berührten mich tief. »Und jetzt hol deine Tasche. Jetzt oder nie, Reyna.«

Ich sprintete zu meinem Schlafraum und warf meine wenigen Habseligkeiten in eine Tasche, achtete aber darauf, den Stab in den einen, dicken Pelz zu wickeln, den ich besaß. Die glänzenden Metallgriffe der von uns hergestellten Stäbe waren so konstruiert, dass sie zusammengeschoben werden konnten, um leicht verstaut, transportiert oder in diesem Fall versteckt werden konnten. Als ich mir die Tasche umhängte, konnte ich sein Gewicht spüren.

»Ich bin bereit«, sagte ich und rannte zurück in die Werkstatt. Ich versuchte, mich nicht von der Tatsache einschüchtern zu lassen, dass der Himmel draußen dunkel geworden war. In all der Zeit, in der ich in der

Werkstatt gelebt hatte, war das glitzernde, goldene Licht noch nie versiegt.

Lautes Poltern kam von den verschlossenen Türen, und Lhoris zog ein Messer hervor und hob es neben seine Axt.

Angst durchströmte mich. Ich trat an seine Seite und hob den Hammer auf.

»Halt dich bereit«, murmelte er, als die Tür von einem weiteren Schlag getroffen wurde. Diesmal war der Knall noch lauter.

Ich öffnete den Mund, um zu antworten, aber die Worte blieben mir im Hals stecken. Auf einmal hatte ich das Gefühl, von eisiger Kälte eingehüllt zu sein.

Etwas stimmte nicht.

Meine Gedanken waren wie vernebelt. Die Angst war zu intensiv, als dass ich sie der Anspannung zuschreiben konnte, die ich angesichts des bevorstehenden Kampfes verspürte.

Schatten.

Sie krochen unter der Tür hindurch, bewegten sich wie tödlicher, schwarzer Rauch.

Langsam, unendlich langsam, verdichteten sie sich und wurden zu langen, schwarzen Schlangen.

Meine Finger zitterten, während ich den Griff des Hammers umklammerte.

Ich hatte von den Schattenschlangen gehört.

Man sagte, dass diese Schlangen das Letzte seien, was man sah, ehe man den Verstand verlor. Es gab nur einen Fae in ganz *Yggdrasil*, der sie beschwören konnte.

Der Prinz des Schattenhofs.

Ich hatte Angst, nicht nur um meine Freunde und mich, sondern auch vor dem, was ich meinen Freunden antun könnte, wenn ich in die Hände dieses dunklen Wesens fiel. Das Gefühl war so überwältigend, dass ich das Verlangen verspürte, aufzuschreien und mich bei Kara zu verstecken.

Du bist stark, Reyna, schrie ich mich innerlich an. *Das ist deine Chance, zu entkommen!*

Aber nichts war so, wie ich es erwartet hatte.

Ich hatte Menschenclans erwartet, die für den Schattenhof kämpften. Ich hatte blutrünstige Krieger mit Äxten und Speeren erwartet, die zu sehr darauf konzentriert waren, sich gegenseitig umzubringen, um meine Flucht zu bemerken. Ich hatte erwartet, dass Lhoris mit seiner Axt in der Werkstatt bleiben und Kara verteidigen würde, falls sich einer der Krieger zu weit vom Schlachtfeld entfernte.

Aber ich hatte mich geirrt.

Die Türen ächzten, sprangen dann krachend auf und enthüllten eine sieben Fuß große und in tiefes Schwarz gehüllte Gestalt.

Die Schlacht hatte uns erreicht, und wir standen keinen menschlichen Kriegern gegenüber.

»Guten Abend, kleine *Goldgeber*«, sagte der Prinz des Schattenhofs und trat aus der Dunkelheit in den Raum.

KAPITEL 6

Sekundenlang schaffte ich es nicht, zu Atem zu kommen. Angst lähmte mich von Kopf bis Fuß, und Taubheit breitete sich in meinen Fingern aus.

Schatten vernebelten meinen Geist, trübten meine Sicht und ließen meine Gedanken erstarren.

Ob es auf diese Weise begann? War er dabei, die Kontrolle über meine Gedanken zu übernehmen und mich zu zwingen, Lhoris zu töten? Der große Mann neben mir hob mit einem Knurren seine Axt. Der Prinz kicherte unter seinem schweren Kapuzenmantel hervor.

Wollte er Lhoris dazu bringen, mich zu töten?

Panik und Angst lähmten mich. *Verdammt noch mal, reiß dich zusammen, Reyna!*

Endlich schaffte ich es, meine Finger zu bewegen. Sie schlossen sich fest um den Hammer.

Langsam hob der Prinz seinen Stab. Schatten wirbelten um die Spitze. Die Stäbe, die ich herstellen konnte, waren mit großen Edelsteinen besetzt, oder, wenn ihr Besitzer sehr reich war, mit goldenen Kugeln. Auf diesem Stab prangte jedoch ein Totenkopf. Ein schwarzer Schädel mit Stacheln und einem Heiligenschein aus verdrehten Dornen, der sich schützend darüber wölbte.

Die Schatten zogen sich zu langen Bändern zusammen, flogen auf den Kopf des Prinzen zu und schoben seine Kapuze zurück.

Ich sog scharf die Luft auf und versuchte, nicht die Fassung zu verlieren.

Er trug eine Maske, die zu seinem Stab passte. Ein schwarzer Schädel bedeckte sein Gesicht, doch es gab Löcher, die gerade groß genug waren, um seine hellgrauen Augen zu entblößen. Sein dunkles Haar war von der Stirn aus nach hinten geflochten und fiel ihm über die Schultern. Die Perlen in seinen Zöpfen glichen ebenfalls Totenköpfen. Sein Körper war in schwarze Pelze und Leder gehüllt, und überall glänzen Waffen.

»Mein Prinz!«, rief eine Stimme von außerhalb der Tür, die er gerade durchbrochen hatte.

Die Schatten, die seinen Hals umspielt hatten, flogen auf die schweren Türen zu und ließen sie krachend zufallen.

Bei Odin, er war stark. Ich war oft in der Nähe von Fae, und obwohl die Magie der Gold-Fae weniger destruktiv war als die der Schatten-Fae, kannte ich nur wenige, die in der Lage waren, Objekte auf diese Weise zu kontrollieren.

»Ihr kommt mit mir. Jetzt.« Seine Stimme war tief

und voll. Ich konnte nicht sagen, ob der Befehl durch Magie verstärkt, oder ob seine tödliche Autorität natürlich war.

Ich war mir jedoch sicher, dass der Befehl mir galt.

Ich versuchte, meine rasenden Gedanken zu beruhigen, um klar denken zu können.

Lhoris trat vor. »Wir gehen nirgendwo hin.«

Wo in Odins Namen waren die Wachen? Die Gold-Fae hätten eine Chance, ihn abzuwehren, aber wir? Wir waren ihm hilflos ausgeliefert.

Die Taubheit verschwand aus meinen Gliedern, und Adrenalin begann, durch meinen Körper zu strömen. Ich packte den Hammer. Wenn ich sterben musste, dann würde ich es im Kampf tun.

Der Prinz trat einen Schritt auf uns zu. »Dich brauche ich nicht. Nur sie.«

Mich? Wenn er hier war, um alle Runenträger zusammenzutreiben, um sie zu töten, warum wollte er dann nicht auch Lhoris? Mein Mentor war geschickter und wertvoller für den Goldhof als ich.

»Ich werde sie bis zum Tod verteidigen«, fauchte Lhoris.

Der Prinz legte den Kopf schief. »Ihr seid ein Liebespaar?« Der tiefe, volle Ton seiner Stimme hatte sich in ein Zischen verwandelt.

Lhoris knurrte. »Sie ist meine Familie. Ich würde lieber sterben, als zuzulassen, dass Ihr sie mir wegnehmt.«

All die Emotionen, die sich in den letzten paar Stunden in mir angestaut hatten, während ich versucht hatte, mich selbst davon zu überzeugen, dass ich Lhoris und Kara zurücklassen musste, brannten in meiner Brust. Und für mich bedeuteten Emotionen Wut.

Lhoris würde sterben, um mich zu beschützen.

Und ich für ihn.

»Wir gehen nirgendwo hin«, sagte ich und fand endlich meine Stimme wieder. »Die Gold-Fae werden jeden Moment hier sein.«

Der Prinz lachte leise. »Eure Gold-Fae sind erbärmliche, gierige Pfauen. Sie werden ihre Reichtümer verteidigen, bevor sie auch nur darüber nachdenken, euch zur Hilfe zu kommen.«

Wahrscheinlich hatte er recht, aber ich reckte mein Kinn und bewegte den Hammer ein wenig. Schatten wirbelten um ihn herum, und Licht glomm in seinen Augen auf. »Ihr seid nicht allein hier.«

Bei seinen Worten schnürte sich meine Brust vor Angst zusammen. »Sind wir doch.«

Er schüttelte langsam den Kopf. »Nein.« Mit einer Bewegung seines Stabes huschten die Schatten auf die Speisekammer zu.

Mein Instinkt schrie mir zu, ihnen hinterherzulaufen, doch das würde Kara sofort verraten. »Außer uns ist niemand hier«, wiederholte ich lauter.

»Ich kann ihre Angst riechen.«

Ein widerliches Gefühl verstärkte die Enge in meiner Brust.

Er wusste es.

Aus der Speisekammer ertönte ein Schrei, und mit

einem letzten, durchdringenden Blick auf mich fegte er an uns vorbei.

»Lhoris, was in Odins Namen sollen wir tun?«, zischte ich.

Sein Gesicht war grimmig. »Wir kämpfen.«

Auf die *Yggdrasil*-Weise.

Aber wir konnten nicht gewinnen. Ich war kein Feigling, aber ich war auch nicht dumm.

»Reyna!« Kara kam aus der Speisekammer ins Zimmer gerannt. Die Schatten peitschten gegen ihre Lederschürze, als sie auf mich zukam, und ich streckte meine Hand aus und zog sie an meine Seite. Die Schatten streiften meine Kleidung, und ein kaltes Kribbeln strich über meine Haut.

Ich sah den Prinzen an, der in die leere Speisekammer starrte. Seine Maske hinderte mich daran, seinen Gesichtsausdruck zu deuten, aber irgendetwas hatte seine Aufmerksamkeit erregt.

Ohne zu zögern, setzte ich mich in Bewegung und zog Kara mit mir, doch ich hatte kaum sechs Schritte auf die Türen zu getan, als sie erneut aufgestoßen wurden.

Ein Krieger kam in den Raum gestürmt. Schwarze Kriegsbemalung bedeckte seine Haut, und sein schwarzes, geflochtenes Haar zeichnete ihn als Schatten-Fae aus. Die Axt in seiner Hand war rot vor Blut.

»Wir müssen weg, mein Prinz«, rief er.

Der Prinz wirbelte herum. »Dann also alle«, sagte er.

»Nein! Wenn Ihr mich haben wollt, dann nehmt mich.«

Sein Blick bohrte sich in meinen, dann deutete er auf

Lhoris. »Dieser Mann ist entschlossen, mir das Leben schwer zu machen, und ich habe gerade keine Zeit, ihn zu töten. Ich würde das lieber bei Gelegenheit tun, in meinem eigenen Hof.«

»Dann lasst das Mädchen gehen. Sie ist noch ein Kind.«

»Nein.« Er ging auf den Krieger zu, während seine Schatten um uns herumwirbelten. »Wenn du nicht freiwillig kommst, schlitze ich ihr die Kehle auf. Wenn du versuchst, wegzulaufen, werde ich das Innere ihres Körpers nach außen kehren.«

Ein gutturaler Laut entkam meiner Kehle, was ihn dazu veranlasste, innezuhalten und mich über seine Schulter hinweg anzusehen. »Du hast drei Sekunden Zeit, um eine Entscheidung zu treffen.«

Ich wusste mit unumstößlicher Gewissheit, dass er seine Drohung wahr machen würde. Ich blickte von seiner schwarzen Totenkopfmaske zu der blutbesudelten Axt des Kriegers.

»Reyna?«, flüsterte Kara. Entsetzen lag in ihrer Stimme.

»Wir gehen«, knurrte Lhoris, bevor ich die gleichen Worte aussprechen konnte.

Wir hätten keine Chance in einem Kampf, aber eine Flucht war immer noch möglich.

Ich presste Kara an mich. »Weich nicht von meiner Seite, hörst du?« Sie nickte, ihr zitternder Arm schloss sich fester um mich.

Der geflieste Boden jenseits der Türen zur Werkstatt war mit Leichen übersät. Sie trugen sowohl goldene als auch schwarze Rüstungen. Menschen vom Gold- und Schattenhof waren an diesem Ort für ihre Überzeugungen gestorben. Tote Fae konnte ich keine sehen. Mein Herz machte einen Sprung, als wir zur Treppe geschoben wurden. Dort, auf dem Boden, lag die Wächterin, die ich an diesem Tag so gerne geschlagen hätte. Ihre toten Augen starrten an die Decke.

Als wir die Wendeltreppe hinuntergingen, gesellten sich ein Krieger und eine Kriegerin zu uns, beide außer Atem und blutüberströmt.

»Die Schlacht tobt auf den oberen Ebenen, mein Prinz. Wir müssen uns beeilen, aber wir sollten den Palast unbehelligt verlassen können«, sagte die Kriegerin.

Der Kampflärm verstummte. Als wir die schier endlose Steintreppe in der Eingangshalle der untersten Ebene des Palastes verließen, war die Schlacht vorbei. Auch hier war der Boden mit den Leichen der Gefallenen übersät.

Sie werden in Walhalla speisen, sagte ich mir, als mir der Geruch von Blut in die Nase stieg.

Sie sind im Kampf gefallen. Ehrenvoll.

Ihre Absichten waren hingegen alles andere als ehrenvoll. Wut stieg in mir auf, als wir an weiteren, toten Sklaven vorbeikamen, während wir uns durch die glitzernden Innenhöfe und durch die großen Palasttore bewegten. Ihre Absichten waren nichts als Fae-Gier.

Der goldene Kopfsteinpflasterweg jenseits der Tore

war unheimlich still. Ein einsamer, weißer Hengst galoppierte reiterlos an uns vorbei und verschwand in dem großen Eibenwald zu unserer Rechten.

Eifersucht auf die Freiheit des Tieres überkam mich, und ich überlegte, ob es einen Weg gab, dem Pferd zu folgen.

Aber die drei Krieger, die sich dem Prinzen des Schattenhofs angeschlossen hatten, hatten sich um uns herum verteilt und gingen in geschlossener Formation. An eine Flucht war nicht zu denken.

Der Prinz ging an der Spitze, sein verhüllter Rücken uns zugewandt. Die Schatten tanzten wachsam um die Spitze seines Stabes. Er bewegte sich mit einer tödlichen Anmut, doch seit wir die Werkstatt verlassen hatten, hatte er kein Wort mehr gesagt.

Warum wollte er mich?

Die Frage brannte mir auf der Zunge und verdrängte die meisten anderen Gedanken in meinem Kopf.

Ich konnte nachvollziehen, warum der Schattenhof den Palast überfallen und seine *Goldgeber* töten wollte, aber das bedeutete, dass wir längst tot sein sollten. Wir alle. Warum in Odins Namen hatte er uns gefangen genommen? *Warum hatte er mir direkt in die Augen geschaut und gesagt, er wolle nur mich?*

Ich starrte seinen Rücken an, als könnte die Kraft meines Blicks diesen Furcht einflößenden Fae dazu bewegen, meine Frage zu beantworten.

Sein verhüllter Kopf bewegte sich leicht, als wollte er sich umdrehen, und plötzlich war ich mir nicht mehr so sicher, ob ich die Antwort kennen wollte.

Aber er wandte sich nicht an mich.

Stattdessen sah ich Lhoris an. »Wo sind die Gold-Fae? Warum verteidigen sie den Palast nicht?«, zischte ich. In der unheimlichen Stille klang meine Stimme lauter, als ich erwartet hatte, und die Frau zu meiner Rechten schnaubte.

Sie hatte pechschwarzes Haar, das zu komplizierten Knoten geflochten war, und auch sie trug eine Totenkopfmaske, die jedoch nur den oberen Teil ihres Gesichts bedeckte. »Sie verteidigen den Palast. Das Gold, das sie oben in ihren hübschen Türmen aufbewahren«, sagte sie.

»Warum sein eigenes Leben riskieren, wenn man Menschen hat, die für einen kämpfen?«, sagte der andere Krieger und schaute nach rechts, um mich anzugrinsen. Er war ganz offensichtlich kein Fae, denn er hatte braunes Haar. Er war jedoch ein Berg von einem Mann, genauso groß wie der Prinz und in dicke, braune Pelze gehüllt. Sein Gesicht war mit marineblauer Farbe bemalt, eine Mischung aus dem Schwarz der Fae und dem Blau der Menschen. Anstatt der üblichen, schlichten Striche auf den Wangen, war seine Kriegsbemalung komplex und detailliert.

»Du entehrst unsere Art«, fauchte Lhoris ihn an.

Mit einem fröhlichen Lächeln zuckte er mit den Schultern. »Hier gibt es keine Ehre. Du bestimmst dein Schicksal, und ich bestimme meins.«

Der Mann hinter uns, der Krieger mit der Axt, der in die Werkstatt gekommen war, sprach: »Eure Gold-Fae sind Feiglinge, gierig und dumm. Sie verkriechen sich in ihren Türmen und glauben, dass sie das Wichtigste schützen. Sie haben die Runenträger vergessen. Verdammte *Verslingr*.» Hass schwang in seiner Stimme mit.

Ob er recht hatte? Hatten die Gold-Fae die Menschen zurückgelassen, um für sie zu sterben, während sie ihr Gold beschützten? Sie verfügten über Magie. Menschen hatten nichts als Schwerter und Speere.

Ich knirschte mit den Zähnen, als mich eine überwältigende Wut durchströmte. Ich wusste nicht einmal, warum ich überrascht war. Es gab keinen Grund, anzunehmen, dass sie sich anders verhalten würden.

Wir hatten die sich kreuzenden Wege am Ende der Palaststraße erreicht. Geradeaus kam man nach *Upper Krossa*, wo ich vor ein paar Tagen Skegin ausgenommen hatte, und nach rechts ging es zu den Stallungen des Palastes.

Der linke Weg führte direkt zum Wurzelfluss. Er war die einzige Möglichkeit, um zwischen den Höfen zu reisen.

Der Prinz schlug den linken Weg ein, ohne stehenzubleiben.

Bei Odin, das war nicht das, was ich geplant hatte, aber ich war dabei, den Goldhof zu verlassen.

KAPITEL 7

Ich hatte nur einmal versucht, zum Wurzelfluss zu gelangen, und es war aus purer Neugierde geschehen. Ich hatte unbedingt wissen wollen, wie der Fluss aussah, aber ich hatte meine Entscheidung fast sofort bereut.

Er wurde vom dichtesten Wald des ganzen Hofes abgeschirmt, der noch undurchdringlicher erschien, da er immerzu von dichten Nebelschwaden durchzogen war, die zwischen den dicken Bäumen hingen. Ich war erst desorientiert gewesen und hatte mich dann innerhalb weniger Minuten verirrt.

Bald musste die Gruppe anhalten, um Fackeln zu entzünden, da Schatten-Fae nicht in der Lage waren, Licht zu erzeugen, so wie die Gold-Fae. Die Frau reichte dem Prinzen eine davon. Ich konnte einen Blick auf seine grausame Maske werfen, als er sich umdrehte, um sie entgegenzunehmen.

Große Weiden ragten über uns auf, als wir unseren

Weg fortsetzten. Habichte und Falken schrien in den Bäumen, und ihre Beute huschte panisch durch das dichte Unterholz. Seltsames Wolfsgeheul drang durch das Laub und den Nebel und ließ meine Nackenhaare zu Berge stehen.

»Reyna, warum haben sie uns mitgenommen?« Karas flüsternde Stimme wurde von einem fast schmerzhaft harten Griff um meinen Arm begleitet.

»Dein Schützling ist schwach und verängstigt«, sagte die Fae zu mir, noch ehe ich Kara antworten konnte.

Meine Wut nahm noch zu.

»Dieser Ort wäre auch ohne vier Schatten-Fae beängstigend, die ‚bei Gelegenheit‘ über unser Schicksal entscheiden wollen, wie Euer mörderischer Prinz es ausgedrückt hat.«

Sie zuckte mit den Schultern und sah dann Kara an. »Wie alt bist du?«

»Achtzehn«, flüsterte Kara.

Sie machte ein verächtliches Geräusch. »Sie ist kein Kind mehr.«

Ich zeigte ihr meine Zähne. »Und auch keine Kriegerin. Lass sie verdammt noch mal in Ruhe.«

»Ruhe.« Die tiefe Stimme des Prinzen hallte durch den stillen Wald, und mein böser Blick wanderte von der Frau zu seinem Rücken.

~

Wir gingen noch etwa zehn Minuten zu Fuß, und ich gab die Hoffnung auf, dass uns die Gold-Fae retten würden. Am Fluss patrouillierten jedoch Wachen des Goldhofs, und ich betete dafür, dass sie uns sahen. Der Nebel wurde dichter, je länger wir dem Weg folgten, und ich konnte das Wasser riechen, noch ehe es in Sicht kam.

Der Prinz blieb stehen und hob seinen Stab. Dunklen Schatten erhoben sich und zerrissen den Nebel, sodass ich durch die Lücken hindurch das dunkle Ende eines Langboots ausmachen konnte.

Als wir näher kamen, sah ich, dass es eine *Karfe* war, eine Art kleines Kriegsboot. Es bot nur Platz für etwa zehn Personen, sah dafür umso gefährlicher aus.

Die meisten Boote, die ich auf Bildern gesehen hatte, besaßen geschnitzte Figuren mythischer Drachen an ihrer Vorderseite, doch dieses hatte eine riesige Schlange, deren Kopf mit gebleckten Reißzähnen nach hinten gewölbt war. Das kleine Segel war schwarz, und der undeutliche Umriss eines Totenschädels war darauf zu erkennen.

Mit verkrampftem Kiefer sah ich Lhoris an.

Wo waren die Wachen?

Der Erdpfad unter meinen Stiefeln wurde von losem Kies abgelöst, als wir gegen die Seite des Bootes geschoben wurden.

»Rein mit euch.« Ein Schrei ertönte, und mein Arm wurde umklammert, als der riesige, menschliche Krieger versuchte, Kara von mir wegzuziehen. Ich ballte die Hand und schlug meine Faust gegen die Stelle an seinem Unterarm, wo ein empfindlicher Muskel lag.

»Autsch!«, sagte er, ohne mit der Wimper zu zucken. Er warf mir einen fragenden Blick zu und legte beide Hände um Karas schmale Taille.

»Lass sie runter!«

Er ignorierte mich, drehte sich um und hob sie über die Seite des Bootes. Die Frau schüttelte den Kopf und sprang hinter Kara in die *Karfe*.

Ich machte einen Schritt, aber Lhoris ließ mich innehalten. »Tu, was sie verlangen, Reyna. Erinnere dich an das, was ich dir beigebracht habe«, sagte er leise. Er richtete seinen Blick auf den Prinzen, der mit verschränkten Armen neben der geschnitzten Schlange Aufstellung genommen hatte. Er beobachtete uns.

»Sanftmut gehört nicht zu meinen Stärken«, stieß ich hervor.

Lhoris streckte eine Hand aus und bot mir an, mir ins Boot zu helfen. Ich ignorierte ihn und sprang selbst hinein, wie ich es gerade bei der Frau gesehen hatte. Ich stolperte ein wenig, als ich aufkam, fing mich aber sogleich wieder, sodass ich ziemlich sicher war, dass es niemand bemerkt hatte.

»Netter Versuch«, murmelte die Frau und drängte sich an mir vorbei, als Kara an meine Seite eilte. Ich trat nach dem Bein der Fae, aber sie war bereits außer Reichweite. Sie ging auf den Schlangenkopf zu und zog beim Vorbeigehen an den Tauen des Segels. Das Boot hatte Holzplanken, die als Bänke dienten, und große, exakt eingepasste Truhen an beiden Enden. Auf beiden Seiten waren in regelmäßigen Abständen Ruder angebracht, die sich mit bösartig aussehenden Metallspitzen abwechselten.

Ich setzte Kara auf die Bank in der Mitte des Bootes und kauerte mich in die Lücke vor ihr. Lhoris zog sich in das Boot und lehnte die Hilfe des menschlichen Kriegers ab.

»Hör mir zu, Kara«, flüsterte ich. »Tu einfach das, was dir gesagt wird. Ich werde nicht zulassen, dass sie dir wehtun, okay?« Sie nickte. Ihr Gesicht war blass, aber ich hatte mit Tränen gerechnet. »Du machst das großartig. Bleib stark.«

»So wie du«, sagte sie mit fester Entschlossenheit und mit ihrer üblichen, sanften Stimme. Wärme stieg mir ins Gesicht.

Sie versuchte, so stark zu sein wie ich.

Bei Odin, ich würde nicht zulassen, dass sie ihr etwas antaten.

Ich setzte mich neben sie, aber die Frau rief: »Du, nach vorn zu mir, während wir ablegen. Da kann ich dich im Auge behalten.«

»Ich?«, fragte ich, obwohl ich ganz genau wusste, wen sie meinte.

»Ja. Du. Diejenige, die gerade versucht hat, mich zu treten.«

Mist. Wie hatte sie das bemerkt? Sie hatte mir den Rücken zugewandt.

Mit finsterem Blick stand ich auf. Lhoris nahm

meinen Platz neben Kara ein, und ich kletterte über die Bänke zum Bug des Bootes. Ich beobachtete, wie sie sich vorbeugte und ihre Fackel gegen einen Lappen an der Spitze der gespaltenen Zunge der Schlangenfigur hielt. Er fing Feuer und warf ein warmes Leuchten in die weißen Nebel. Ich konnte gerade noch das Wasser ausmachen, das sich vor uns bewegte.

Das Boot schlingerte, und ich stolperte. Die Frau grinste mich an. »Wenn ich du wäre, würde ich mich festhalten.«

Ich sah sie mit zusammengekniffenen Augen an, dann lehnte ich mich über den Rand des Bootes. Der menschliche Krieger war dabei, seine Schulter gegen die Seite der *Karfe* zu pressen und versuchte, sie nach vorn ins Wasser zu stoßen. Ich nahm an, dass der Fae-Krieger auf der anderen Seite dasselbe tat.

Wo war der Prinz?

Mein Herz machte einen Sprung, als es einen dumpfen Schlag gab und ein schwarzer Schemen aufblitzte.

War er gerade ins Boot *gesprungen*?

Der Prinz stand neben mir, immer noch ganz in Schwarz gekleidet. Er hob seinen Stab. Die Schatten erhoben sich, peitschten um das Boot herum und erfüllten es mit ihrer Macht. Wir legten an Geschwindigkeit zu. Es waren keine Ruder erforderlich.

»Setz dich«, sagte er.

»Nein.« Ich hatte keinen Grund, mich der Aufforderung zu widersetzen, außer um zu beweisen, dass ich noch immer ein gewisses Maß an Kontrolle hatte.

Ich öffnete den Mund, um zu antworten, doch da landete das Boot im Wasser und die Planken unter mir bewegten sich. Ich stolperte schwer, und so bemerkte ich die beiden Krieger kaum, die auf das Heck des Bootes sprangen.

Eine Hand schoss vor, packte mich von hinten am Hemd und zog mich zurück, bevor ich über den Rand des Bootes fallen konnte.

Adrenalin durchströmte mich. Ich wehrte mich nicht, als er mich auf die Bank zog, aber als er mein Hemd losließ, spürte ich, wie seine Finger über die Rune zwischen meinen Schulterblättern glitten.

Sofort wurde meine Sicht in einen goldenen Schimmer getaucht.

Ich drehte mich erschrocken um und keuchte. Eine einzelne, funkelnde Goldrune schwebte hinter der schwarzen Schädelmaske hervor.

KAPITEL 8

Der Prinz zog seine Hand zurück, und der goldene Schimmer verschwand.

»Was ...«, wollte ich keuchen, aber die tiefe Stimme des Prinzen erscholl in meinem Kopf.

»Ein Wort über das, was gerade passiert ist, und ich werde das Mädchen töten und ihren Körper den Flussmonstern zum Fraß vorwerfen. Verstanden?«

Ich starrte in die hellgrauen Augen hinter der Maske.

Wieder ertönte seine Stimme in meinem Kopf. *»Hast du das verstanden?«*

Ich nickte, immer noch erschüttert. Als ich den Kopf bewegte, überkam mich ein unbehagliches Gefühl, und Schwärze begann, mein Blickfeld einzuengen.

Oh nein. Hatte das, was gerade passiert war, meine Visionen ausgelöst?

Ich wappnete mich und wandte mich vom Prinzen ab, fest entschlossen, mir nichts anmerken zu lassen, aber gnädigerweise verebbte das unbehagliche Gefühl.

Schweigend dankte ich dem Schicksal und stand auf. Meine Gedanken rasten.

Ich verfügte über keinerlei magische Kräfte. Ich hatte lediglich Zugang zu der Magie, die im Gold eingebettet lag, weil ich die schwebenden Runen erkennen konnte, die aus dem Edelmetall strömten.

Aber der Prinz des Schattenhofs war eindeutig nicht aus Gold. *Was in Odins Namen war also gerade passiert?*

Ich hielt mich an der Seite des Bootes fest und starrte in den Nebel hinaus. Ich wollte ihn noch einmal ansehen, aber ich wagte es nicht. Stattdessen ließ ich das, was passiert war, in meinem Kopf Revue passieren. Mit einem Anflug von Ärger stellte ich fest, dass ich die Rune nicht lange genug betrachtet hatte, um sie lesen zu können. In dem Moment war ich so verblüfft gewesen, dass ich sie nicht richtig wahrgenommen hatte.

Ein frustriertes Zischen entkam meinen Lippen, und ich sah eine Bewegung zu meiner Linken. Ich trat zurück und ließ das Boot los, als der Prinz neben mir auftauchte. Er bewegte sich wie ein verdammtes Gespenst, und ich hasste es.

»Wie heißt du.«

Es war keine Frage.

»Wie heißt *Ihr*?« Ich zwang mich, ihm in die Augen zu sehen, und griff erneut nach der Kante des Bootes, während wir durchs Wasser glitten. Wir bewegten uns nicht sehr schnell, aber es reichte aus, um mich zum Wanken zu bringen.

»Du darfst mich Prinz der Schlangen nennen.«

Ich verzog das Gesicht. »Dann dürft Ihr mich ...« Ich

suche nach etwas angemessen Respektlosem. »Herrscherin über Odins Eier nennen.«

Etwas flackerte in seinen Augen. Ich nahm an, dass es Ärger war. Er wies mit dem Kopf auf Lhoris und Kara.

»Ich kann in ihre Gedanken eindringen und deinen Namen selbst herausfinden.«

»Reyna. Mein Name ist Reyna Thorvald.«

»Ein starker Name«, sagte er leise.

Ich runzelte die Stirn. Ich hatte meinen Nachnamen selbst gewählt, da ich keine Eltern hatte, und er ehrte den alten Gott Thor. Es war ein starker Name, aber ich hatte nicht erwartet, dass er das sagen würde. »Warum habt Ihr uns mitgenommen?«

»Hättest du es vorgezogen, in deiner Werkstatt abgeschlachtet zu werden, umgeben von schmutzigem Gold?«

Ich öffnete den Mund, wollte ihn fragen, warum in Odins Namen ich eine »schmutzige Goldrune« von ihm aufsteigen gesehen hatte, aber seine Augen verengten sich warnend.

»Ich bezweifle, dass meine Vorlieben von Bedeutung sind. Aber ja, ich wäre lieber in meinem eigenen Hof umgebracht worden, als zu Eurem verschleppt zu werden, wo Ihr uns dazu zwingen werdet ... Was auch immer Ihr von uns wollt.« Ich kämpfte darum, die Angst aus meiner Stimme zu verbannen, während mir die Geschichten über die Folter und Gehirnwäsche der Schatten-Fae durch den Kopf schossen.

Vielleicht hatte Lhoris recht. Vielleicht war es der Zeit, Sanftmut zu zeigen.

»Nicht von euch. Von dir.«

»Warum?«

Er starrte mich lange an, aber als er wieder sprach, erhielt ich keine Antwort. »Hast du den Goldhof je verlassen?«

»Nein.« Ich schenkte ihm ein sarkastisches Lächeln. Ich hatte keine Waffen und keine Magie. Alles, was ich hatte, war mein Mund und mein Mut. Ich würde ihm zeigen, dass ich keine Angst hatte.

Seine Augen verengten sich. »Wer sind deine Eltern?«

»Keine Ahnung. Wer sind Eure?«

Wieder blitzte etwas in seinen Augen auf, und dieses Mal gab es keinen Zweifel, dass es Zorn war. »Du bist unverschämt. Jeder kennt meinen glorreichen Vater.«

»Und Eure verrückte Mutter.«

Sein Stab knallte auf den Boden des Bootes, und ich zuckte zusammen. »Sie ist nicht meine Mutter. Die Königin des Schattenhofs ist meine *Stiefmutter*«, zischte er.

Ich hob eine Augenbraue. Der mächtige Prinz der Schlangen verlor also leicht die Nerven. Ich legte nach: »Kaum ein Unterschied.«

Das Ende seines Stabes glühte, und Schatten sammelten sich um ihn herum. »Ich habe es satt, mit dir zu sprechen«, knurrte er.

»Wie schade.« Die Schatten verdichteten sich, und für einen kurzen Moment dachte ich, dass ich zu weit gegangen sei. Dann fuhr er auf einmal herum, schritt das Boot hinunter und stieg über die Bänke hinweg, als wären sie gar nicht da. Kara zuckte zusammen, als er an ihr vorbeiging, und Lhoris umfasste ihre Schultern.

»Weißt du, er hat schon für weniger getötet.« Die Fae lehnte an der geschnitzten Schlange und sah mich an, als wäre ich verrückt. Oder dumm.

»Das Glück hatte ich wohl nicht«, knurrte ich. »Was will er von mir?«

Sie zuckte mit den Schultern. »Geht mich nichts an.«

»Du tust einfach, was er dir sagt?«

»Alles.«

»Und es macht dir Spaß, einem mordlustigen Irren zu dienen?«

Sie schüttelte den Kopf, ein leichtes Lächeln auf den Lippen. »Du glaubst, dass alle Schatten-Fae blutrünstige Verrückte sind, nicht wahr?«

»Liege ich da falsch?«

»Das wirst du noch früh genug herausfinden.« Sie stieß sich von der Schlange ab und ging hinter dem Prinzen das Boot hinunter. Ich beobachtete, wie sich der menschliche Krieger in die entgegengesetzte Richtung und auf mich zubewegte. Sein Gewicht ließ das Boot auf eine Seite kippen, und ich klammerte mich an der Schlange fest, um das Gleichgewicht zu halten.

»Also gut!« Der Mensch klatschte in die Hände, als er die Mitte des kleinen Bootes erreichte. »Hört her, ihr kleinen *Goldgeber*. Es ist fast eine Tagesreise bis zu den Toren. Der Nebel wird sich in etwa einer Stunde lichten. Um die Reise so angenehm wie möglich zu gestalten«, er schenkte uns allen ein vielsagendes Lächeln, »werde ich eine Vorstellungsrunde machen. Ich bin Ellisar. Das ist

Svangrior.« Er deutete auf den männlichen Fae. »Sie heißt Frima.» Die Frau winkte mir spöttisch zu. »Du bist dran.« Er zeigte auf Kara.

Sie blickte zu ihm auf. »Ich bin Kara.« Ihre Stimme war kaum zu hören.

»Lhoris«, sagte mein Mentor schroff.

Alle Augen richteten sich jetzt auf mich, was den maskierten Prinzen einschloss. »Reyna«, sagte ich widerstrebend.

Ellisar nickte. »Gut. Wenn sich der Nebel verzieht, haltet ihr euch von den Seiten des Bootes fern.« Er ließ sich auf die Bank fallen und zog etwas aus der Tasche an seinem Gürtel.

»Warum?«, quietschte Kara.

Er sah sie an. »Warum was?«

»Warum sollen wir uns von den Seiten des Bootes fernhalten?«

»Es gibt Monster im Wurzelfluss«, sagte er grinsend.

Ich wandte mich wieder dem Wasser zu und suchte nach Anzeichen von Leben. Es war nichts zu sehen, aber ich zweifelte nicht an den Worten des hünenhaften Kriegers. Nichts in *Yggdrasil* war sicher. An jeder Ecke lauerten Gefahr und Tod.

Nach einer Stunde lichtete sich der Nebel tatsächlich. Ich hatte die Zeit damit verbracht, ruhelos zwischen den Bänken hin und her zu wechseln und zu versuchen, meine Situation zu verstehen.

Ich schaffte es nicht, aber ich war entschlossen, alles dafür zu tun, einen ehrenhaften Tod zu sterben und nach Walhalla zu kommen. Eine Kriegerin war ich nicht, aber es gab Gerüchte darüber, dass einem auch andere edle Taten den Weg ins glorreiche Jenseits bahnen konnten. Ich würde alles dafür tun, um meine Freunde zu beschützen, und ich hoffte, dass mir die Götter wohlgesinnt waren.

Ich hörte ein lautes Kreischen und blickte auf. Aus den weißen Nebelschwaden über uns tauchten schwere Äste mit dicken, grünen Blättern auf. Während wir über das Wasser glitten, bemerkte ich, dass die Ufer sichtbar geworden waren. Sie waren organisch, aus gewundenem Holz. Dahinter lag glitzernde Dunkelheit.

»Es ist wunderschön«, hauchte Kara und blickte von dem dichter werdenden Blätterdach über uns in die Dunkelheit zu beiden Seiten.

Das war es. Die Blätter der Bäume glühten grünlich, und noch immer zogen einzelne Nebelschwaden vorbei. Sosehr ich mich danach gesehnt hatte, den Goldhof zu verlassen, ich hatte mir nie wirklich erlaubt, mir vorzustellen, wie es sein würde.

»Warte, bis du *Yggdrasils* Stamm siehst«, sagte Ellisar und blickte von seinem Stück Holz auf, das er mit einem Messer bearbeitete. Es war viel zu groß für die filigrane Schnitzarbeit. Er legte sie vorsichtig auf den Boden und wühlte in einer Tasche an seinem Gürtel herum. Triumphierend zog er ein Stück Pergament heraus und reichte es Kara. Ihre Augen weiteten sich, dann wurde ihr Blick forschend.

Kara war die klügste Person, die ich kannte. Zahlen, Wörter, Sprachen – alles fiel ihr leicht. Wenn sie es lesen konnte, verstand sie es. Sie hatte Monate damit verbracht, mir die alte Sprache beizubringen, doch neben ihr kam ich mir noch immer dumm vor.

»Reyna, schau«, sagte sie, ohne den Blick von dem Pergament zu lösen. Ich ging zu ihr hin, um zu sehen, was auf dem Papier stand.

Es war die Zeichnung des mächtigen Baumes, der uns allen Leben einhauchte, und nach dem unsere Welt benannt war. *Yggdrasil.* Fünf gigantische Wurzeln wanden sich von seinem Stamm. Jede wurde von einem Fluss begleitet, der jeweils bei einem der fünf Höfe endete. Der Urnebel, welcher die Götter selbst hervorgebracht hatte, schwebte über den riesigen Baumkronen, und in den Zweigen waren die einst verehrten Wanen zu sehen – die legendären Hohen Fae, die zusammen mit den Göttern verschwunden waren.

»Woher hast du das?«, fragte ich.

Ich hatte schon oft Karten unserer Welt gesehen, aber sie stellten den Goldhof um ein Vielfaches größer dar als die anderen Höfe, ausserdem zeigten sie weder den Nebel noch die Wanen. Die gigantische Schlange, die sich um *Yggdrasils* Stamm gewickelt hatte, hatte ich auch noch nie gesehen.

Ellisar zuckte mit den Schultern. »Diese Karte findet man überall im Schattenhof.«

»Was passiert, wenn wir das Ende des Flusses erreichen?«, fragte Kara zaghaft und berührte die Stelle auf dem Papier, wo die Wurzel des Goldhofs auf *Yggdrasils* Stamm traf.

»Jeder Hof hat ein Tor im Stamm, durch das man gehen muss, um hineinzukommen. Es sind keine normalen Türen, das kann ich euch sagen. Sie können weder von Fae noch von Menschen bewacht werden, da sie jedem die Lebenskraft entziehen, der zu viel Zeit in ihrer Nähe verbringt. Sie können mit Magie geschützt werden, aber nur so lange die Fae noch welche haben.« Ellisar hielt inne, um den Prinzen anzusehen. Die Schädelmaske und seine beunruhigenden, grauen Augen waren nach vorn gerichtet. Es war unmöglich zu sagen, ob er zuhörte oder nicht.

Ellisar fuhr fort. »Also belegen die Gold-Fae ihre mit Licht, die Feuer-Fae benutzen Feuer, die Erd-Fae Erde und so weiter. Aber ihre Macht lässt immer wieder nach.« Seine Stimme wurde leiser. »Das Problem mit den Fae ist, dass sie übermütig werden.« Er bewegte vielsagend die Augenbrauen und fügte dann flüsternd hinzu: »Und gierig.« Kara holte tief Luft und warf einen Blick auf die drei Fae im Boot. Keiner sah sie an, und Ellisar lachte.

»Auf diese Weise seid ihr heute hindurchgekommen?«, sagte Lhoris mit wütender Stimme.

»Ellisar ist jetzt damit fertig, euch Dinge zu erzählen, die er für sich behalten sollte«, sagte Svangrior und stand seit Stunden zum ersten Mal auf. »Ich will etwas essen.«

• • •

Der Krieger holte einen Weidenkorb aus der Truhe ganz vorn im Boot, und ein paar Brocken Käse und Brot wurden verteilt.

Ich überlegte, ob ich mich weigern sollte, etwas zu essen, aber als ich sah, wie Lhoris seine Portion innerhalb von Sekunden verschlang, tat ich es ihm gleich. Es war wichtig, bei Kräften zu bleiben, und ich konnte nicht mit leerem Magen kämpfen.

Ellisar beschwerte sich darüber, wie klein seine Portion war. Seine großen Hände ließen das Essen, das er bekommen hatte, wie viel zu wenig aussehen.

Svangrior warf mir einen Seitenblick zu. »Das Essen musste zwischen mehr Personen aufgeteilt werden, als vorgesehen«, brummte er.

Sie hatten vorgehabt, mich mitzunehmen, so viel war klar, aber wie es aussah, waren Lhoris und Kara nicht Teil ihres Plans gewesen.

Warum? Warum wollten sie gerade mich? Eine verwaiste *Goldgeberin* ohne Ruf und Ehre. Mein Haar machte mich zu etwas Besonderem, aber ansonsten fiel mir nichts ein, was mich wichtiger oder wertvoller machen würde als andere *Goldgeber*.

Die Visionen.

Der Gedanke tauchte in meinen Kopf auf und unterbrach die bohrenden Fragen.

Das, was mich anders machte, waren die Visionen der Hungernden.

Ob sie für den Schattenhof von Bedeutung waren? Aber wie könnte jemand davon wissen? Lhoris war der einzige, der wusste, dass ich damit kämpfte, und selbst er kannte nicht die ganze Wahrheit.

Es gab ein leises Plätschern, und sämtliche Geräusche in den Baumkronen über uns verstummten auf einen Schlag

»Bitte sag mir, dass du nicht gerade das Essen in den Fluss geworfen hast«, zischte Svangrior. Ich drehte mich um und sah, dass Ellisar verlegen dreinschaute.

»Die Brotkruste war vertrocknet«, sagte er.

»Verdammter *Verslingr*«, schnappte der Fae-Krieger und zog ein Messer von seinem Gürtel.

»Du überreagierst. Es ist viele Monde her, seit wir auf dem Fluss angegriffen worden sind«, sagte der kräftige Mensch mit einem Achselzucken.

»Du denkst mit deinem Schwert, nicht mit deinem Kopf.«

»Nicht immer. Manchmal denke ich mit meinem Bauch«, sagte er grinsend. »Und wenn es besonders gut läuft, mit meinem ...«

Svangrior versetzte ihm eine schallende Ohrfeige, noch ehe er den Satz beenden konnte. Der große Mann machte kaum einen Wank. Sein Grinsen wurde noch breiter.

»Das ist nicht der Zeitpunkt für Spielchen, du Narr«, sagte Frima.

Ich sah sie an. Sie und der Prinz hatten die meiste Zeit der Fahrt schweigend am hinteren Ende des Bootes gesessen. Ihre Schädelmasken sahen im grünen Licht noch unheimlicher aus. Sie stand langsam auf und blickte aufmerksam auf das Wasser hinaus.

»Was ist dort?«, fragte Kara. Diesmal flüsterte sie nicht, und ihre Frage war an Ellisar gerichtet.

»Schlangen.«

Ich warf einen Blick auf die geschnitzte Schlangen-figur an der Vorderseite der *Karfe*. Die Erinnerungen an die Schattenschlangen, die sich wenige Stunden zuvor unter der Tür hindurchgeschlängelt hatten, kehrten zurück. Sie waren aus dem Stab des Prinzen gekommen.

Das Boot neigte sich ganz leicht nach links.

Ellisar und der Prinz standen blitzschnell auf, und alle drei Krieger zogen ihre Waffen.

Ein dumpfer Schlag traf den flachen Rumpf des Bootes.

»Scheiße«, fluchte Frima.

»Das ist deine Schuld, Ellisar«, fauchte Svangrior.

»Mir war ohnehin langweilig.«

»Langweilig? Bei Odins Rabe, manchmal bist du wie ein verdammtes Kind! Du …«

Der Prinz ergriff das Wort, und alle verstummten. »Wenn meinem Schützling etwas zustößt, wird der Preis dafür der Tod sein. Verstanden?«

Mein ohnehin schon rasender Puls wurde noch schneller. Sprach er über mich?

Die drei Krieger schlugen sich gegen die Brust. »Trig!«, riefen alle gleichzeitig. Das alte Wort für Loyalität.

Ich rutschte über die Bank, um mich in die Mitte des Bootes zu bewegen und in der Nähe meiner Freunde zu sein. Ich wusste nicht, was passieren würde, aber die

Anspannung und die Stille ließen meine Haut kribbeln. Meine Brust wurde eng.

Eine dünne Ranke, die leicht ein langes Stück Schilf hätte sein können, tauchte aus dem Wasser auf und wand sich über das Boot. Einen Moment lang verweilte sie dort, dann begann sie, hin und her zu peitschen, als würde sie etwas ertasten wollen.

Lautlos trat Frima heran. Sie hob ihre Klinge und ließ sie dann auf das Schilf heruntersausen.

Die Reaktion erfolgte umgehend, und sie war laut.

Ein kreischendes Geräusch erscholl, begleitet vom wilden Schaukeln des Bootes, als etwas dagegen schlug. Wasser spritzte zu beiden Seiten in die Höhe. Die Krieger duckten sich, um das Gleichgewicht zu halten, und ich klammerte mich an der Seite der Bank fest und versuchte, alle Seiten des Bootes im Blick zu behalten. Lhoris presste Kara vor sich auf den Boden, sodass sie von den Bänken abschirmt wurde. Trotz des Tumults blieb der Prinz ganz einfach stehen.

Das Kreischen verstummte, und eine Bewegung ließ mich nach rechts schauen. Etwas stieg aus dem Wasser empor.

KAPITEL 9

Wenn ich die Kreatur, die mit riesigen, goldenen Reptilienaugen aus dem Fluss auftauchte, mit einem Wort hätte beschreiben müssen, wäre »Schlange« nicht das gewesen, für das ich mich entschieden hätte. *Drache* war treffender.

Das Ding trug eine Mähne aus spitzen Hörnern um den Kopf herum, und Hunderte schilfartige Ranken kamen aus den Kiemen zu beiden Seiten seines Kiefers. Es war von einer grünlich-blauen Farbe, und jede dritte Reihe von Schuppen war leuchtend blau.

Es öffnete sein Maul, und eine lange, ebenso blaue Zunge schnellte heraus. Svangrior schrie auf und schwang seine Axt danach. Die Schlange bewegte sich schneller, als ich es je für möglich gehalten hätte. Wieder wurde das Boot von Schlägen getroffen, sodass wir gefährlich nach links kippten.

Ein lauter Knall lenkte meine Aufmerksamkeit

zurück aufs Innere des Bootes – auf den Prinzen. Es war sein Stab gewesen, der auf den Boden der *Karfe* geschlagen worden war. Um die Spitze herum wirbelten Schatten, noch mehr, als ich ihn bisher hatte heraufbeschwören sehen. Mit einer Bewegung seines Stabs schickte er sie auf die Schlange zu, und die Kraft ihrer Bewegung ließ seinen Umhang flattern.

Die Kreatur schien zu spät zu erkennen, dass die dunklen, rauchigen Formen eine Bedrohung darstellten. Sie versuchte, sich unter der Wasseroberfläche zu verstecken, aber die Schatten verwandelten sich in Hunderte kleine Schlangen, die sich erst um ihre Kehle und dann um ihren Körper wickelten und sie aus dem Wasser hoben. Innerhalb weniger Augenblicke war das Monster gänzlich aus dem Fluss gezogen worden und schlug wild um sich. Kein Brüllen und Winden schaffte es, den fesselnden Griff der Schattenschlangen zu lösen.

»Sie wird bald ersticken«, sagte Svangrior, dessen Stimme es nur knapp schaffte, das Kreischen der Schlange zu übertönen.

Auf einmal verschwanden die schwarzen Schattenschlangen, und die riesige Flussschlange stürzte mit einem Platschen zurück ins Wasser. Das Boot bebte. Ich hielt mich an der Bank fest und bereitete mich auf einen Angriff vor, aber es kam keiner.

Als ich vorsichtig aufstand, sah ich, wie die leuchtend blauen Schuppen unter der Wasseroberfläche verschwanden und die Schlange davonraste. Dunkle Schatten, die mich an Rauch erinnerten, schwebten um uns herum und füllten das Segel unseres Bootes.

Langsam setzte es sich in Bewegung, und die sanfte Strömung trug uns wieder mit sich.

Ich drehte mich zu Lhoris um und half Kara, sich auf die Bank zu setzen.

»Hast du jemals einen Fae mit so starker Magie gesehen?«, flüsterte ich. Die Krieger unterhielten sich leise, und der Prinz blickte in die Richtung, in welche die Schlange verschwunden war.

»Ich habe noch nicht einmal von einem Fae mit so starker Magie *gehört*«, antwortete er leise.

Kara zitterte, als sie sich zwischen uns quetschte. »Das Ding war riesig«, sagte sie. »Warum hat er es verschont? Ich hätte es sterben lassen, wie Svangrior gesagt hat.«

Ihre feine Stimme hatte einen harten Ton angenommen, doch ihre Worte machten mich sowohl stolz als auch besorgt.

»Es war nicht nötig, sie zu töten«, sagte ich und hielt dann inne. Was war eigentlich der Grund, warum der Prinz sie am Leben gelassen hatte? Er war bekannt dafür, gnadenlos zu sein.

Sie sah mich finster an. »Was nützt uns die Schlange lebend? Sie ist ein Monster!«

»Sie ist ein Raubtier, und das ist ihr Zuhause. Was lernen wir davon? Wirf kein Essen in den Fluss.«

»Ich möchte nie wieder in die Nähe eines dieser Flüsse kommen«, sagte sie schaudernd.

Ich antwortete nicht. Da wir unserem Tod oder Schlimmerem entgegensegelten, war es nicht wahrscheinlich, dass wir das jemals wieder tun würden.

Die nächsten sechs Stunden vergingen ohne weitere Sichtungen von Flussungeheuern. In dem immer dichter werdenden Blätterdach über uns waren jetzt wieder Vogelstimmen zu hören, und die verwobenen Baumwurzeln, welche den Fluss einfassten, wurden immer höher, bis wir durch einen geschlossenen Tunnel aus knorrigem Holz segelten.

Ellisar war still seit dem Vorfall mit der Schlange. Er fuhr schweigend damit fort, sein Stück Holz zu schnitzen und warf gelegentlich nervöse Blicke in die Runde. Der Prinz und Frima hatten sich vorn im Boot niedergelassen, Svangrior hinten. Ich blieb in der Mitte der *Karfe* sitzen und versuchte erfolglos, gegen die Müdigkeit anzukämpfen, die durch das sanfte Schaukeln des Bootes hervorgerufen wurde. Lhoris und ich dösten abwechselnd vor uns hin, während Kara sich auf dem Boden des Bootes zusammengerollt hatte.

In *Yggdrasil* wurde einem beigebracht, stark zu sein. Ein Mangel an Schlaf und Nahrung führte zu Schwäche, und Schwäche bedeutete den Tod. Trotzdem fiel es mir nicht leicht, zu schlafen. Ich wurde von Albträumen geplagt, in denen ich meine Freunde umbrachte, oder ich träumte von Hungernden, die Stücke meines Fleisches aus meinem Körper rissen. Einmal sah ich die schwarze Maske des Prinzen vor mir, während ich in flüssigem Gold ertrank. Es war schwer, Ruhe zu finden.

Ein Schlag gegen das Holz des Bootes weckte mich auf.

»Wir haben die Tore fast erreicht.« Frima stand neben der geschnitzten Schlange. Neidisch betrachtete ich ihre schwarze Lederkleidung, die vielen Waffen an ihrem Körper und die langen Zöpfe, die ihr das Haar aus dem Gesicht hielten. Sie war viel besser dafür ausgerüstet, mit den Gefahren unserer Reise klarzukommen, als ich es war. Man hatte uns unsere Hämmer und Klingen abgenommen, bevor wir die Werkstatt verlassen hatte. Meine Tasche blieb jedoch in meinem Besitz, nachdem Svangrior sie flüchtig durchgesehen und entschieden hatte, dass sie mit nichts als Kleidung gefüllt war. Der Stab, den Lhoris mir gegeben hatte, war in Pelze eingewickelt und gut versteckt.

»Boah.« Karas Ausruf ließ mich den Blick von Frima lösen.

Ich starrte den Stamm von *Yggdrasil* an. Der Baum des Lebens.

Die Tatsache, dass ich mich in unmittelbarer Nähe dieses Inbegriffs von Macht und Magie befand, lähmte sekundenlang all meine Gedanken.

Uraltes Holz erstreckte sich so hoch, wie das Auge reichte. Die Oberfläche der Rinde war mit bunten Blumen und leuchtend grünen Schlingpflanzen überzogen.

Direkt vor uns, in die Rinde eingelassen und immer größer werdend, befanden sich Tore. Sie waren genauso prächtig wie die im Palast des Goldhofes.

Natürlich waren sie aus Gold. Die beiden soliden Türen waren mit Gravuren bedeckt, die glorreiche Kampfszenen zeigten, Fae, die auf Adlern und Falken ritten und tödliche Lichtstrahlen auf ihre Feinde herabregnen ließen. Zwei ausgebreitete, goldene Flügel ragten aus den gewölbten Spitzen der geschlossenen Türen und verschmolzen so nahtlos mit der Rinde, als wären sie schon immer dort gewesen. Als wir näher kamen, sah ich Podeste zu beiden Seiten der Tore, auf denen je ein brüllender, goldener Löwe saß. Ihre Gesichter waren verzogen, als würden sie drohend knurren.

Als die *Karfe* langsamer wurde, fielen mir zwei Dinge auf. Zum einen sahen die Löwen verdächtig realistisch aus, zum anderen stimmte etwas nicht. In der Nähe von Gold zu sein, war nicht genug, um meinen Goldblick zu wecken. Ich müsste es berühren, aber ich konnte seine Anwesenheit trotzdem spüren. Die riesigen Türen hätten sich anfühlen müssen, wie der Palast: voller unverbrauchter Energie. Aber das taten sie nicht. Aus irgendeinem Grund fühlten sie sich falsch an.

»Spürst du das?«, murmelte ich Lhoris zu.

Er nickte, und Karas Brauen zogen sich zusammen. »Meinst du die Tore? Sie fühlen sich komisch an. Instabil oder so.«

Instabil war das richtige Wort. Ich fragte mich, wie sie durch den Goldblick aussehen und was die von ihnen aufsteigenden Runen sagen würden.

Wenn ich doch nur etwas Gold hätte, das ich anfassen könnte ...

Ich griff nach meiner Tasche, aber Lhoris hustete

demonstrativ. Als ich ihn ansah, trug er einen strengen Gesichtsausdruck. Noch ehe ich seine Reaktion infrage stellen konnte, schritt der Prinz leise und schnell an mir vorbei. Er kam am vorderen Ende des Bootes zum Stehen und hob seinen Stab. Wir hatten die Tore erreicht. Schatten flossen von der Spitze des Stabs und drangen durch den winzigen Spalt zwischen den versiegelten Türen.

Mit einem lauten, krächzenden Knarren öffneten sich die Tore.

»Das dürfte eindeutig nicht so einfach sein.« Die Tore waren der einzige Eingang zum Goldhof. Kein Mitglied eines anderen Hofs sollte in der Lage sein, sie so leicht zu öffnen.

»Vielleicht ist es immer einfach, sie von innen zu öffnen«, schlug Kara leise vor.

»Vielleicht«, sagte ich zweifelnd. »Aber auch das Flussufer müsste bewacht sein.«

Ellisar sagte: »Die Arroganz eures Hofs wird ihr Untergang sein.« Er stand auf, und das Boot schwankte.

»Ihr hattet Hilfe von innen«, sagte Lhoris. Ellisar zuckte mit den Schultern.

Das Boot wurde in Dunkelheit getaucht, als wir in den Schatten des kolossalen Baumstamms glitten. Meine Augen wanderten von dem Krieger zu den goldenen Löwen, mit denen wir nun fast auf einer Höhe waren.

»Wir brauchen keine Hilfe. Du hast gesehen, wozu unser Prinz fähig ist.«

Wir segelten an den Löwen vorbei, und ich verspürte einen Hauch von Erleichterung, der jedoch schnell von

Ehrfurcht abgelöst wurde, als wir ins Innere von *Yggdrasils* Stamm vordrangen.

In der Mitte des ausgehöhlten Baumes befand sich ein Wasserfall, umgeben von einem Ring aus Statuen der alten Götter. Sie blickten nach außen und wandten dem Wasserfall den Rücken zu. Ich reckte den Hals, um zu sehen, woher der Wasserfall kam, aber er war so hoch, dass er in der Dunkelheit verschwand. Das Licht schien von der Rinde selbst zu kommen, ein warmes Tageslichtlicht, das von dem glatten, abgenutzten Stein der Statuen reflektiert wurde. Jedes Abbild der Götter war mindestens fünfzehn Fuß hoch, und ich staunte über die detailreichen Gesichter der Statuen, die deutlich erkennbar waren, als wir uns von den goldenen Toren weg und tiefer in den Stamm hinein bewegten. Die ruhige Freya mit ihren Katzen, der wilde Thor mit seinem Hammer, der mächtige Odin mit seinen Raben.

Das herunterstürzende Wasser hätte laut sein müssen, da es aus einer solchen Höhe fiel, aber alles, was ich hören konnte, war ein beruhigendes Plätschern. Es gab keine Gischt oder Wellen im See. Ich blickte in das klare Wasser, konnte den Grund aber nicht erkennen.

»Sie sind so schön«, hauchte Kara. »Sie erkenne ich nicht.« Sie deutete auf die Statue einer Frau mit spitzen Ohren und wunderschönen, zarten Flügeln. Ihr Gesichtsausdruck war weich und weise.

»Das ist eine Priesterin der Hohen Fae.« Die volle Stimme des Prinzen ließ mich aufschrecken. »Die Götter nannten sie Wanen. Sie waren Fae mit übersinnlichen Fähigkeiten.«

Ich sah ihn an. Das bleiche Weiß der Statuen spiegelte sich in seiner grimmigen Maske, als er die Umrisse der Hohen Fae anblickte.

Sein Blick wanderte weiter, bis er auf mich traf. In seinen Augen lag etwas Berechnendes und eine unglaubliche Entschlossenheit.

Dieser Mann war nicht wie Lord Orm. Lord Orm war ein verwöhntes Kind, das sich damit amüsierte, Menschen an die Grenzen von Schmerz und Unterwürfigkeit zu treiben. Der Prinz war schlau, und ich wäre jede Wette eingegangen, dass er sich nicht annähernd so leicht zufriedengab. Ich war mir sicher, dass es schwer wäre, ihn zu täuschen oder zu überlisten.

Macht flackerte in den grauen Tiefen seiner Iris auf, fast so, als hätte er meine Gedanken gelesen. Es fühlte sich beinahe wie eine Herausforderung an, und zu meinem Ärger schaffte ich es nicht, seinem Blick standzuhalten.

Ich verzog das Gesicht und wandte mich ab. Ich suchte die Statue von Freya, die jetzt beinahe außer Sicht war, als wir unseren Weg nach rechts fortsetzten. Ich flüsterte ein Gebet an die Göttin. »Gib mir die Kraft, allem standzuhalten, was er mir antun wird. Gib mir den Mut, das zu tun, was getan werden muss.«

Auch wenn das bedeutete, dass ich vor meinen Freunden starb.

KAPITEL 10

Die Tore des Schattenhofs waren genauso prächtig wie die des Goldhofs, doch deutlich dunkler.

Schwarze, bleierne Türen ragten hoch über uns auf, und das Licht brach sich auf silbernen Gravuren, welche grausame Szenen zeigten. Bilder von Schlachten und ihren tödlichen Ausgängen wurden bis ins letzte, blutige Detail gezeigt. Schlangen glitten über die Schlachtfelder. Die Bilder von Kerkern, schreienden Gestalten, verzerrten Gesichtern und zerfetzten Körpern ließen mich wegsehen.

Über den Toren ragte ein Schlangenkopf auf, ähnlich dem an der Vorderseite des Bootes, doch die Augen und die Zunge schimmerten tiefrot.

Die Schatten des Prinzen brachten die Türen dazu, sich zu öffnen.

Die *Karfe* schien schneller zu werden, als wüsste sie, dass sie fast zu Hause war. Wir segelten durch die imposanten Tore hindurch, kaum hatten sie sich weit genug geöffnet, um uns einzulassen. Die Luft um uns herum veränderte sich sofort.

Es fühlte sich kühler an, und mir war, als würde etwas in meine Haut stechen. Die Umgebung hinter den Toren glich der des Wurzelflusses auf dem Weg hierhin: Dichtes, grünes Laub breitete sich über uns aus, und es gab ein Gebilde aus hohen, braunen Wurzeln zu beiden Seiten. Trotzdem gab es keinen Zweifel, dass wir in einer anderen Welt waren. Die Vogelstimmen waren anders, und der Geruch von feuchter Erde, der uns zuvor begleitet hatte, war von etwas Süßem, Herbem abgelöst worden.

Ich atmete tief durch und spürte, wie sich mein Magen verkrampfte, als sich die Tore hinter uns zu schließen begannen.

Der Schattenhof.

Der Gedanke bereitete mir Schwindel, als würde sich mein Gehirn weigern, zu akzeptieren, dass wir den Goldhof verlassen hatten. Er war mein Zuhause gewesen, der Ort, an dem ich gelebt und den ich gehasst hatte, mein ganzes Leben lang.

Bisher hatte ich meine Angst unter Kontrolle gehabt, aber als wir durch die Tore in diese andere Welt segelten, blieb mir nichts anderes übrig, als der Realität ins Auge zu blicken.

Wir waren im Schattenhof, auf dem Weg zum Palast, bewacht von dem stärksten Fae, die ich je gesehen hatte. *Und alles nur meinetwegen.*

Zu meiner Rechten kamen Schatten in mein Sichtfeld, und als ich aufblickte, sah ich Ströme dunkler, rauchiger Dunkelheit über das Wasser züngeln.

Ich öffnete den Mund, um etwas zu sagen, aber es kam nichts heraus. Ein seltsamer, fremder Geschmack erfüllte meinen Mund, weder salzig noch süß. Ich konnte nicht sagen, ob es unangenehm war oder nicht.

»Ich ...«, versuchte ich zu sagen, aber ich wurde von einer weiteren Bewegung abgelenkt. Das Boot bewegte sich jetzt sehr viel schneller, und ich war mir nicht sicher, ob ich richtig gesehen hatte. Ich beugte mich vor und verfluchte das Gefühl von Schwindel. Mein Puls beschleunigte sich, als es mir endlich gelang, mich zu konzentrieren.

Eine Hand klammerte sich an der Seite des Flussufers fest. Jemand versuchte, sich nach oben und hinüber in den Wurzelfluss zu ziehen.

Aber wie? Wie konnte irgendetwas da draußen, in der Leere der Dunkelheit, existieren?

Ein Kopf erschien, verschwand jedoch fast sofort wieder aus meinem Blickfeld, als wir um eine Biegung schnellten.

Galle stieg mir in die Kehle.

Es war kein normaler Kopf gewesen. An einer Seite hatte ein großer Brocken gefehlt, der mit einem falsch wirkenden, zusammengenähten Stück Fleisch ersetzt worden war.

Es war der Kopf eines Hungernden gewesen.

Wie? Wie konnte es hier draußen einen Hungernden geben? Es gab Leute, die glaubten, sie seien nichts als ein

Mythos, da es so lange her war, seit man sie gesehen hatte.

Wir segelten um eine weitere Biegung, und große, schwarze Flecken begannen, vor meinen Augen zu tanzen. Mein Magen zog sich zusammen, und ein schlechter Geschmack brannte in meiner Kehle.

Ich fluchte, stand auf und stolperte auf den Rand des Bootes zu, kurz bevor das Brot und der Käse wieder hochkamen und ich mich ins Wasser übergab. Hinter mir hörte ich Svangrior, der einen abfälligen Kommentar über Menschen und Seekrankheit machte.

Ich würgte erneut und hörte Karas Stimme, die sich näherte, also versuchte ich, mich zusammenzureißen. Ich spürte, wie eine kleine Hand über meinen Rücken rieb, doch ich fühlte mich immer noch schrecklich.

Mein Magen verkrampfte sich, und meine Augen brannten. Alles, woran ich denken konnte, war der Hungernde, der versucht hatte, in den Wurzelfluss zu gelangen.

Ich klammerte mich am Rand des Bootes fest, sog frische Luft ein und versuchte, meine Stimme wiederzufinden. Meine Sicht klärte sich ein wenig.

Ob ich sie warnen sollte? Die Schatten-Fae waren meine Feinde, aber nichts war schlimmer, als lebendig gefressen zu werden, oder?

Ich spürte eine düstere Präsenz neben mir und drehte mich unsicher um. Der Prinz starrte mich aus leuchtenden Augen an. Trotz meiner Verwirrung meinte ich, Besorgnis in seinem Blick zu erkennen. Aber dann bohrte sich ein stechender Schmerz in meinen Schädel, und die hellgrauen Augen füllten sich mit wirbelnden Schatten.

Er versucht, in meinen Kopf einzudringen.

Die Erkenntnis kam plötzlich, und sie erschreckte mich.

Angst schickte einen eisigen Schauer über meine Haut. Ich stolperte zurück und stieß gegen Kara. Ein neuer Schmerz durchzuckte mich, so stark, dass ich beinahe aufgeschrien hätte. Blindlings streckte ich die Hände aus und versuchte, mich zu beruhigen.

»Reyna!«, rief Kara. Ein höllischer Schmerz explodierte in meinem Kopf, dann wurde alles schwarz.

Das dumpfe Pochen in meinem Kopf war das Erste, was ich wahrnahm, gefolgt von dem starken Wunsch, meine Augen geschlossen zu halten.

Erinnerungen wanderten durch meinen Kopf. Ich keuchte, als ich mich daran erinnerte, wo ich war: im Schattenhof.

Da war ein Hungernder gewesen.

Und der Prinz hatte versucht, in meine Gedanken einzudringen.

Ich riss die Augen auf, doch mein Blick landete nicht auf dem Prinzen, sondern auf Frima.

»Sie ist wach.«

»Wer?«

Ich kämpfte darum, mich aufzusetzen, doch neuerlicher Schwindel zwang mich, es langsam zu tun.

»Die Nervensäge.«

Sie unterhielten sich leise, als wollten sie vermeiden, gehört zu werden. Ich blinzelte und sah mich um. Wir waren immer noch im Boot, aber wie es aussah, hatten wir den Wurzelfluss verlassen.

Wir segelten durch eine dunkle Höhle. Steinwände erhoben sich zu beiden Seiten, nass, glitschig und mit dunkelgrünen Schlingpflanzen überwachsen.

»Was meinst du mit *wer*?«, murmelte ich. Meine Zunge schien nicht richtig zu funktionieren, und die Worte kamen undeutlich und träge heraus.

Frima warf mir einen genervten Blick zu und deutete dann auf mich. Mühsam drehte ich mich herum und zog das Gewicht meines Körpers an einer der Bänke empor. Meine Glieder fühlten sich fremd an, und meine Verletzlichkeit machte mir Angst. Meine Kehle war wie zugeschnürt.

»Kara«, flüsterte ich.

Sie lag auf dem Boden des Bootes, ihr Kopf ruhte in Lhoris Schoß. Er warf mir einen beschwichtigenden Blick zu. »Ich bin froh, dass du wach bist«, sagte er. »Kara geht es gut.«

Ich runzelte die Stirn und suchte nach dem Prinzen. Er stand neben der geschnitzten Schlange ganz vorn im Boot, doch kaum traf mein Blick seinen verhüllten Rücken, drehte er sich zu mir um.

Langsam bewegte er sich auf uns zu. Das Boot schaukelte leicht.

»Du willst wissen, was passiert ist, nicht wahr?« Sein leiser Ton verriet Wut.

Ich schluckte, aber meine Kehle war so trocken, dass ich husten musste.

»Ich weiß, was passiert ist«, krächzte ich. »Ihr habt versucht, in meinen Kopf einzudringen, und ... und mein Kopf hat sich abgeschaltet, um es zu verhindern.«

Es war das Beste, was mir einfiel. So musste es gewesen sein, oder vielleicht hatte er mich so stark bedrängt, dass ich ohnmächtig geworden war. Konnte er das überhaupt?

»Wenn du etwas nicht weißt, warum würdest du so tun, als wüsstest du es?«, zischte er.

Weil ich es hasse, dumm auszusehen. Ich sagte nichts, starrte ihn nur an.

»Ich muss wissen, was dich krank gemacht hat.«

»Deswegen habt Ihr versucht, in meinen Kopf einzudringen?« Die Angst, die ich darüber empfand, dass er das konnte, ließ mich die Bank fester umklammern. Alle Fae konnten Bilder in die Gedanken anderer projizieren, und die Schatten-Fae waren dafür bekannt, mit Angst zu arbeiten. Aber konnte er tatsächlich meine Gedanken lesen? Ich starrte auf seine wilde Maske und seine brennenden, hellen Augen.

Ich war mir ziemlich sicher, dass er alles tun konnte, was er wollte.

»Warum habt Ihr sie bewusstlos gemacht?«

Seine Augen verengten sich. »Du bist gestürzt.«

»W-wie bitte?«

»Du bist gestolpert, hingefallen und mit deiner Freundin zusammengestoßen«, sagte Frima mit einem

Grinsen im Gesicht. »Du warst über eine Stunde lang weg.«

Ich atmete tief durch. Ich fühlte mich schuldig, weil ich Kara verletzt hatte, aber auch erleichtert darüber, dass der Prinz nicht in meine Gedanken eingedrungen war.

Da es nicht aussah, als wäre jemand aufgefressen worden, während ich bewusstlos gewesen war, nahm ich an, dass es der Hungernde nicht geschafft hatte, über das Ufer in den Wurzelfluss zu klettern. Trotzdem war es beängstigend, dass er es versucht hatte. Wieder überlegte ich, ob ich etwas sagen sollte. »Wo sind wir?«, fragte ich stattdessen.

Ellisar kam im Boot auf mich zu und reichte mir einen Wasserschlauch. Ich nahm ihn dankbar entgegen, bedankte mich aber nicht.

»In meinem Hof. In meinem Palast. Hier wirst du tun, wie dir befohlen wird, oder du wirst sterben.«

»Ich werde sowieso sterben«, sagte ich, nachdem ich einen großen Schluck von dem kühlen Wasser genommen hatte. Ich wartete auf eine Reaktion des Prinzen, denn es könnte mir einen Vorgeschmack dessen geben, was mich erwartete.

»Nein. Deine Freunde werden sterben. Deinen Tod habe ich nie erwähnt.«

Ich schleuderte ihm den Schlauch entgegen. Seine Hand schoss vor und fing ihn geschickt auf. Seine Augen blitzten.

»Lasst meine Freunde in Ruhe«, knurrte ich.

»Dir ist klar, dass sie nur deinetwegen hier sind,

oder? Wenn du mit mir gekommen wärst, wie ich es verlangt hatte, würden sie immer noch in dem schmutzigen Loch sitzen, das sie ihr Zuhause nennen.«

Neue Schuldgefühle stürzten auf mich ein. Er hatte recht.

»Und das hier nennt Ihr Euer Zuhause?« Ich wies auf die feuchte Höhle um uns herum. »Wie charmant.«

Er zischte, dann wandte er sich von mir ab.

»Eigentlich ist es das hier, was wir Zuhause nennen«, sagte Ellisar leise und deutete geradeaus. Das Boot segelte aus der Höhle hinaus, und ich konnte nicht verhindern, dass mein Mund aufklappte. Langsam stand ich auf. Wir segelten in eine Welt hinein, sie ich bisher nur in meinen Alpträumen gesehen hatte.

KAPITEL 11

Aus dem dunklen Wasser vor uns ragte ein Berg, der von einem Palast gekrönt wurde, der aussah, als wäre er aus der Nacht selbst gemacht. Hunderte von engen, scharfen Spitzen stachen wie schmale Klingen in den zwielichtigen Himmel. Funkelnde Lichter, die wie Sterne aussahen, glitzerten über dem Gebilde und lenkten meine Aufmerksamkeit auf die vielen eckigen Brücken und Torbögen. Der Berghang unterhalb des Palastes war mit einer Vielzahl von Gebäuden bedeckt, die aus dem Felsen gehauen worden waren. Lichter flackerten hinter den Fenstern der kleinen Häuser. Dazwischen gab es Farben und Bewegung, doch aus dieser Entfernung konnte ich keine Details ausmachen.

In der Ferne zuckten helle Blitze über den Himmel und trafen das Wasser jenseits des Berges. Sie wurden von der schwarzen Oberfläche des Palastes reflektiert, und die Sternen ähnelnden Lichter leuchteten in allen Farben des Regenbogens.

Ich hatte erwartet, dass der Schattenhof düster sein würde. Hell genug, um Schatten zu erzeugen, aber bedrückend dunkel im Vergleich zur warmen Helligkeit des Goldhofs.

Verglichen mit dem konstanten, schimmernden Licht, an das ich gewöhnt war, war es dunkel hier, und doch war es keine tote Finsternis. Die Umgebung schimmerte und glänzte genauso herrlich wie der Goldhof, aber auf eine gänzlich andere Weise.

Es war wunderschön, etwas, von dem ich nie gedacht hätte, dass ich es je über die Schatten-Fae oder ihren Hof sagen würde.

Ich spürte Augen auf mir ruhen und wandte meinen Blick von dem Anblick ab. Der Prinz beobachtete mich aus wachen, grauen Augen.

Ich funkelte ihn böse an. Ein Teil meines Staunens verschwand, als ich mich daran erinnerte, warum ich hier war.

Seine Augen verengten sich, dann hob er seinen Stab. Schatten brachen aus der Spitze hervor und bewegten sich auf das Segel zu. Mit einem Ruck beschleunigte das Boot, und innerhalb weniger Minuten hatten wir den Fuß des Berges erreicht. Die nahen Dörfer lagen auf einem Plateau, das etwa sechs Fuß über dem Wasser in den Berg gehauen worden war. Zahlreiche, lange Stege führten zu festgebundene Booten. Einige waren riesige Langboote, andere waren deutlich kleiner als das, in dem wir uns befanden.

Ich rechnete damit, dass wir zu einem der Stege segeln würden, aber das Boot machte einen Bogen. Die Schatten flogen auf etwas zu, das wie eine zerklüftete Felswand aussah. Meine Lippen öffneten sich überrascht, als sie mit etwas verschmolzen, das wie ein Torbogen aussah. Der Prinz hielt seinen leuchtenden Stab in die Höhe, die Schatten zogen sich zurück und hinterließen einen echten Torbogen im Fels.

Das Boot segelte durch die Öffnung hindurch, und für einen beängstigenden Moment wurden wir in vollkommene Dunkelheit gehüllt. Dann erwachte die Fackel am Ende der Schlangenzunge zu flackerndem Leben.

»Wohin fahren wir?«

»Zum Palast. Wenn wir ihn erreicht haben, musst du schweigen. Verstanden?« Frimas leise Stimme war angespannt, und ihre Haltung verriet Nervosität.

Ich sah die zwei anderen Krieger an. Beide standen aufrecht und wachsam da, die Hände auf ihren Waffen. Ich runzelte die Stirn.

Pflegte ein Prinz auf diese Weise von einem siegreichen Überfall nach Hause zurückzukehren? Warum segelte er lautlos durch die Dunkelheit, anstatt triumphierend durch die Dörfer zu ziehen?

»Schleicht ihr euch in euren eigenen Palast?«

Frima drehte sich mit einem bösen Blick zu mir um. In dem schwachen Licht genügte ihre Maske, um mich zu erschrecken. »Ich habe gefragt, ob du mich verstanden hast«, knurrte sie.

»Ja. Was passiert, wenn ich nicht gehorche?«

Der Prinz antwortete, ohne sich umzudrehen. »Dann wird der Tod eine willkommene Erlösung für dich sein.«

Ich schluckte und sah instinktiv Lhoris an. Er nickte. »Wir werden tun, was Ihr befehlt«, sagte er, und es war klar, dass diese Worte nicht nur unserem Entführer, sondern auch mir galten.

Ein paar Augenblicke später betraten wir eine große Höhle. Lange, spitze Felsbrocken hingen beunruhigend von der Decke. Wasser tropfte zu Boden. Das Boot erreichte einen dunklen Strand, und ich verlor keine Zeit und kletterte über die Seite des Boots an Land. Nach all den Stunden auf dem Wasser, war es eine riesige Erleichterung, den Sand unter meinen Stiefeln zu spüren. Auf einem Boot konnte man nirgendwohin flüchten.

Die Krieger nahmen die gleiche Formation ein, wie auf dem Weg aus dem Goldhof hinaus. Der Prinz ging an der Spitze, und Svangrior hinter uns. Frima und Ellisar hielten Fackeln in den Händen, die den steilen Pfad erhellten, der aus der Höhle führte und gerade breit genug für uns war. Es war feucht, und die Luft war kühler, als ich es gewohnt war.

Meine Nerven lagen blank, als wir weitergingen, doch ich weigerte mich, die Hoffnung auf eine Flucht aufzugeben. *Noch konnte ich keinen Weg erkennen, aber wenn wir erst einmal das Ende des Pfades erreicht hatten ...*

Doch als der Pfad endlich endete, standen wir vor einer verriegelten Eisentür, mehr als zehn Fuß hoch und mit Bändern aus schwerem Metall verstärkt. Ein Mensch würde sie unmöglich öffnen können.

Der Prinz bewegte seinen Stab. In der Dunkelheit war es schwer, die Schatten auszumachen, die in das große Schloss an der Tür strömten. Es gab ein lautes Klicken, dann schwang sie auf.

Wir kamen in einen kleinen Vorraum mit einer hohen Decke und schimmernden, grauen Wänden.

Ich sah mich um und versuchte, etwas zu finden, das ich als Waffe verwenden könnte, aber der Raum war beinahe leer. Auf der einen Seite gab es einen hohen Schrank, der aus dunklem Holz gefertigt war.

Der Boden war mit weißen und schwarzen Fliesen belegt, und ich bemerkte, dass keiner unserer Entführer ein Geräusch machte, als wir durch den Raum und auf die einzige andere Tür zuschlichen.

Wir schlichen uns tatsächlich in den Palast. *Bei Odin, was ging hier vor?*

Frima öffnete die Tür, steckte den Kopf hindurch und zog sich dann wieder zurück. »Die Luft ist rein«, flüsterte sie. Mit einem Nicken stieß der Prinz die Tür auf. Ellisar reichte mir etwas, und ich sah darauf hinunter. Ein Umhang mit Kapuze.

Ich sah ihn zweifelnd an.

»Zieh ihn an«, flüsterte er.

»Warum?«

»Tu verdammt noch mal einfach, was wir dir sagen«, zischte Svangrior hinter mir. Lhoris' warnender Blick ließ den Widerspruch auf meinen Lippen ersterben, und ich zog den Umhang an. Ellisar zog mir die Kapuze über den Kopf, noch ehe ich eine Chance hatte, es selbst zu tun, dann versetzte mir Svangrior einen Stoß in den Rücken. Ich stolperte und holte den Prinzen und Frima ein, die in den Flur hinaustraten.

In deutlich höherem Tempo steuerten sie auf eine Treppe in der Mitte der gefliesten Halle zu. Ich versuchte, mich umzusehen, aber die Kapuze hing so tief, dass ich nicht viel mehr als die Beine des Prinzen ausmachen konnte, die sich über die schwarz-weißen Fliesen bewegten.

»Prinz Andask!« Die Stimme war laut und schrill, und alle blieben sofort stehen.

»Scheiße«, zischte Frima rechts von mir. Ich blickte auf, und sie stieß mich hart mit dem Ellbogen an. »Kopf runter«, flüsterte sie.

Mein Puls raste, als sich Schritte näherten. Der Prinz versuchte offensichtlich, unsere Anwesenheit zu verstecken, aber ich konnte nicht verstehen, warum. Hatte er so schändliche Absichten, dass der Rest des Schattenhofs nicht davon erfahren durfte? War es ein Segen, dass sein Versuch, in den Palast zu schleichen, entdeckt worden war, oder würde das unsere Situation nur noch verschlimmern?

»Stimmt es, dass Ihr den Goldhof überfallen habt?«, fragte eine pompöse Männerstimme.

»Es stimmt. Doch jetzt muss ich mich in meine Gemächer zurückziehen. Wir sehen uns später.«

»Wartet, mein Prinz. Ihr habt menschliche Gefangene mitgebracht?« In seiner Stimme lag ein Hauch von Hoffnung.

»Sie sind zu meinem eigenen Vergnügen«, schnappte der Prinz. Füße bewegten sich in mein Blickfeld, juwelenbesetzte Schuhe mit Stahlspitzen.

»Oh, sind sie das, was ich denke, mein Prinz?«

Kara wimmerte leise, und ich hob automatisch den Kopf. Frima stieß ein verärgertes Zischen aus, aber es war mir egal.

Ein kleiner Fae, kahlköpfig, dick und in schwarze Roben gekleidet, die mit silbernen und smaragdgrünen Edelsteinen besetzt waren, blickte Kara gierig an. Genauer gesagt, ihr Handgelenk.

»Ihr habt uns *Goldgeber* gebracht?« Die Stimme des Mannes bebte vor Aufregung, und Angst und Wut tobten in meinem Bauch. Er sah mich an, und ich erkannte sofort ein grausames Funkeln in seinen Augen. Ich hatte es schon bei Hunderten von Fae gesehen, und auch bei einigen Menschen.

Ich zeigte ihm meine Zähne. Er lächelte, als er seinen Blick auf Lhoris richtete. »Eure Mutter wird sich freuen.«

»Meine Mutter ist tot.« Die Worte des Prinzen waren hart, und der Fae richtete seine Augen wieder auf ihn.

»Verzeiht mir, Prinz Andask, Ihr kennt den neuen Erlass. Ich muss die Königin als Eure Mutter bezeichnen.«

Einen Moment lang sagte der Prinz nichts, und ich war mir sicher, dass jeder im Raum mein rasendes Herz hören konnte. »Ich werde sie ihr in einer Stunde präsentieren«, sagte er schließlich, sein Ton so schneidend wie eine Klinge.

»Verzeiht, mein Prinz. Sie ist im Thronsaal, und angesichts dieses Erfolgs kann ich sie unmöglich so lange warten lassen.« Die Stimme des Mannes war zuckersüß. Wer auch immer er war, der Prinz war doppelt so groß wie er und hatte mit Sicherheit mehr Autorität. Doch anstatt ihn zu schlagen oder ihm zu sagen, er solle sich verpissen, nickte er kaum merklich.

»Na schön. Ich werde gleich mit der Königin sprechen.«

KAPITEL 12

Während wir dem Prinzen von der großen Treppe zu einer Reihe von Torbögen am Ende des Korridors folgten, fiel der Blick des Mannes immer wieder auf mich. Die Türen waren mit Bildern verziert und waren den Toren im Stamm von *Yggdrasil* nicht unähnlich. Ich unterdrückte ein Schaudern. Sie flogen auf, als der Prinz sich näherte. Er ging jetzt schnell und längst nicht mehr so leichtfüßig.

Der Thronsaal war eine Halle voller Dunkelheit, und ein fauliger Gestank stieg mir in die Nase. Als die Füße des Prinzen den Boden berührten, flackerten Flammen in den Lampen an den Wänden empor. Sie warfen Schatten durch den Raum, die aussahen wie rote, tanzende Ghule. Ein Stoß in meinen Rücken ließ mich hinter dem Prinzen her in den Raum taumeln. Meine Haut kribbelte, und mein Atem stockte.

Ein schwarzer Teppich verlief durch die gesamte Halle und endete an einem Podium, wo ich die Throne vermutete, aber es war zu dunkel, um etwas sehen zu können.

Ich konnte jedoch sehen, was sich zu beiden Seiten des Teppichs befand. Hier waren unzählige Urnen aufgestellt worden, die mit menschlichen Schädeln gefüllt waren. Einige waren aufeinandergestapelt, andere waren wie stumme Wächter mit nach außen gerichteten Mündern darum herum aufgereiht worden.

Meine Augen wanderten nach oben, als ich das klirrende Geräusch von Metall vernahm, und meine ohnehin schon zögerlichen Schritte stockten. In regelmäßigen Abständen hingen Eisengestelle an Ketten von der gewölbten Decke. An den Gestellen hingen Menschen.

Sie waren still, und es war zu dunkel, um zu sehen, ob sie noch atmeten. Tatsächlich war es zu dunkel, um zu erkennen, ob sie männlich, weiblich, Mensch oder Fae waren.

Ich zwang mich, wegzusehen. Finger schlossen sich um meinen Arm, und ich zog Kara an meine Seite, um stattdessen sie anzusehen.

»Alles wird gut«, flüsterte ich. Stille Tränen liefen ihr über die Wangen, als sie zu den Gestellen hinaufblickte. »Sieh mich an.«

Sie tat es, langsam.

»Alles wird gut. Ich werde nicht zulassen, dass dir etwas passiert.«

Sie nickte, und ich spürte einen weiteren, diesmal sanfteren Druck in meinem Rücken. Ich warf Frima über die Schulter hinweg einen bösen Blick zu und ging dann weiter den weichen Teppich hinunter.

Als wir den Prinzen einholten, fielen mir die Geräusche von Nägeln auf, die über Stein kratzten, das Klicken von Krallen und das Gleiten von Schuppen.

Als wir das Ende des Raums erreichten, erwachten die zwei letzten Fackeln zum Leben. Sie befanden sich in den klaffenden Kiefern massiver Schädel, die wiederum auf hohen Sockeln prangten. Zwei Throne wurden sichtbar, und auf dem rechten saß eine Gestalt.

Die Königin des Schattenhofs.

Sie glich einer Art dämonischer Göttin.

Sie trug schwarze Spitze und Seide. Ihre Röcke waren über ihre Knie drapiert, und ihr Oberkörper wurde von einem eleganten, engen Korsett bedeckt. Scharlachrotes Blut klebte an ihrem Kleid, und weitere Tropfen fielen von oben auf den Stoff. Ich fixierte ihr Gesicht und hielt mich davon ab, aufzublicken, um zu sehen, woher das Blut kam.

Ihr pechschwarzes Haar war zu hunderten, komplizierten Zöpfen geflochten, die hochgesteckt und um eine Krone aus Elfenbein gebunden waren.

Als sie mich sah, weiteten sich ihre roten Augen, und ihre Lippen verzogen sich vergnügt. Sie enthüllten Zähne, die scharf wie Speerspitzen und schwarz wie die Nacht waren.

»Mein Sohn«, sagte sie, als wir vor ihr stehen blieben. Ihre Stimme war lyrisch und weich, aber ich konnte die Magie spüren, die in ihr brodelte. Mir wurde schwindelig, und mein Inneres fühlte sich kalt an. Neben mir gab Kara ein leises Wimmern von sich.

»Ich bin nicht dein Sohn.« Mit einem sanften Schlag setzte der Prinz seinen Stab auf dem Teppich auf.

Der intensive Blick der Königin wanderte von mir zu ihm. Ein einzelner, roter Tropfen traf ihre Wange und rann langsam über ihre Haut. Als er ihren Mundwinkel erreichte, schoss ihre Zunge hervor und leckte ihn auf. Der Genuss auf ihrem Gesicht bereitete mir Übelkeit. Karas Wimmern wurde lauter, und die Königin sah sie an.

»Du hast mir *Goldgeber* mitgebracht.« Macht ging von ihr aus, als sie sprach, und ihre Augen ließen Kara nicht mehr los. Sie sah aus wie ein Raubtier, das sich all die verschiedenen Arten ausmalte, wie es seine Beute verschlingen könnte. Angst machte sich in mir breit.

»Ich habe mir selbst *Goldgeber* mitgebracht.«

»Du hast kreative Ideen für ihren Tod?« Ihre Stimme klang hoffnungsvoll. »Ich verstehe nicht, warum du sie hierher bringen würdest, wenn nicht als Geschenk für deine Mutter.«

»Du bist nicht meine Mutter.«

Licht brach sich auf etwas in ihrer Hand, als sie es bewegte. Mir wurde klar, dass es ein Stab war, aber er war anders als derjenige, den der Prinz trug. Der seine war erneut in Dunkelheit gehüllt. »Wirklich, Mazrith, du musst darüber hinwegkommen. Wir haben ausführlich darüber gesprochen, und wir werden es bei Bedarf erneut tun.«

Ich meinte, ein Knurren zu hören, doch als der Prinz sprach, war seine Stimme klar und ruhig.

»Ich habe Pläne für sie, ja. Wir sehen uns beim Abendessen.« Er hob seinen Stab und wandte sich von ihr ab.

»Mazrith.« Die Stimme der Königin hatte ihre Weichheit verloren. Ich sah Wut in seinen Augen aufblitzen, ehe er sich ihr erneut zuwandte.

»Meine Königin.« Er stieß die beiden Wörter hervor, als würden sie ihm körperliche Schmerzen bereiten.

»Lass sie uns töten. Zusammen. Eine Familienaktivität, könnte man sagen.« Die Weichheit war zurück, und ein Lächeln umspielte ihre blutroten Lippen.

»Ich habe Pläne für sie.«

Ihr Lächeln verschwand. »Ich werde sie jetzt töten. Bleib oder geh, es liegt an dir.«

»Das kannst du nicht.« Der Prinz trat vor, und ein Stirnrunzeln huschte über das Gesicht der Königin.

»Ich denke, du wirst sehen, dass ich das sehr wohl kann, mein Sohn.«

Es herrschte Stille, während sie sich anstarrten. Ich hörte nichts als das Rauschen von Blut in meinen Ohren, dazu Karas leises Weinen.

Das war es also.

Was auch immer uns bevorstand, würde gleich passieren.

Waren die Pläne des Prinzen angenehmer für uns, als an Haken von der Decke zu hängen, während unsere Peiniger unser Blut aufleckten?

Spielte es eine Rolle, wer von ihnen den Kampf

gewann und darüber entschied, wie unsere Leben beendet werden sollten?

Etwas blitzte in den Augen der Königin auf, und ihr Blick fiel auf mich. Mein Magen verkrampfte sich. Ein seltsames, einengendes Gefühl zog sich um meine Kehle, und unter dem eisigen Hauch meiner Angst spürte ich noch etwas anderes, etwas Kälteres an meinem Hals.

Schatten.

Panik überkam mich, und jeder Muskel in meinem Körper spannte sich an.

»Was du mit deinen menschlichen Sklaven machst, ist deine Sache, mein Sohn, aber wir können es uns nicht leisten, *Goldgeber* am Leben zu lassen. Nicht einmal die hübschen Frauen.«

»Ich behalte sie«, knurrte er.

»Du willst sie ficken?« Die Königin warf mir einen abschätzenden Blick zu. Ihre Lippen kräuselten sich und entblößten ihre schwarzen Zähne. »Das kann ich nachvollziehen. Aber trotzdem ... Ich verbiete es. Sie muss sterben. Sie ist zu wertvoll für unseren Feind und muss ausgelöscht werden.«

Der Prinz stieß einen zischenden Laut aus, der leicht von einer echten Schlange hätte stammen können. »Du lässt mir keine Wahl.« Seine Worte waren so leise, dass ich bezweifelte, dass sie für die Königin bestimmt waren.

Seine Schatten sammelten sich in einem Schwall um mich herum und hoben mich vom Teppich in die Höhe.

Ein unwillkürlicher Schrei stieg in meiner Kehle auf, aber sie war noch immer wie zugeschnürt, und so kam kein Ton heraus. Ich schnappte nach Luft und strampelte mit den Beinen, als sowohl Lhoris als auch Kara aufschrien. Der Prinz drehte sich um. Seine schwarze Schädelmaske glänzte im blutroten Licht, und seine leuchtenden Augen waren voller Macht. Er hob seinen Stab, und der Schädel an seiner Spitze glühte.

»Mazrith, was ...«, begann die Königin und stand von ihrem Thron auf.

»Ich erkläre sie hiermit als an mich gebunden«, dröhnte er. Schmerz loderte in meiner Brust auf, dann durchzuckte ein brennendes Gefühl mein Handgelenk und die Stelle zwischen meinen Schulterblättern.

Der Schmerz nahm immer mehr zu, und endlich kam ein Schrei über meine Lippen. Ich hob meinen Arm und rang nach Luft, während meine Füße verzweifelt versuchten, den Boden zu erreichen, der einen knappen Fuß unter mir lag.

Meine Rune. Verwirrt vor Schmerz blinzelte ich auf die Markierung auf meinem Handgelenk. Schwarze Schatten tanzten über die goldene Rune und bedeckten sie fast gänzlich, ehe das Gold hell aufleuchtete und sie vertrieb.

Die Stimme des Prinzen ertönte in meinem Kopf. *»Der Schmerz wird aufhören, wenn du der Bindung zustimmst.«*

»Ich will nicht an dich gebunden sein«, zischte ich mit schmerzverzerrtem Gesicht. Seine Augen wurden noch kälter.

»Stimme der Bindung zu, und der Schmerz ist vorbei.«

»Niemals.«

Ich war bereit gewesen, vor dem grausamen Fae zu

fliehen, der mich an sich binden wollte, und ich würde mich auch diesem nicht unterwerfen, ganz egal, wie sehr ich litt.

»Wenn du nicht zustimmst, werde ich Lhoris und Kara töten. Oder ich überlasse sie meiner Stiefmutter.«

Panisch huschte mein Blick zu meinem schluchzenden Schützling und meinem Mentor, die mich beide mit angsterfüllten Gesichtern anstarrten.

Ich hatte meine Entscheidung bereits auf dem Boot getroffen. Ich würde alles tun, was in meiner Macht stand, um meine Familie zu schützen.

Mit einem wütenden Knurren ergab ich mich dem Schmerz, und er verschwand. Die Schatten wirbelten noch einmal um mich herum, dann wallten sie zurück zum Prinzen. Ich fiel zu Boden, doch meine Füße waren zu wackelig, um mein Gewicht zu tragen, und ich stürzte.

»Es ist vollbracht«, ertönte die steinerne Stimme des Prinzen über mir.

Ich stieß einen erstickten Laut aus und hob den Kopf. Das Gesicht der Königin war voller Wut, als sie zwischen dem Prinzen und mir hin und her starrte. Kara kniete sich neben mich, nahm meinen Arm und presste ihr Gesicht gegen meine Haut. Ein heißer Schmerz zuckte über meinen Handrücken und hinterließ eine onyxschwarze Rune auf meiner Haut.

Es war vollbracht. Ich war an den Prinzen des Schattenhofs gebunden.

KAPITEL 13

»**W**as ist das für ein Spiel, das du mit mir spielst, Mazrith?« Die Stimme der Königin war voller Zorn.

»Ich spiele mit der *Goldgeberin*, nicht mit dir.« Der Prinz drehte sich zu ihr um und neigte dann leicht den Kopf. »Mutter.«

Bei dem Wort hob sie eine Augenbraue, und etwas von der Wut in ihren Augen verschwand. Ein weiterer Blutstropfen tropfte von oben auf sie herab, und ich konnte mich nicht mehr davon abhalten, den Blick zu heben. Meine Beherrschung war wie weggefegt durch das, was gerade passiert war.

Ein Mann hing kopfüber an einem massiven Haken, der aussah wie etwas, was zum Walfischen verwendet wurde. Ein langer Schnitt an seinem Hals war die Ursache für das stetige Tropfen. Seine leblosen Augen waren im schwachen Licht der Halle kaum erkennbar.

Ich spürte, wie sich mein leerer Magen umdrehte, und zwang mich, die Augen zu schließen.

Ich muss diesem Ort entfliehen. Freya, Odin und Thor, helft mir! Ich muss von hier weg.

»Dein Vater hat auch gerne Spiele gespielt«, sagte die Königin leise. Ich öffnete die Augen und sah, wie sich der Prinz versteifte. »Doch immer nur mit Menschen, nicht mit Runenträgern. Du spielst mit dem Feuer, Sohn.«

»Und ich werde mich nicht daran verbrennen. Ich werde sie nicht aus den Augen lassen, aber als meine Verlobte wird kein Mitglied dieses Hofs sie anfassen.«

Verlobte? Sie nannten ihre Konkubinen ihre Verlobten? Diese kranken Wichser machten sich auch noch über das lustig, was echten Menschen wichtig war. Adrenalin begann, durch meinen Körper zu strömen, denn der Schmerz war jetzt vollkommen verebbt. Seine Worte hatten ein Gefühl von Leichtsinnigkeit in mir ausgelöst.

Er hatte gesagt, dass mich niemand anfassen dürfe.

Taumelnd kam ich wieder auf die Füße.

»Da steckt mehr dahinter, als du mir erzählst, Mazrith. Und ich habe keine Lust, darüber zu sprechen, solange deine kleinen Freunde anwesend sind. Nimm deine kupferhaarige Dirne mit, und lass mich meine Frustration an den anderen beiden auslassen.«

»Sie bleiben bei mir.« Meine Stimme war lauter, als ich erwartet hatte.

Der Prinz drehte sich zu mir um, und die Königin legte den Kopf schief. »Nein, tun sie nicht«, sagte sie.

Ich ignorierte sie und fixierte stattdessen die Augen hinter der Maske des Prinzen. »Wenn Ihr Euer Wort nicht haltet und sie bei mir lässt, werde ich mein eigenes Leben beenden.« Ich sprach leise und hoffte, dass er meine Lippen lesen konnte.

Was auch immer er von mir wollte, er wollte es um jeden Preis, und es schien, als würde er mich lebend brauchen. Ich würde tun, was getan werden musste.

»Lest meine Gedanken, wenn Ihr mir nicht glaubt«, murmelte ich. »Seit Ihr in meiner Werkstatt aufgetaucht seid, war ich bereit, zu sterben.« Eigentlich war dazu bereit gewesen, seit Lord Orm mich ausgewählt hatte, wurde mir klar.

»Letzten Monat hatte ich eine Idee«, sagte der Prinz plötzlich und wandte sich an die Königin. »Nun, genauer gesagt war es mein *Schattenspinner,* der die Idee hatte. Um sie auszuprobieren, brauchen wir *Goldgeber*. Wenn unsere Theorie stimmt, können wir vielleicht eine Waffe herstellen, indem wir die Runen unserer Feinde verwenden.«

»Eine Waffe?« Die Augen der Königin waren voller Interesse.

»Ja. Eine Waffe. Ich wollte es dir nicht sagen, bis ich sicher war, dass es funktionieren würde. Es sollte ein Geschenk werden.«

Die Königin setzte sich langsam wieder hin. »Ein Geschenk für mich?«

»In der Tat. Ein Geschenk für den gesamten Hof. Aber ich brauche Zeit, um es zu testen. Und ich brauche diese drei.«

Sie starrte ihn einen langen Moment lang an und fuhr sich mit einem schwarzen Nagel über ihre blasse

Wange. »Manchmal frage ich mich, ob du mich wirklich liebst, Mazrith. Heute werde ich dir vertrauen. Geh jetzt. Ich erwarte dich und deine Verlobte zum Abendessen.«

Kaum hatten wir die Halle verlassen, atmete ich tief durch und versuchte, den Gestank von Blut und Fleisch aus meiner Nase zu vertreiben. Mein Gehirn war wie betäubt, meine Gedanken verwirrt und vernebelt.

Der Prinz und seine Krieger schritten rasch aus, und ich gab es auf, auf die Umgebung zu achten, während wir zur Treppe eilten. Ich musste beinahe rennen, um mit ihnen Schritt zu halten. Kara weinte noch immer, als Ellisar sie mit sich zog.

Alles in meinem Kopf drehte sich, und so schaffte ich es nicht, mir all die Korridore und Treppen zu merken, an denen wir vorbeikamen. Das einzige, was ich immer wieder bemerkte, war das flackernde Licht der vielen Fackeln an den roten Wänden, welche alles mit treibenden, tanzenden Schatten überzogen.

Schließlich betraten wir einen Raum, dessen Wände nicht die Farbe von Blut hatten. Ich bemerkte vage, dass die Luft hier drin nicht nach feuchtem Moder roch, sondern nach Holzrauch und Kirschen.

Die Tür schlug hinter uns zu, und Frima führte mich zu einem gepolsterten, schwarzen Sessel. Ich wehrte mich nicht, als sie mich hineindrückte. Kara umklammerte noch immer meinen Arm.

»Ihr könntet sogar Pferdemist verkaufen, wenn es nötig wäre«, sagte Ellisar fröhlich.

Frima nickte und entfernte sich von mir. »Einen riesigen Haufen Pferdemist«, stimmte sie zu. »Unglaublich, dass die Königin Euch das abgekauft hat.«

Ich blinzelte durch den Raum. Meine Gedanken waren ein heilloses Durcheinander, und mein Magen rebellierte noch immer.

Die Wände waren hellgrau und alle Möbel schwarz. Der große Kamin wurde von einem prasselnden Feuer erhellt, und auf dem Kaminsims brannten zahlreiche Kerzen, die einen hellen, tanzenden Schein durch den Raum warfen. Dünne Rauchschwaden stiegen zur gewölbten Decke, und dunkle Holzbalken durchzogen den Raum. Keine Gestelle oder Leichen, bemerkte ich vage. Es gab Stühle, Bücherregale und ein paar bestickte Wandteppiche, aber kein Bett, also vermutete ich, dass wir uns in einer Art Vorzimmer befanden.

»Die Königin ist so verrückt wie ein Sack Frösche, natürlich hat sie es ihm abgekauft«, sagte Svangrior.

»Ehrlich gesagt, Maz, ich hätte nicht erwartet, dass Ihr die Bindung durchzieht.« Alle hielten inne und wandten sich dem Prinzen zu, der am einzigen Fenster stand und in die Dunkelheit starrte.

Ich blinzelte und versuchte, dem Gespräch zu folgen. Wollten sie damit sagen, dass er sich das, was er über das Herstellen einer Waffe gesagt hatte, nur ausgedacht hatte?

»Lasst mich allein. Ich muss mit meiner Verlobten sprechen. Allein.« Er sagte das Wort Verlobte, als würde es einen schlechten Geschmack in seinem Mund hinterlassen.

»Ich werde Reyna nicht mit einem Monster wie Euch allein lassen«, knurrte Lhoris.

Ellisar ergriff Karas Ellbogen und zog sie auf die Füße. »Gib ihnen eine halbe Stunde, alter Mann«, sagte der Mensch.

Der Prinz sah meinen Mentor an. »Ihr wird nichts passieren. Nicht, wenn sie sich fügt.«

Lhoris knurrte, aber noch ehe er widersprechen konnte, ergriff ich das Wort. »Schon gut, Lhoris. Er hat gerade ziemlich extreme Maßnahmen ergriffen, um mich am Leben zu halten. Er wird mich jetzt wohl kaum töten.«

»Ich mache mir keine Sorgen darüber, dass er dich umbringt«, fauchte Lhoris.

Die Augen des Prinzen funkelten hinter seiner Maske. »Es ist ihre Unschuld, um die du dich sorgst?« Kara sog scharf die Luft ein. »Geht.« Der Ton des Prinzen machte deutlich, dass er keine Widerrede mehr duldete. Mit einem Schrei versuchte Lhoris, sich aus Ellisars Griff zu befreien, aber Svangrior packte seinen anderen Arm, und sie hoben ihn ganz einfach vom Boden. Frima ergriff Karas Arm, jedoch nicht grob. Die beiden Männer zogen den um sich tretenden und laut fluchenden Lhoris aus dem Raum.

Die Tür schloss sich hinter ihnen, und als ich mich umdrehte, stand der Prinz direkt vor mir.

»Du hast Fragen.«

»Ja.« Es war nicht das, was ich erwartet hatte, aber er hatte recht.

»Ich bin gespannt auf die Erste.«

»Was habt Ihr mit meinen Freunden vor?«

»Das war zu erwarten. Solange sie mir dir gegenüber einen Vorteil verschaffen, sind sie in Sicherheit. Du bist leicht zu durchschauen.«

»Sagt ein Mann in einer Maske«, knurrte ich.

»Ich bin kein Mann, kleine *Goldgeberin*. Was ist deine nächste Frage?«

»Wer waren die Männer, die an der Decke hingen?«

Er legte den Kopf schief. »Interessant. Feinde meiner Stiefmutter.«

»Stimmt das, was Ihr über das Herstellen einer Waffe gesagt habt?«

»Teilweise. Aber nicht so, wie es der Königin erklärt wurde.« Was in Odins Namen hatte das zu bedeuten?

»Warum ...« Ich schluckte, denn ich fürchtete mich vor der Antwort. »Warum ich? Warum braucht Ihr mich?«

»Das wirst du schon bald erfahren.«

»Ist es ... ist es so, wie Eure Stiefmutter gesagt hat? Ihr braucht eine neue Konkubine?«

Er starrte mich sekundenlang an, ehe er sprach. »Konkubine?«

Ich sah ihn forschend an. Wurde dieses Wort hier nicht verwendet? Aber die Königin hatte es ebenfalls benutzt, oder?

»Ja. Ihr wisst ... eine Geliebte. Eine Frau für ...« Mein Gesicht wurde rot. »Körperliches Vergnügen. Denn wenn das so ist, habt Ihr keine gute Wahl getroffen. Ich werde Euch das Leben so schwer machen, wie möglich, und ich werde nichts tun, was Ihr von mir verlangt. Ich werde …«

Er trat auf mich zu, hob eine Hand und unterbrach meinen Monolog. »Siehst du diese Rune?« Er deutete auf meine Hand.

Ich holte tief Luft und wünschte mir, meine Wangen würden nicht glühen. »Ja.«

Der Feuerschein glänzte auf seiner Maske. Er sprach so langsam, als wäre ich dumm. »Sie ist da, weil du jetzt an mich gebunden bist.«

Wut vertrieb meine Verwirrung. »Glaubt Ihr etwa, dass ich das nicht weiß?«

»Warum sprichst du dann von Konkubinen?«

Jetzt sah ich ihn an, als wäre *er* dumm. »Ihr habt mich an Euch gebunden. Meine Lebensspanne ist an die Eure gebunden, und mein Wille dem Euren unterworfen. Ihr könnt mit mir machen, was auch immer Ihr wollt, genau wie mit all Euren anderen Spielsachen.« Meine Worte waren voller Hass.

Etwas veränderte sich in seinen Augen, und seine Schultern spannten sich an. Langsam wandte er sich von mir ab und lehnte seinen Stab gegen die Seite des Kamins. Als er sprach, war seine Stimme leise. »Ist es das, was sie im Goldhof machen?«

»Was meint Ihr?«

»Sie binden mehrere Frauen als Konkubinen an sich?«

Ich runzelte die Stirn. »Wie sonst würden sie eine

Frau für sich beanspruchen und dafür sorgen, dass keine anderen Männer sie sich nehmen?«

Er drehte sich wieder zu mir um, sein Blick brannte sich in meinen. »Indem sie sie heiraten.«

Ein ekliges Gefühl breitete sich in meinem Magen aus. »Kann man hier mehrere Frauen heiraten? Das verstößt gegen die Gesetze des Goldhofs.«

»Nein. Ein Fae darf sich nur eine Frau nehmen.«

Meine Wut wuchs. »Dann seid Ihr nicht besser als die Herrscher des Goldhofs! Ihr heiratet eine Frau und bindet so viele Konkubinen oder Mätressen an Euch, wie es Euch beliebt.« Ich verschränkte die Arme vor der Brust und funkelte ihn an. Ich würde alles in meiner Macht Stehende tun, um zu verhindern, dass er sich mit mir vergnügen konnte. Trotzdem hatte ich Angst davor, dass er mich zu schrecklichen Handlungen zwingen könnte. Meine Kehle war wie zugeschnürt, und ich schluckte schwer.

Er schüttelte den Kopf und stieß einen tiefen Seufzer aus. »Nein. Wir dürfen nur eine einzige Frau an uns binden. Ich hatte gehofft, dass es nicht dazu kommen würde, aber du bist jetzt meine Verlobte.«

Alles in meinem Kopf drehte sich. »Wartet. Wenn Ihr *Verlobte* sagt, meint Ihr dann ...«

»Du wirst meine Ehefrau werden.«

KAPITEL 14

»Eure Ehefrau?«

»Meine Ehefrau.«

Meine Glieder waren kalt und taub geworden, und mein Gehirn tat nicht, was ich ihm befahl. »Eure Ehefrau?«, sagte ich noch einmal, unfähig, mich von dieser Offenbarung zu lösen.

Der Prinz ging zu einem Bücherregal, in dessen Mitte mehrere Glaskaraffen standen. Er goss etwas in ein Glas, kam dann zurück und blieb vor mir stehen.

»Ihr seid der Prinz des Schattenhofs«, flüsterte ich. »Warum in Odins Namen würdet Ihr eine *Goldgeberin* heiraten? Einen Menschen?«

Nichts davon ergab einen Sinn. Außer, warum die Königin so wütend gewesen war.

Durch Fae-Magie gebundene Ehen waren unzerbrechlich, das wusste jeder. Nun, natürlich gab es eine Ausnahme: wenn einer der beiden starb.

»Ihr habt vor, mich für das zu benutzen, was Ihr von mir wollt, und mich dann zu töten.«

Er sagte nichts, blickte mich nur an, das Glas mit einer bernsteinfarbenen Flüssigkeit in der Hand.

»Warum müsst Ihr mich heiraten, bevor Ihr mich tötet? Ist das eine Art Folter oder irgendein krankes Spiel?«

»Ich bin an der Reihe, eine Frage zu stellen«, sagte er. »Was hast du am Wurzelfluss gesehen, das dir Übelkeit bereitet hat?«

Ich blinzelte. Das war nicht die Frage, die ich erwartet hatte. »Ich erinnere mich nicht.«

»Lügen.«

»Ihr erwartet, dass ich Euch vertraue?« Ich stand auf, meine Stimme wurde lauter. Die Angst vor ihm begann, sich in eine an Hysterie grenzende Panik zu verwandeln. »Ihr habt mich entführt, mich an einen Ort gebracht, an dem Menschen an Haken von der verdammten Decke hängen. Ich habe gerade gesehen, wie sich Eure Stiefmutter das Blut eines Toten vom Gesicht leckt, und Eures habe ich noch nicht einmal gesehen!«

»Nimm das«, sagte er nur und hielt mir das Getränk hin, das er sich eingegossen hatte.

Ohne zu zögern, schlug ich es ihm aus der Hand. Das Glas zersplitterte, und die bernsteinfarbene Flüssigkeit versickerte in dem dicken, schwarzen Teppich.

Wortlos wandte er sich wieder dem Bücherregal zu und goss sich ein neues Glas ein, dann kam er zurück und hielt es mir hin. Meine Hände zitterten, als ich sie zu Fäusten ballte.

»Nein.«

»Es wird dir nicht schaden.«

»Ich will es nicht.«

»Das ist der beste Met des Hofs. Er wird dich stärken.«

»Fahrt nach *Hel*.«

»Es ist wichtig, dass du wachsam und in der Lage bist, mit dem fertig zu werden, was kommen wird, nicht in diesem …« Er machte eine Handbewegung in meine Richtung. »Hysterischen Zustand.«

»Hysterisch?« Wenn ich eine Axt gehabt hätte, hätte ich sie ihm gegen den Kopf geschmettert. »Hysterisch? Ihr habt mir gerade gesagt, dass ich Euch heiraten muss!«, schrie ich. »Ihr seid nicht mehr als ein wahnsinniges Monster!«

Zu meiner Überraschung meinte ich, ihn zusammenzucken zu sehen, aber als er sprach, war seine Stimme ruhig und gleichmäßig. »Trink das, und ich werde dir alles sagen, was du wissen musst.«

»Nein. Ich will meine Freunde sehen.« Eigentlich wollte ich allein sein, aber ich war mir ziemlich sicher, dass das nicht möglich sein würde.

Mit einem Schnauben griff er neben sich und hob seinen Stab auf. Schatten flossen aus seiner Spitze, und innerhalb von Sekunden hatten sie mich umringt und zwangen mich zurück in den Sessel. Ich trat um mich und schrie, aber sie waren unglaublich stark. »Du machst es dir selbst schwer.«

»Oh, aber natürlich, ich bin das Problem«, zischte ich und wand mich. Nachdem ich schier endlos versucht hatte, gegen die Schatten anzukommen, ließ ich mich schließlich in die Polster zurückfallen. Die Schatten erhoben sich langsam und schwebten auf den Prinzen zu. Ein schattenhaftes Band hob das Glas aus seiner Hand und trug es in meine Richtung.

»Wenn es sein muss, werde ich dich zwingen, es zu trinken, aber ich würde es lieber nicht tun.«

Mit einem Knurren nahm ich das Glas. Der Prinz nickte zufrieden. »Besser. Ich brauche deine Fähigkeiten, um mir mit einem Problem zu helfen. Ich glaube nicht, dass es lange dauern wird, aber ich muss den Umfang meines Vorhabens erst noch abschätzen.« Ich öffnete den Mund, um ihn zu unterbrechen, aber die Schatten schlossen sich um meine Hand, zwangen das Glas an meine Lippen und schütteten etwas Met in meinen Mund. Ich versuchte, ihn auszuspucken, aber die dunkle Magie zwang meine Lippen zusammen.

Wenn ich nicht davon überzeugt gewesen wäre, dass er versuchte, mir zu schaden, hätte ich das Getränkt genossen. Es schmeckte herrlich, aber die Situation war, wie sie war, also kämpfte ich darum, den Prinzen durch zusammengepresste Lippen hindurch zu beschimpfen.

»Wie ich schon sagte«, sagte er. »Ich werde mein Wort halten und deine Freunde am Leben halten, solange du dich mir fügst. Du wirst wie meine Verlobte behandelt, bekommst ein schönes Quartier in meinem Flügel des Palastes und sollst an Hofveranstaltungen teilnehmen. Ich werde tun, was ich kann, um das Ablegen unserer Gelübde aufzuschieben, bis unsere Arbeit abgeschlossen ist.«

Ich versuchte, zu sprechen, und war überrascht, als die Schatten es zuließen. »Und dann werdet Ihr was tun? Mich heiraten oder mich töten?«

Er starrte mich einen Moment lang an. »Bisher machst du mir diese Entscheidung leicht.«

Ich funkelte ihn an. »Die Euren sind weit und breit für Ihre Grausamkeit bekannt, und Ihr ganz besonders. Aber ich werde nicht zulassen, dass Ihr meine Freunde foltert.«

Seine Haltung veränderte sich. Wut brannte in seinen Augen. »Du beginnst, meine Geduld auf eine harte Probe zu stellen. Nur meinetwegen sind deine Freunde noch am Leben.«

»Unsinn! Ihr seid in mein Haus gestürmt, habt uns alle entführt, und jetzt wollt Ihr auch noch, dass ich dankbar dafür bin, dass Ihr noch keinen von uns ermordet habt?«

»Dieses Gespräch ist beendet.« Die Schatten kehrten plötzlich zu seinem Stab zurück, und er verließ wortlos den Raum.

Noch ehe ich das Glas gegen die Tür schleudern konnte, die sich hinter ihm geschlossen hatte, klopfte es. Frima kam herein, hinter ihr ein kleines, menschliches Mädchen.

Ich kämpfte mich vom Sessel in die Höhe.

»Komm. Ich zeige dir deine Gemächer.«

»Hast du gewusst, dass ich ihn heiraten soll?« Die

Worte kamen ganz automatisch über meine Lippen, und das Mädchen machte große Augen.

Frima zuckte mit den Schultern. »Ich bezweifle, dass du lange genug leben wirst.«

»Warum?«

»Warum ich das bezweifle? Musst du das wirklich fragen? Du bist eine riesige Nervensäge. Ich bin ziemlich sicher, dass du sterben wirst, wenn Maz oder einer von uns endgültig die Geduld mit dir verliert.«

»Nein, ich meine, warum hat er mich an sich gebunden?«

»Sind alle *Goldgeber* so dumm wie du?« Ich funkelte sie an. »Die Königin war kurz davor, dich aufzuknüpfen. Als seine Verlobte hat sie keine Macht mehr über dich. Ich dachte, das wäre offensichtlich.«

»Du verstehst nicht«, sagte ich mit zusammengebissenen Zähne. »Was will der Prinz von mir?«

»Ich brenne darauf, es herauszufinden«, sagte sie. »Und jetzt komm.«

Ich straffte meine Haltung und wollte widersprechen, aber sie seufzte. »Wenn du mitkommst, wirst du etwas zu essen und zu trinken bekommen und ein Bad nehmen können. Bis zum Abendessen wird dich niemand mehr stören, abgesehen von deiner neuen Magd.« Sie deutete auf das Mädchen neben ihr.

Ich wäre allein? Das war genau das, was ich brauchte. Ich musste einen Fluchtweg finden. Vielleicht könnte mir die Magd helfen.

»Na schön.«

Wir gingen weitere Korridore entlang, nahmen aber

keine Treppen mehr, bis wir eine Tür erreichten, die mit einem großen Raben verziert war, der auf einem Schädel saß. Frima öffnete die Tür. »Denk erst gar nicht daran, zu fliehen. Glaube mir, wenn du von jemand anderem als mir, Ellisar oder Svangrior gefunden wirst, steht dir eine Welt des Schmerzes bevor. Und wenn Maz dich findet ...« Sie warf mir einen Blick zu und deutete dann ins Zimmer. Die Magd trat ein, und ich biss mir auf die Zunge und folgte ihr. »Ich bin in drei Stunden zurück, um dich zum Abendessen zu begleiten.«

»Ich will kein Abendessen.«

»Du hast keine Wahl. Die Königin besteht darauf, also wirst du heute Abend mit der Königsfamilie essen.«

Bevor ich ein zweites Mal widersprechen konnte, schloss Frima die Tür, und ich hörte das deutliche Geräusch eines Schlüssels, der sich im Schloss drehte.

Das Mädchen sah mich nervös an. »Soll ich Euch ein Bad einlassen, Mylady?«

»Mylady?«

»Wünscht Ihr, dass ich Euch anders anspreche?« Ihre großen Augen blinzelten mich an. Sie erinnerten mich an Kara. Sie war nicht so schmächtig oder schlagfertig wie mein Schützling, und ihre runderen Hüften und Brüste ließen vermuten, dass sie älter war. Sie trug ein einfaches, geschnürtes Kleid über einem weißen Baumwollhemd, und ihr Haar war zu einem Pferdeschwanz gebunden.

»Nenn mich Reyna. Das ist mein Name. Wie heißt du?«

Sie warf einen Blick auf die Rune an meinem Handgelenk, bevor sie antwortete. »Brynja. Seid Ihr ... eine Runenträgerin?« Es war eine rhetorische Frage.

»Ja. Ich bin eine *Goldgeberin*.«

»Ich komme auch vom Goldhof«, flüsterte sie.

»Wie bist du hier gelandet?«

»Ich wurde gefangen genommen. Ich komme aus einer Stadt am äußersten Rand des Hofes. Die Überfälle sind zahlreich und schlimm. Ich nehme an, dass Ihr im Palast gelebt habt?«

»Ja. Es tut mir leid, dass man dich deiner Familie weggenommen hat.«

Sie zuckte leicht mit den Schultern. »Auch dort ging es mir nicht sehr gut, um ehrlich zu sein.«

Ich schluckte, bevor ich meine nächste Frage stellte. »Und hier? Wirst du gut behandelt?«

Angst lag in ihren Augen. »Ich diene dem Prinzen und seinen Kriegern, aber ich bin noch nicht lange hier«, sagte sie leise.

»Und?«, hakte ich nach, als sie nicht weitersprach.

»Ich bin nie gebeten worden, die Dinge zu tun, welche die Gold-Fae von mir verlangt haben«, sagte sie, und ihr Gesicht wurde rot. Sie war ein hübsches Mädchen. Ihre runden Augen und rosigen Wangen verliehen ihr eine unschuldige Ausstrahlung. Die hatte die Art von Gesicht, die das Volk von *Yggdrasil* als Einladung sah, jemanden zu besudeln.

Ich ballte meine Hände zu Fäusten. »Ich bin froh, dass du nicht verletzt worden bist. Haben sie dich geschlagen?«

»Nicht mehr als zu Hause, Mylady.«

»Reyna.«

Sie schüttelte leicht den Kopf. »Es tut mir leid, aber ich muss Euch Mylady nennen. Ihr seid mit Prinz Mazrith verlobt. Ich würde bestraft werden, wenn ich Euch anders nennen würde.«

Ich atmete geräuschvoll aus. »Na gut. Weißt du, wo meine Freunde sind?«

»Ja«, nickte sie. »Sie sind in den Sklavenquartieren dieses Flügels.»

»Geht es ihnen gut?«

»Ich glaube schon.«

»Gut.«

»Möchtet Ihr ein Bad nehmen, Mylady? Hier gibt es fließendes, heißes Wasser.« Bewunderung lag in ihrer Stimme, und ich beschloss, nicht zu erwähnen, dass wir das in der Werkstatt des Goldhofs ebenfalls hatten.

»Gerne, danke.«

Sie eilte davon, als würde sie den Weg ganz genau kennen, und ich nahm mir einen Moment Zeit, um meine Umgebung zu betrachten. Das Zimmer war ähnlich dekoriert wie das, aus dem ich gerade gekommen war, doch gnädigerweise fehlte das Rot. Schwarze Pelzteppiche bedeckten den Boden, und es gab ein Himmelbett, das mit dunkelvioletten Decken und Pelzen gepolstert war.

An einer Wand befanden sich ein Kleiderschrank und ein Kamin, an einer zweiten ein Schreibtisch und ein mit dicken Büchern und Schriftrollen bepacktes Bücherregal. Die Tür zum Badezimmer lag auf der anderen Seite, und ich konnte gerade noch sehen, wie

Brynja sich über eine große Porzellanwanne mit Klauen-
füßen beugte.

Das Zimmer war nicht riesig, aber es war definitiv
der komfortabelste Ort, an dem ich je geschlafen hatte.
Vorausgesetzt, dass ich je wieder schlafen können würde.

Als ich in das heiße Wasser der Badewanne glitt, zwang
ich meinen rasenden Verstand, sich zu beruhigen.

So methodisch wie ich konnte, ging ich alles durch,
was passiert war, seit ich im Goldhof Lord Orm gegen-
übergestanden hatte. Die Reise entlang des Flusses, die
goldene Rune, die vom Prinzen ausgegangen war, und
der Anblick des Hungernden schienen bereits eine halbe
Ewigkeit zurückzuliegen.

Eine Sache drängte sich mir immer wieder auf.

Der Gedanke, verlobt zu sein.

Ich tauchte meinen Kopf unter Wasser, als meine
Wut drohte, erneut von meinen Gedanken Besitz zu
ergreifen. Ich nahm das Stück Seife von der Seite der
Wanne und begann, mein Haar zu waschen, während ich
grübelte.

Je öfter ich das Gespräch in meinem Kopf durchging,
desto sicherer war ich mir, dass er uns nichts tun würde.
Weder er noch seine Krieger hatten uns auch nur ein
Haar gekrümmt. Im Goldhof war nie viel Zeit vergangen,
ohne dass ich mir eine Tracht Prügel eingefangen hatte.

Nicht, dass ich ihm vertraut hätte. Ein einziger Blick
in den Thronsaal seines Palastes genügte, um den Ort, an

dem ich mich befand, von jeglicher Vertrauenswürdigkeit zu befreien. Ich hatte keinen Zweifel, dass er sein wahres Gesicht zeigen würde, sobald er mich nicht mehr brauchte. Was auch immer ich für ihn tun sollte, musste erfordern, dass ich gesund und bei Kräften war, überlegte ich, während ich den Schmutz von meiner Haut rieb.

Warum würde er sonst so viel riskieren, um mich vor seiner offensichtlich wahnsinnigen Stiefmutter zu beschützen? Die Zwietracht zwischen den beiden war offensichtlich. Vielleicht hatte das, was er vorhatte, mit seinem Hass für sie zu tun.

Aber warum ich? Sosehr ich mich auch anstrengte, mir fiel nichts ein, was ich für den Prinzen tun könnte, wozu kein anderer *Goldgeber* in der Lage war. Es bedeutete, dass das, was er brauchte, mit Gold zu tun hatte. Aber es könnte auch etwas ganz anderes sein.

Irgendwann gab ich den Versuch auf, diese unmöglichen Fragen zu beantworten, denn ich hatte Kopfschmerzen. Ich musste mich auf das Wichtige konzentrieren: wachsam, stark und am Leben zu bleiben.

Was auch immer der Prinz vorhatte, solange er mich brauchte, würden meine Freunde und ich am Leben bleiben.

Ich brauchte mehr Informationen, um einen Fluchtweg zu finden, vielleicht einen Plan des Palastes und die Wege zu den Anlegestellen. Ich dachte darüber nach, wie ich geplant hatte, aus dem Goldhof zu fliehen, indem ich Wachen bestach und Ressourcen stahl. Wenn ich hier eine ähnliche Strategie verfolgen wollte, musste ich mehr über meine Umgebung erfahren und Verbündete finden. Das konnte ich nicht, wenn ich rund um die Uhr beobachtet wurde, weil ich Ärger verursachte.

Lhoris hatte recht. Es gab Zeiten, in denen es am besten war, das zu tun, was einem gesagt wurde, und diese Zeit war jetzt. Solange ich dem Prinzen von Nutzen war, konnte ich einen Plan schmieden, um dem Schattenhof zu entkommen.

Und dieser Ehe.

KAPITEL 15

Als ich aus dem Badezimmer kam, sprang Brynja von dem Hocker auf, auf dem sie gesessen hatte.

»Eure Kleider, Mylady.« Sie wies mit dem Arm auf drei Kleider, die auf dem Bett ausgebreitet waren.

Meine Lippen öffneten sich überrascht, als ich die Gewänder betrachtete. »Die ...« Ich sah zu ihr auf. »Die sind für mich?«

Sie nickte. »Ihr seid die Verlobte des Prinzen.« Sie biss sich auf die Lippe. Ein seltsamer Ausdruck trat in ihre Augen.

»Ich verstehe, dass du dich zurückhalten musst, wenn Fae in der Nähe sind, aber wenn wir allein sind, kannst du dich selbst sein«, sagte ich zu ihr.

Ihre Schultern entspannten sich. »Mylady, ich habe nie prächtigere Kleider gesehen als die, die in diesem Kleiderschrank hängen. Ein einziges wäre genug wert, dass meine Familie ein Jahr lang zu ernähren.« Voller

Ehrfurcht blickte sie auf ein lavendelfarbenes Kleid, das mit einem komplizierten Netz aus schwarzer Spitze bedeckt war. Ich beugte mich näher und sah, dass das Muster Totenköpfe zeigte. Ich wich zurück.

»Kleider, die zum Königshaus des Schattenhofs passen«, murmelte ich. Einen Moment lang überlegte ich, ob ich mich weigern sollte, sie zu tragen. Der Gedanke, irgendetwas zu tragen, was vom Schattenhof oder von den Fae kam, bereitete mir Unbehagen. Aber als ich mir vorstellte, in den Lederkleidern der Sklavenwerkstatt zum Abendessen geschleppt zu werden, wurde mir klar, dass es meinem Plan nur schaden würde. Ich musste versuchen, mich einzufügen, um uns zu schützen. Mich querzustellen würde nur noch mehr Aufmerksamkeit auf mich lenken.

Ein Fae-Prinz, der mit einer menschlichen Sklavin verlobt war.

Ich schüttelte den Kopf. »Gibt es Kleider ohne Totenschädel?«

»Es gibt welche mit Dornen. Und jede Menge mit Raben.«

Über dem Kamin hing ein Wandteppich mit einem Raben, und ich warf einen Blick darauf. »War da nicht auch ein Rabe auf der Tür zu diesen Gemächern?«

Brynja nickte. »Ich bin noch nicht lange genug hier, um zu wissen, warum, aber ich glaube, es hat etwas mit Raben und der *Siv* des Prinzen zu tun.«

Ich schluckte bei dem Wort *Siv*, dem alten Wort für Braut. »Ich setze es auf meine lange Liste von Fragen.«

Brynja half mir in ein Kleid in Salbeigrün, das gut zu

meinem kupferfarbenen Haar und meinen bernsteinfarbenen Augen passte. Es hatte einen tiefen, eckigen Ausschnitt. Die Bänder an der Rückseite saßen so stramm, dass meine Brüste zusammengepresst wurden. Der Rock war mit mehreren Schichten schwarzer Spitze bedeckt, welche zahlreiche Raben, aber keine Totenschädel zeigte.

Die junge Magd band mein jetzt wieder sauberes Haar mit einem einfachen, grünen Band zusammen, und verbrachte gute fünfzehn Minuten damit, an den Strähnen herumzuzupfen. Dann nahm sie zwei kleine Kästchen mit Puder und trug etwas davon auf meine Wangen auf und auf meine Unterlippe auf.

Als Brynja fertig war und ich in den Spiegel über dem Tisch schaute, war ich überrascht.

»Wie in Freyas Namen hast du es geschafft, eine so hübsche Frisur zu zaubern, ohne einen einzigen Zopf zu flechten?« Sie hatte mehrere Haarsträhnen verdreht und um das Stirnband geschlungen, und mein normalerweise blasses Gesicht war genau an den richtigen Stellen mit Farbe akzentuiert. Zusammen mit dem tief ausgeschnittenen, eleganten Kleid sah ich aus wie ein Mitglied des Hofes. Abgesehen von meiner ungewöhnlichen Haarfarbe natürlich.

Brynja errötete und wirkte verlegen. »Ich war schon immer eine Magd, Mylady.« Ihr zufriedener Gesichtsausdruck verschwand, als sie einen Blick auf die verschlossene Tür warf. »Nur nicht hier.«

»Nun, ich bin beeindruckt«, sagte ich. »Vielen Dank.

Jetzt werde ich mich nicht so minderwertig fühlen, wenn ich diesen Verrückten gegenüberstehe.«

»Gern geschehen, Mylady.«

Ein Klopfen an der Tür ging dem Geräusch des Schlüssels voraus, der sich im Schloss drehte, und Frima betrat das Zimmer.

Wir sahen uns verblüfft an. Sie aufgrund meines völlig veränderten Aussehens, und ich beim Anblick ihres Gesichts. Sie trug keine Totenkopfmaske mehr.

Frima war älter, als ich gedacht hatte, und ihre Augen waren von einem feinen Netz von Falten umgeben. Ob sie durch Lachen oder grimmig zusammengekniffenen Augen entstanden waren? Sie trug Dutzende von Zöpfen in ihrem onyxschwarzen Haar. Die meisten waren mit winzigen Schädelperlen verziert, und einige von lavendelfarbenen Bändern durchzogen.

»Du siehst anders aus«, sagte sie. »Vielleicht kann ich mir doch noch etwas vorstellen, was Maz mit dir anfangen könnte.« Ihr Blick fiel auf meine Brüste, während sie sprach. Ich sah sie finster an. »Komm. Maz möchte mit dir sprechen, bevor du in den Speisesaal gehst.«

Sie führte mich zurück zu den Räumlichkeiten, aus denen der Prinz zuvor gestürmt war, und wies Brynja an, im »Rabenzimmer« auf uns zu warten.

Als wir eintraten, stand der Prinz vor dem Kamin. Sein Stab lehnte neben ihm an der Wand. Sein breiter Rücken war mit schwarzen Pelzen bedeckt, und sein geflochtenes Haar fiel ihm bis weit über die Schultern. Wo Frimas Haar von lila Bändern durchzogen war, glänzte feines Silber in seinen Zöpfen. »Eure Verlobte, Maz«, sagte Frima mit einem Grinsen, dann drehte sie sich um und ging.

»Fühlst du dich besser?«, sagte er, ohne sich zu mir umzudrehen.

Ich dachte an meinen Entschluss, mich höflich und ruhig zu verhalten. »Nicht besser, nein. Aber weniger ‚hysterisch‘, wie Ihr es so nett ausgedrückt habt.«

»Gut. Heute Abend darfst du kein Essen oder Getränk ablehnen. Meine Stiefmutter hat strenge Regeln, und ich habe weder die Zeit noch die Geduld, dir immer wieder das Leben zu retten.«

»Wollt Ihr mir vielleicht endlich sagen, warum ich überhaupt noch am Leben bin?«

Er drehte sich halb um, um seinen Stab aufzuheben. Mein Atem stockte.

Auch er trug keine Maske mehr.

Ich konnte sein Gesicht nur undeutlich erkennen, nicht viel mehr als ein Aufblitzen von Haut im roten Feuerschein, wo zuvor der schwarze Schädel gewesen war.

»Das habe ich dir bereits gesagt.« Seine Finger schlossen sich fester um den Griff des Stabs. »Ich brauche deine Hilfe.«

»Womit?«

»Und ich habe dir bereits gesagt, dass ich es dir morgen erklären werde.«

»Warum sagt Ihr es mir nicht jetzt?«

Er verspannte sich und senkte den Kopf. Das Licht fiel auf seinen zusammengepressten Kiefer, als er antwortete. »Weil ich nicht will, dass meine Stiefmutter in deinen zerbrechlichen, kleinen Schädel eindringt und all die Informationen herausholt, die sie braucht. Ich muss deinen Geist schützen, doch heute Abend verspüre ich nicht den Wunsch, das zu tun.«

Die Bilder, die seine Worte in meinem Kopf erschufen, ließen mich schaudern. Aber er hatte mir endlich eine sinnvolle Antwort gegeben. *Und einen Hinweis.* Was auch immer er vorhatte, es *hatte* mit seinem Konflikt mit der Königin zu tun. »Dann morgen«, willigte ich ein.

Sein Kopf hob sich ein Stück. »Also. Die kupferhaarige Frau, die nach Thors Stärke benannt ist, stellt sich doch nicht immer quer.«

Ich stemmte eine Hand in meine Hüfte. »Und der böse Prinz, der mit Schatten und Gedankenspielen Menschen quält, ist doch in der Lage, eine Frage zu beantworten.«

Blitzschnell drehte er sich um und bewegte sich wie ein schwarzer, huschender Schatten auf mich zu. Mein Puls schoss in die Höhe, und als ich ihn richtig sehen konnte, stockte mir der Atem.

Bei Odin, er war ... *wunderschön.*

Dies war nicht der heimtückische Fae-Prinz mit den scharfen Wangenknochen und den grausamen Schlitzaugen, den ich hinter der Maske erwartet hatte.

Stattdessen blickte ich einen Mann an, der auf atemberaubende Weise ... anders war. Er war alles, womit ich nicht gerechnet hatte, und wirkte irgendwie vertraut. Sein schwarzes Haar wurde von einem silbernen Reif zurückgehalten und umrahmte sein hartes, gebräuntes Gesicht, das kaum dem eines Fae glich.

Er sah aus wie ein Krieger.

Er trug keine Kriegsbemalung auf den Wangen, und seine Lippen waren weder aufgeplatzt noch trocken, wie es bei den Kriegern der Menschenclans üblich war, aber darüber hinaus war er durch und durch ein Krieger. Meine Augen wanderten über sein Gesicht und nahmen all die dünnen, weißen Narben auf, wobei mir eine besonders lange auf der linken Seite seines Kiefers auffiel. Seine leuchtend grauen Augen sahen jetzt, da die Maske verschwunden war, eisblau aus. Ich konnte Schatten darin tanzen sehen, als er meinen umher-schweifenden Blick erwiderte und zuerst mein Gesicht, dann mein Kleid betrachtete. »Glaube nicht, dass du mich kennst, kleine *Goldgeberin*.« Seine Stimme war ein Flüstern, und meine Zunge bewegte sich wie von selbst und leckte über meine Lippen, als er sprach. Er hob eine dunkle Augenbraue, und seine hellen Augen verengten sich.

Ich wich zurück. »Euer Ruf eilt Euch voraus«, sagte ich und versuchte, seinen offensichtlich magisch indu-zierten Zauber zu brechen.

»So sagt man. Sag mir, handeln diese Gerüchte nur von meinem Morden und Foltern? Oder werden auch andere Fähigkeiten erwähnt?« Die Worte waren wie eine Liebkosung, und ich schluckte schwer. Er trug ein schwarzes Hemd mit offenem Kragen unter seinem Pelz-mantel, und um seinen Hals hing ein großes Medaillon.

Ich behielt sein Gesicht genau im Auge. »Mich mit

Magie zu verführen ist so, als würdet Ihr Euch nehmen, was nicht Euch gehört«, stotterte ich.

Seine Augen funkelten. »Siehst du Schatten um diesen Stab herum tanzen?«

Ich warf einen Blick darauf. »Nein.«

»Dann wende ich keine Magie an.«

Ich starrte ihn an, und mein Gesicht wurde so heiß, dass es unangenehm war. »Ihr sagt, Ihr müsstet meinen Geist gegen die Magie der Königin schützen?«, sagte ich in einem nervösen Versuch, das Thema zu wechseln.

»Ja. Widersetze dich ihr heute Abend nicht, sowohl mir als auch dir selbst zuliebe.«

Zu sehen, wie sich sein Mund bewegte, als er sprach, hatte eine Art hypnotische Wirkung auf mich. Seine tiefe, volle Stimme passte zu seinem Gesicht.

»Und warum wollt ihr meinen Geist nicht schützen, bevor wir mit ihr zu Abend essen?«, zwang ich mich, zu fragen.

Seine Augen huschten zu seinem Stab, dann blickte er mich wieder an. »Benimm dich einfach. Beantworte ihre Fragen so knapp wie möglich.«

»Sieht Euer Speisesaal genauso aus wie Euer Thronsaal?«

Sein Kiefer zuckte. »Das ist nicht mein Thronsaal.«

Ich runzelte die Stirn. »Ihr seid der Prinz. Da waren zwei Throne.« Allein der Gedanke an den Raum gab mir eine Gänsehaut, und ich rieb mir über die Arme. Er verfolgte die Bewegung mit seinen Augen, und sein Blick verweilte einen Moment zu lang auf meinem Körper, eher er wieder aufsah.

»Das ist der Thron meines Vaters. Er gehört erst mir, wenn meine Stiefmutter tot ist.«

Ich legte den Kopf schief. »Und wem gehört er jetzt?«

»Seit dem Tod meines Vaters, niemandem.«

Es brauchte viel, um einen Fae zu töten, besonders einen so mächtigen, und niemand in den fünf Höfen wusste, wie der König des Schattenhofs gestorben war. Man wusste nur, dass seine zweite Frau an der Seite seines einzigen Sohns den Hof regierte.

»Also wünscht Ihr Eurer Stiefmutter den Tod?« Das war die Art von Information, die ich benötigte, und der Mann hinter der Maske erwies sich als leichter zu durchschauen, als das vermummte Monster, das er zuvor gewesen war.

»Ich wünsche vielen Menschen den Tod«, antwortete er, und die Erinnerungen an all die Geschichten über seine Ungeheuerlichkeiten kehrten zu mir zurück.

»Gerüchten zufolge gehen Eure Wünsche oft in Erfüllung.«

»Die Gerüchte sind wahr.«

»Alles davon?«

»In gleichem Masse wie die Gerüchte über den Goldhof, nehme ich an. Was hast du am Wurzelfluss gesehen?«

Er warf die Frage so selbstverständlich ein, dass ich beinahe geantwortet hätte. »Ich erinnere mich nicht. Ich habe mir den Kopf gestoßen.«

»Ich kann mir die Antwort selbst beschaffen.«

»Das habt Ihr bereits versucht.«

»Du hast vor, ein weiteres Mal ohnmächtig zu

werden, um dich mir zu entziehen? Wäre es nicht einfacher, meine Frage zu beantworten?«

»Ihr antwortet mir, dann antworte ich auch Euch.«

»Ich habe viele deiner Fragen beantwortet.«

»Nicht die, die entscheidend sind.«

Er machte eine Handbewegung. »Warum gerade du?«

Meine Augen fixierten seinen Mund, als er sprach. »Ja.«

»Morgen kannst du eine Antwort bekommen, und ich erwarte meine.«

Wollte er mit mir verhandeln?

Er könnte ganz einfach in meine Gedanken eindringen und die Informationen herausziehen, das hatte er bereits auf dem Boot bewiesen. Oder er könnte mich auf einen Haken spießen und mich an der Decke aufhängen, bis ich ihm alles sagte, was er wissen wollte.

Der Gedanke ließ mich zittern.

»Dieses Kleid ist eindeutig zu dünn für diese Temperaturen«, sagte er.

Ich hob überrascht die Augenbrauen. »Mir ist nicht kalt. Ich bin ... nervös.«

»Meinetwegen?« Etwas Räuberisches trat in seinen Blick.

»Wegen Körpern, die an Haken von der Decke hängen, Urnen voller Schädel und Fae, die Blut trinken.«

Er starrte mich aus leuchtenden Augen an, bis es an der Tür klopfte.

»Herein«, rief er. Als ich mich umdrehte, sah ich, wie Ellisar die Tür aufstieß.

»Ihr werdet allein zum Abendessen gebeten, Maz«, sagte der hünenhafte Mann. Ich wandte mich wieder dem Prinzen zu, der heftig fluchte.

Erleichterung durchströmte mich. »Also muss ich nicht hingehen?«

»Nein. Du isst mit …«, begann Ellisar, aber der Prinz unterbrach ihn.

»Sie wird allein im Rabenzimmer essen.« Schatten wirbelten in seinen Augen, und sein nüchterner Gesichtsausdruck hatte sich verdunkelt. Vielleicht konnte der Mann unter der Maske genauso beängstigend sein, dachte ich, als er seinen Stab aufhob und von Macht umspielt wurde.

»Ja, Maz.«

»Nimm sie mit. Sorge dafür, dass niemand mit ihr spricht.«

»Wartet, ich will meine Freunde sehen!«

»Das ist deine Schuld«, knurrte er. »Hast du eine Ahnung, wie …« Er hielt abrupt inne, starrte mich einen Moment lang wütend an und wirbelte dann herum. »Raus. Sofort.«

»Komm schon«, sagte Ellisar leise, noch ehe ich protestieren konnte.

»Morgen«, sagte ich, um unseren Handel zu bestätigen und mich selbst in meinem Beschluss zu bestärken, zu tun, was mir gesagt wurde. »Morgen werdet Ihr mir sagen, warum Ihr mich entführt habt.«

Der Prinz antwortete nicht.

KAPITEL 16

Ich warf Ellisar einen Seitenblick zu, als wir den Korridor hinuntergingen. »Warum nennst du ihn Maz?« Wahrscheinlich war es eine unangemessene Frage, aber der fröhliche Mensch hatte bisher den Eindruck bei mir hinterlassen, dass er nicht viel Wert auf Förmlichkeiten legte.

Ellisar zuckte mit den Schultern. »Das ist sein Name.«

»Aber er ist ein Prinz. Solltest du ihn nicht *Eure Hoheit* nennen?«

»Er mag es nicht, so angesprochen zu werden. Er mag nicht einmal Mazrith, wie er eigentlich heißt.«

»Warum war er so wütend darüber, dass die Königin heute Abend allein mit ihm essen wollte?«

Diesmal sah mich Ellisar an, als würde die Frage eine Grenze streifen, die er nicht zu überschreiten bereit war. »Die Kopfmagie der Königin ist stark.«

»Kopfmagie?« Ich wusste, was er meinte, aber ich wollte eine klare Antwort.

»Sie ist verdammt gut darin, die Informationen zu bekommen, die sie will. Aber es ist nicht einfach. Es braucht Zeit ohne Ablenkungen.«

»Was hat das mit dem Abendessen zu tun?«

»Dass sie beide den ganzen Abend allein sind, bedeutet, dass sie die Zeit und Ruhe hat, um zu versuchen, das zu erfahren, was sie wissen will. Ihre Nachricht war eine Kriegserklärung. Maz wird den ganzen Abend damit verbringen müssen, sich gegen sie zu verteidigen.«

»Oh.«

Einen Moment lang gingen wir schweigend weiter. »Stört es dich gar nicht, dass hier Leichen von der Decke hängen?«

Er warf mir einen angewiderten Blick zu. »Was glaubst du?«

»Warum siehst du dann so aus, als würdest du gerne für ihn arbeiten?«

»Weil ich gerne für ihn arbeite. Und jetzt hör auf, mich mit Fragen zu löchern. Du bringst mich in Schwierigkeiten.«

»Darf ich noch eine Frage stellen?«

»Nein.«

»Bitte!« Normalerweise benutzte ich das Wort »bitte« nur Menschen gegenüber, die mir wichtig waren. Mit zehn hatte Lhoris mir beigebracht, dass man jemandem Dankbarkeit schuldete, wenn er einer Bitte nachkam und man das Wort »bitte« benutzt hatte. Das bedeutete, dass es ihnen Macht über einen gab.

Ellisar warf mir einen warmen Blick zu. »Na schön. Eine. Aber ich kann nicht versprechen, dass ich sie beantworten werde.«

»Kann ich Kara und Lhoris sehen, bevor du mich ins Rabenzimmer bringst?«

Er schüttelte den Kopf. »Nein, das geht nicht.« Er hob eine Hand, als ich zum Sprechen ansetzte. »Sie sind in Sicherheit und gut versorgt.« Er schnaubte leise. »Besser versorgt als der halbe Hof.«

»Wo sind sie?«

»In den Sklavenquartieren.«

»Wenn jemand ihre Runen sieht, werden sie für die Belohnung getötet werden, die auf sie ausgesetzt ist«, sagte ich. »Sie stehen nicht unter dem Schutz des Prinzen, so wie ...« Ich zögerte. »So wie ich.« *Sie waren nicht dazu bestimmt, ihn zu heiraten.*

»Frima arbeitet daran. Bis ihr eine gute Lösung einfällt, wissen nur wenige, dass sie da sind.« Er warf mir einen aufrichtigen Blick zu. »Solange du dein Wort dem Prinzen gegenüber hältst, wird ihnen nichts passieren.«

»Danke.« Das Wort entkam meinen Lippen, bevor ich es stoppen konnte, aber ich war aufrichtig dankbar. Der Krieger hatte etwas an sich, das sich echt anfühlte, und ich vertraute instinktiv darauf, dass er die Wahrheit sagte.

Den Rest des Weges gingen wir schweigend. »Schlaf gut«, sagte er, bevor er die Tür schloss und verriegelte.

Ellisar war meine beste Chance auf einen Verbündeten, entschied ich, während ich weiter auf die geschlossene Tür blickte.

Ich wandte mich dem Zimmer zu, und meine Augen fielen auf das Bett. Die Erleichterung darüber, nicht mit der verrückten Königin oder dem Prinzen zu Abend essen zu müssen, ließ das Adrenalin aus meinem Körper weichen, und ich fühlte mich auf einmal unglaublich müde.

Trotz des übergroßen Bettes, der ungewohnten Matratze und der unglaublich weichen Felle, hatte ich Mühe, einzuschlafen. Meine Gedanken wollten einfach nicht zur Ruhe fallen, um dem Schlaf zu erlauben, mich davonzutragen.

Jedes noch so kleine Geräusch aus dem Korridor draußen oder von dem sanft brennenden Kamin, ließ meinen Körper angespannt zusammenzucken. Ich war in einem langen Gewand zu Bett gegangen, das ich im Kleiderschrank gefunden hatte. Meine Tasche mit dem gestohlenen Stab hatte ich neben mir unter das Kopfkissen gestopft. Falls jemand ins Zimmer käme, wäre ich bereit.

Die Erwartung dessen, was mir der Prinz am nächsten Morgen offenbaren würde, wechselte sich mit Gedanken an den unerwarteten Anblick seines Gesichts ab. Und an die Reaktion, die es in mir hervorgerufen hatte. Immer, wenn ich an ihn dachte, wurden meine Wangen heiß, und ich zwang mich, an etwas anderes zu denken.

Als ich mich zum hundertsten Mal im Bett herumwälzte, stieß ich einen frustrierten Seufzer aus.

Das war nicht gut. Ich schaffte es nicht, diese Gedanken zu vertreiben, und solange mir das nicht gelang, würde ich keine Ruhe finden.

Widerstrebend hob ich die Hand ins schwache Licht und betrachtete die Rune. Sie war von einem Schwarz, das so dunkel war, dass es das Licht zu absorbieren schien. Bei dem ungewohnten Anblick zog sich mein Magen zusammen.

Ich versuchte, mich an die Runen zu erinnern, die mir Kara beigebracht hatte. Als ich mich erinnerte, welcher davon sie glich, wurde ich von Angst überkommen.

Dunkelheit.

Die Macht der Schatten-Fae.

Erinnerungen an den Hungernden kehrten zu mir zurück und ließen mich an mir selbst zweifeln.

Was, wenn auch ich Dunkelheit in mir trug?

Ich hatte immer gewusst, dass da ... *etwas* war. Etwas, das unter der Decke meines Bewusstseins lauerte und sich gerade oft genug zeigte, um mich daran zu erinnern, dass ich anders war. Dass etwas mit mir nicht stimmte.

Und dass ich keine Ahnung hatte, woher ich kam.

Ich kannte meine Eltern nicht, und ich wusste auch nicht, warum ich der einzige Mensch auf der Welt war, der kupferfarbene Haare hatte.

Ich wusste nicht, warum ich diese schrecklichen Visionen hatte.

Ich hatte es längst aufgegeben, nach Antworten zu suchen, denn ich hatte keinerlei Hinweise. Keine Erinnerungen an meine Kindheit und nichts, was ich als Ausgangspunkt verwenden könnte. Stattdessen liefen all meine Hoffnungen und Träume darauf hinaus, an einem Ort meiner Wahl ein neues Leben zu beginnen und der Sklaverei zu entkommen.

Ich drehte mich noch einmal um und vergrub meine Hand unter dem Kissen.

Hatte mich der Prinz deshalb entführt? Weil er von meiner Dunkelheit wusste? War ich dazu bestimmt, hier im Schattenhof zu leben?

Ich erwachte mit einem Ruck, nachdem ich anfangs kaum geschlafen hatte. Rasch setzte ich mich im Bett auf, ergriff ein kleines, eisernes Nachtlicht und hielt es in die Höhe, sowohl des Lichtes wegen als auch, um mich damit verteidigen zu können.

Aber ich konnte nicht erkennen, was mich geweckt hatte. Der Raum war still, und nirgends war eine Bewegung zu sehen.

Mein Herz pochte hart in meiner Brust, und ich fragte mich, ob es ein Traum gewesen war, der mich aus dem Schlaf gerissen hatte.

Verschwommene Bilder von auf Haken aufgespießten Männern und Frauen hatten meine Träume heimgesucht, zusammen mit den blitzenden, leuchtenden Augen des Prinzen und der schwarzen Königin.

Wie spät es wohl war?

Ich versuchte, wieder einzuschlafen, aber ich schaffte

es nicht, zur Ruhe zu fallen. Jedes Mal, wenn sich meine Augen schwer anzufühlen begannen, blitzten Bilder von blutigen Haken und toten Körpern in meinem Kopf auf und zwangen mich, die Augen zu öffnen.

»Du bist kein Kind mehr, Reyna. Du darfst dich nicht von Albträumen wach halten lassen«, schalt ich mich laut.

Meine dunklen Visionen hatten mir jahrelang Albträume beschert. Ich durfte nicht zulassen, dass sie mich jetzt schwächten.

Wut gab mir Energie, anstatt mich zu ermüden, und schließlich gab ich auf und schwang die Beine aus dem Bett.

Es war kalt im Raum, also ging ich zum Kamin und stockte Holz und Kohle auf, ehe ich an den Kleiderschrank trat und meine Werkstattkleidung anzog. Ich ging im Zimmer auf und ab, lockerte meine Schultern und versuchte, mich zu beruhigen. Ich war nervös angesichts dessen, was kommen würde.

Etwas auf dem Boden erregte meine Aufmerksamkeit, und ich blieb stehen.

Ich bückte mich und hob den kleinen Gegenstand auf, der unter meiner Tür hindurchgeschoben worden sein musste.

Ein Schlüssel.

Es musste das gewesen sein, was mich geweckt hatte.

Mit rasendem Herzen richtete ich mich auf und steckte dann vorsichtig den Schlüssel in das Schloss der Tür. Mit einem leisen Klicken drehte er sich.

Ich hielt den Atem an und wartete darauf, dass eine Wache oder sonst jemand angestürmt kam, aber nichts geschah.

Ich drehte den Türgriff und öffnete die Tür. Der dunkle, leere Korridor erstreckte sich in beide Richtungen, und ich atmete erleichtert auf.

Wer hatte mir den Schlüssel gebracht?

Spielte es eine Rolle?

Das war meine Chance, zu entkommen, und ich würde sie nutzen.

KAPITEL 17

Ich kehrte noch einmal in das Zimmer zurück, um mir meine Tasche zu schnappen, bevor ich mich nach draußen auf den Korridor schlich. Ich zerbrach mir den Kopf und versuchte, mich daran zu erinnern, auf welchem Weg ich hierhergekommen war, doch schließlich ging ich nach links.

Als Erstes musste ich die Sklavenquartiere finden. Ich würde auf keinen Fall ohne Lhoris und Kara gehen.

Ich streifte durch die Flure, hielt meine Schritte so leicht wie möglich und achtete darauf, keine unnötigen Geräusche zu machen. Nur einmal sah ich eine Wache, einen Menschen, der vor einer großen Tür saß, die mit einem Totenkopf geschmückt war. Er nickte im Schlaf mit dem Kopf, und in dem schummrigen Licht der Wandleuchten war es leicht, an ihm vorbeizuschlüpfen.

Ich blieb auf der Etage, auf der sich mein Zimmer befand, bis ich sicher war, dass die Sklavenquartiere nicht auf derselben Etage untergebracht waren. Ich erreichte eine Treppe, die mit einem schwarzen Teppich bekleidet war. Ich entschied mich für den Weg nach unten, presste mich gegen die Wand und schlich die Wendeltreppe hinunter.

Es dauerte fast eine Stunde, aber schließlich fand ich einen großen Torbogen, der in eine Halle führte, die mit einem langen Holztisch ausgestattet war. Die Arbeitsplätze am Tisch waren offensichtlich zum Sticken, Polieren, Schleifen und vielen anderen Aufgaben eingerichtet worden. Sechs Türen führten von der Halle weg. Alle waren vergittert und oben mit Eisenstangen blockiert.

Ich schlich zur ersten Tür und spähte hinein. Es war ein Zimmer mit vier Betten, in denen ich schlafende Gestalten ausmachen konnte. Keine von ihnen sah aus wie Kara oder Lhoris, also ging ich weiter.

Ich schaute durch die Gitterstäbe der vierten Tür. Dieser Raum bot nur Platz für zwei Personen.

Mein Herz machte einen hoffnungsvollen Sprung, als ich sie entdeckte. Wie es aussah, hatte Ellisar die Wahrheit gesagt. Lhoris und Kara waren von den anderen Sklaven ferngehalten worden.

Lhoris' riesige, zusammengerollte Gestalt füllte das Bett vollkommen aus. Karas winziger Körper lag auf einem zweiten Bett dicht gegen die Wand gepresst da. Ich suchte nach etwas, das ich werfen konnte, fand jedoch nichts. Auf dem Tisch fand ich schließlich eine Dose mit Elfenbeinknöpfen. Ich nahm mir ein paar davon, dann ging ich zurück zur Tür, zielte auf Lhoris und warf einen Knopf hinein.

Wie ich gehofft hatte, setzte sein Kriegerinstinkt

sofort ein. Er richtete sich kerzengerade auf, die Hände zu Fäusten geballt, die Augen wachsam aufgerissen.

Ich schob eine Hand durch die Gitterstäbe und winkte ihm zu.

»Ich bin's«, zischte ich, als er vom Bett aufsprang und zur Tür eilte. Er ergriff meine Hand durch die Eisenstangen hindurch. Erleichterung lag in seinen Augen.

»Bist du unverletzt?«, flüsterte er.

»Ja, alles gut. Du? Kara?«

Er nickte. »Sie haben uns hier eingesperrt und uns etwas zu essen gebracht. Seither sind sie nicht zurückgekommen. Wie bist du entkommen?«

»Jemand hat einen Schlüssel unter meiner Tür hindurchgeschoben.«

Überraschung und Besorgnis huschten über seine Züge. »Wer?«

»Ellisar vielleicht? Er schien immer Mitleid mit uns zu haben. Und er ist ein Mensch.«

Lhoris runzelte die Stirn. »Er ist ein Verräter.«

»Wer auch immer es war, ich habe nicht vor, diese Chance zu verspielen. Weißt du, wie ich euch da herausholen kann? Wo bewahren sie die Schlüssel auf?«

Er schüttelte den Kopf. »Ich habe keine Ahnung.«

»Du glaubst doch nicht etwa ...« Ich griff in meine Tasche und zog den Schlüssel heraus, den ich erhalten hatte. Ich glaubte nicht wirklich daran, aber es kostete nichts, es zu versuchen. Ich steckte ihn in das Schloss.

Lhoris' Augen weiteten sich, als er sich mit einem Klicken drehte. »Bei Odins Bart, jemand hier mag dich wirklich.« Er rannte zu Karas Bett und rüttelte sie leicht an der Schulter. »Komm, Mädchen. Wir gehen.«

»Was? Aber …« Ihr verschlafener Blick klärte sich, als sie sich umdrehte und mich in der Tür stehen sah. Tränen füllten ihre Augen, als sie aufsprang, auf mich zurannte und ihre Arme um mich schloss.

Ich erwiderte ihre Umarmung und spürte, wie die Emotionen meine Wangen zum Glühen brachten. »Hey«, sagte ich und drückte mein Gesicht gegen ihren Kopf.

»Gehen wir wirklich?«

»Ja, das tun wir.«

Ich wusste, dass wir zur großen Halle und zum Ausgang finden mussten. Wir konnten nicht durch die geheime Höhle gehen, durch die wir hereingebracht worden waren, da es die Schattenmagie des Prinzen gewesen war, welche die Tür im Felsen geschaffen hatte. Aber es musste einen Weg geben. Wenn wir einer der vielen Treppen nach unten folgten, würden wir irgendwann die Haupthalle und den Weg in die Freiheit finden.

Ich führte meine Freunde die gleiche Wendeltreppe hinunter, die ich genommen hatte, um sie zu finden, und überprüfte jeden Treppenabsatz, den wir erreichten.

»Ich glaube, die Tore des Palasts sind auf der untersten Etage«, flüsterte Lhoris.

»Wahrscheinlich. Ganz nach unten?«

Er nickte, und wir setzten unseren Weg nach unten

fort. Als es keine Stufen mehr gab, gingen wir schweigend den schmalen Treppenabsatz entlang. Hier gab es keine Türen, und die Wände sahen anders aus, obwohl auch diese die Farbe von getrocknetem Blut hatten. Stellenweise gab es schwache, silberne Gravuren, die sich zu Bildern verbanden. Die meisten zeigten Tiere. Schlangen und Raben waren zu erwarten gewesen, aber es gab auch Wölfe, Bären und riesige Eidechsen.

»Diesen Ort erkenne ich nicht wieder«, raunte ich Lhoris zu.

»Irgendwo muss es einen Ausgang geben«, murmelte er.

Wir gingen den gesamten Korridor hinunter, bis er in einer Tür endete. Sie war aus massivem Holz gefertigt und mit einer riesigen Klaue verziert.

»Das sieht nicht nach einem Ausgang aus«, flüsterte Kara.

»Nein«, stimmte ich zu. »Aber sie könnte zu einem führen. Versuchen wir es. Bald wird der Palast erwachen, und dann müssen wir weg sein.«

Wir öffneten die Tür und traten in den Raum dahinter.

Hier roch es anders, nach Heu und Tierkot.

Wir hielten inne. In der Dunkelheit war es schwer, etwas zu erkennen, da sich unsere Augen an das schummrige Licht der Korridore gewöhnt hatten. »Stallungen?«, vermutete Lhoris leise.

»Vielleicht.« Doch Pferdemist roch nicht so schlimm. Was auch immer diesen Gestank verursachte, musste ein Fleischfresser sein, dachte ich.

Als sich meine Augen an die neuen Lichtverhältnisse gewöhnt hatten, konnte ich erkennen, dass sich zu beiden Seiten des langen Weges Verschläge befanden. Wie Pferdeboxen sahen sie allerdings nicht aus. Sie bestanden aus Eisenstangen und nahmen die gesamte Höhe des Raums ein, sodass alles in ihrem Inneren eingeschlossen blieb.

Ich versuchte, meine Nerven zu beruhigen, und drang tiefer in den Raum ein. »Kommt schon. Wir müssen am anderen Ende herauskommen können.«

Im Vorbeigehen schaute ich in den Verschlag zu meiner Rechten und hoffte, ein Pferd zu erblicken.

Er war leer, aber die Rückwand wies eine große, quadratische Öffnung mit einer Klappe auf, die oben mit einem Scharnier versehen war. Durch die Ritzen schimmerte Licht. War das eine Tür, durch die das Tier nach draußen kommen konnte?

Hoffentlich waren alle Kreaturen, die in diesen Ställen wohnten, draußen.

Wir eilten weiter. Alle meine Sinne waren geschärft, als ich versuchte, jedes Geräusch und jede Bewegung wahrzunehmen, die nicht hierher gehörte.

Lhoris und ich hielten zeitgleich an und streckten einen Arm aus, um Kara daran zu hindern, weiterzulaufen.

»Was ist los?«, flüsterte sie ängstlich.

»Hört ihr das?«

Ein tiefes, knurrendes Geräusch kam von weiter vorn.

»Ja.«

»Lasst uns langsam weitergehen.«

Wir setzten uns wieder in Bewegung, diesmal jedoch deutlich langsamer. Alle Verschläge, in die ich hineinblickte, waren leer, aber das Knurren wurde lauter.

Etwas erregte meine Aufmerksamkeit, eine Bewegung vor mir. Mein Magen zog sich ängstlich zusammen, doch dann sah ich, dass es eine schneeweiße Feder war, die direkt vor meinen Füßen auf dem staubigen Boden landete. Ich blickte nach oben und erkannte einen verschwommenen, weißen Fleck. Ein leiser Schrei ertönte, und der Fleck wurde zu einer Eule, die direkt auf uns zukam. Sie setzte sich auf die Stangen des Verschlags zu unserer Linken. Ich starrte sie an und versuchte, das ungute Gefühl zu unterdrücken, das mich überkam.

In den alten Legenden wiesen Eulen einem den Weg in die Unterwelt. An diesem dunklen, düsteren Ort stach sie genauso hervor wie ich.

»Vielleicht bist du das Haustier eines verwöhnten Fae?«, flüsterte ich.

Sie war schön genug, um ein kostbares Haustier zu sein. Sie hatte ein weißes Gesicht, das von einer goldenen Federmähne umgeben war, und nach unten hin wurden die Federn langsam wieder weiß. Die Eule schlug mit den Flügeln aus. Auch sie waren weiß, mit goldenen Spitzen und braunen Sprenkeln auf den weichen Daunen ihrer Brust.

Ich bückte mich und hob die Feder auf, die vor meinen Füßen gelandet war. Sofort erscholl eine Stimme in meinen Kopf.

»Täusche ich mich, oder sind deine Haare nicht braun?«

Ich sog erschrocken die Luft ein und ließ die Feder wieder fallen.

Die Eule schrie erneut, sprang von ihrer Stange und pickte sie mit ihrem Schnabel auf. Sowohl Lhoris als auch ich hatten uns instinktiv geduckt, kaum hatte die Eule abgehoben, aber Kara stand weiterhin mit offenem Mund da. Die Eule legte die Feder vor ihr ab, und Kara hob sie auf. Ihre Augen weiteten sich. »Ähm, ja. Ihr Haar ist kupferfarben«, sagte sie leise, bevor sie mir die Feder reichte. »Er will mit dir reden.«

Zögernd richtete ich mich auf und nahm Kara die Feder ab. »Als dein überaus weiser Beschützer muss ich dich warnen. Die Tore sind geöffnet worden«, sprach die männliche Stimme in meinem Kopf.

Ich versuchte, seine Worte zu verarbeiten, als die Eule mich anblinzelte und sich dann wieder auf die Stangen setzte. »Ich muss den Verstand verloren haben«, murmelte ich. »Es war alles zu viel und ich bin dabei, durchzudrehen.«

»Dann gehe ich jetzt. Ich habe keine Zeit für Irre«, sagte die Stimme.

»Sprichst du tatsächlich mit mir?«

Seine Flügel legten sich wieder an seinen Körper. Er verlagerte sein Gewicht zwischen seinen Krallenfüßen. »Ja, obwohl das Gespräch bisher nicht sehr vielversprechend ist.«

»Wie? Wie kannst du mit mir sprechen?« Meine Stimme krächzte vor Verwirrung.

»Solange du meine Feder hältst, kannst du mich hören.«

»Wer ... Warum ...« Ich schüttelte den Kopf und versuchte, klar zu denken.

»Ich werde die Tatsache ignorieren, dass du nicht am Boden kniest, um mich zu verehren, wie du es tun solltest, da du ziemlich dumm wirkst. Außerdem wirst du gleich gefressen.«

»Gefressen?«

»Ja.«

Ich blickte auf den Weg zwischen den Boxen und bemerkte, dass sich das mechanische Geräusch von schleifendem Metall in das Knurren gemischt hatte. Lhoris blickte zwischen dem Weg und mir hin und her.

»Hast du gerade *gefressen* gesagt?«, fragte er.

»Ähm, ja. Von was gefressen?«

Die Eule brauchte nicht zu antworten. Ein fürchterliches Brüllen erscholl, und der gewaltigste Bär, den ich je gesehen hatte, kam nur wenige Schritte entfernt aus einer der Boxen gerast.

KAPITEL 18

Ich hatte noch nie einen echten Bären gesehen, nur auf Bildern. Ich wusste, dass sie groß waren, aber dieses Ding ...

Es sah aus, als könnte es mich in einem Stück verschlingen.

Der Bär war schwarz, aber sein Fell war mit hellgrauen Flecken überzogen. Seine Schultern waren auf meiner Augenhöhe, und seine Augen waren von einem hellen, silbernen Weiß. Pranken mit riesigen Klauen scharrten über den Boden, während er uns anknurrte. Uns einschätzte.

Als er seinen riesigen Kopf hob, erneut brüllte und seine schrecklichen Zähne entblößte, drehte sich mir der Magen um. Er würde uns innerhalb von Sekunden zu Hackfleisch verarbeiten.

»Rennen?«, flüsterte ich, wobei ich kaum den Mund bewegte. Wir alle standen wie angewurzelt da, und vielleicht war dies der einzige Grund, warum uns der Bär noch nicht angegriffen hatte.

»Nein«, flüsterte Lhoris zurück und bestätigte meinen Verdacht. »Er ist viel schneller als wir.«

Kara wimmerte. »Was tun wir dann?«

»Ihr kommt nicht an ihm vorbei«, sagte die Eule in meinem Kopf.

»Wenn wir weder fliehen noch weitergehen können, was in Odins Namen sollen wir dann tun?«, zischte ich.

Der Bär senkte den Kopf und stellte sich auf die Hinterbeine. Ein heftiges Gefühl von Angst überkam mich, und meine Glieder bewegten sich wie von selbst. Kara fuhr herum und presste sich an Lhoris' Seite.

Das war alles, was der Bär brauchte. Seine Vorderpfoten fielen zurück auf den Boden, dann ging er zum Angriff über.

»Rein in diesen Käfig, die Lücken sind groß genug«, rief die Eule. Ich drehte mich zu ihr um und sah, dass sie recht hatte. Die Stangen waren weit genug auseinander, dass Kara und ich hindurchpassten.

Die Pranken des Bären donnerten über den Boden, als ich Kara an der Schulter packte und sie mit mir zu den Gitterstäben zog. Mit Leichtigkeit schob ich sie hindurch, und noch ehe ich mich zu ihm umdrehen konnte, versuchte auch Lhoris, seine riesige Gestalt zwischen den Gitterstäben hindurchzuzwängen. Ich schlüpfte in den Käfig und zog dann mit aller Macht an seinem Arm, versuchte, seine massive Brust in die Sicherheit des Verschlags zu bringen.

Der Bär hatte uns fast erreicht. Mit einem Knurren

kam er schlitternd zum Stehen, dann hob er die Pfote, um nach Lhoris zu schlagen. Kara schrie auf, als wir vergeblich versuchten, Lhoris nach drinnen zu ziehen.

Ein verschwommener, weißer Fleck raste auf den Kopf des Bären zu, und sein Prankenhieb wurde in die Luft über ihm abgelenkt. Schnell brachte sich die Eule außer Reichweite. Erneut bäumte sich der Bär auf und schlug nach dem Vogel, als wäre er eine Katze, die mit einer Fliege spielte.

Ich nutzte das bisschen Zeit, das uns die Eule verschafft hatte, stürzte aus dem Käfig und rannte auf die andere Seite. Ich stürmte direkt auf Lhoris zu und rammte mein gesamtes Körpergewicht gegen seinen Körper.

Unser kombiniertes Gewicht reichte endlich aus. Seine Masse gab den Stangen nach, und wir stürzten beide ins Innere des Käfigs.

Die Eule flog uns hinterher, und der Bär brüllte auf, als er zurück auf den Boden krachte. Das Geräusch seiner Klauen, die auf die Eisenstangen trafen, ließ uns alle zurückweichen. Lhoris und ich hockten noch immer auf dem Boden.

Er keuchte heftig, und meine Glieder zitterten vor Angst, als ich wieder auf die Beine kam. Kara half mir, Lhoris hochzuziehen, und ich drehte mich zur Rückwand um, wo ich in anderen Pferchen riesige Klappen gesehen hatte. Dieser hier war keine Ausnahme.

Mein Magen verkrampfte sich. Was wohnte in diesem Pferch? Wartete es direkt hinter dieser Klappe auf uns?

Doch die Klappe war ein Fluchtweg, also mussten wir es riskieren. Ich betrachtete die Eule, die jetzt auf einem großen Metalltrog saß, der an den Gitterstäben nahe der Rückwand befestigt war. »Was wohnt hier drin?«

Die Eule blinzelte, antwortete aber nicht.

Ich ging zur Klappe und stieß dagegen. Sie war viermal so breit wie ich und ein paar Fuß höher, doch sie rührte sich kaum. Lhoris gesellte sich zu mir. Der Bär stieß ein weiteres, lautes Knurren aus und schlug aufs Neue gegen die Stäbe, sodass sie ächzten.

Kara kam uns zu Hilfe, und gemeinsam legten wir unser Gewicht gegen die schwere Klappe. Als die Pranken des Bären erneut gegen das Eisen krachten, klang es auf einmal anders. Ich warf einen Blick über zurück. Er hatte es geschafft, tiefe Kerben in das Metall zu schlagen.

»Fester«, keuchte ich und drehte mich wieder zur Klappe um. Meine Angst verlieh mir schier übermenschliche Kräfte. Mit einer verzweifelten Kraftanstrengung schafften wir es, die Unterseite der Klappe ein paar Fuß weit aufzuschieben. Hoffnung machte sich in mir breit, doch dann traf etwas hart von außen gegen die Klappe und ließ uns zurückstolpern, direkt auf die Stangen und den Bären zu.

»Was war das?«, quietschte Kara, als die Klappe an den Scharnieren aufschwang. Was auch immer auf der anderen Seite war, stieß ein lautes Zischen aus, woraufhin der Bär laut aufbrüllte.

»Schiebt zurück!«

Wir krabbelten zurück zur Klappe, warfen unser Gewicht dagegen. Wir versuchten nicht mehr, sie zu öffnen, sondern zu verhindern, dass das, was auf der anderen Seite wartete, hereinkam.

Ich sah die Eule an. »Weitere gute Ideen?«

Sie schrie und blickte demonstrativ auf die Stelle vor den Füßen des Bären, wo seine Klauen den Staub aufwirbelten. Die weiße Feder lag auf dem Boden.

»Ich werde sie nicht erreichen«, hauchte ich.

Der Bär schlug erneut auf die Stangen ein und trieb seine Klauen tiefer in das brüchige Metall. Eine der Eisenstangen gab nach und fiel scheppernd zu Boden.

»Odin stehe uns bei, sagte Lhoris durch zusammengebissene Zähne.

Aber Odin war seit Jahrhunderten nicht mehr gesehen worden. Wir saßen in der Falle, und keiner der alten Götter konnte uns davor bewahren, Bärenfutter zu werden.

Eine männliche Stimme hallte durch die Luft. »Artus!« Stampfende Schritte begleiteten den Ruf. Der Bär stellte sich erneut auf seine Hinterbeine und drehte seinen riesigen Kopf.

Auf der anderen Seite der Stäbe kam Svangrior schlitternd zum Stehen. Schatten umspielten seinen Stab. Der Bär stieß einen gepeinigten Schrei aus und ließ sich zurück auf alle Viere sinken.

»Was in Thors Namen glaubt ihr, was ihr hier tut?«, brüllte uns der Fae an. Er hob seinen Stab, und der Bär senkte den Kopf und wich zurück.

Ich hätte nie gedacht, dass ich einmal froh sein würde, einen Schatten-Fae zu sehen.

»Verschwindet sofort aus dem Stall!« Einige der Schatten huschten in den Käfig, verschlossen die Lücken um die Klappe herum und versiegelten sie.

Keiner von uns zögerte, das zu tun, was er uns gesagt hatte. Es dauerte einen Moment, bis Lhoris es geschafft hatte, sich zwischen den Gitterstäben hindurchzuquetschen, und an diesem Punkt hatte Svangrior den Bären weitere zehn Fuß zurückgedrängt.

Mein Herz hämmerte, und mein Atem ging in kurzen Stößen.

Wir waren am Leben und unverletzt – etwas, worauf ich noch vor wenigen Augenblicken kaum mehr zu hoffen gewagt hatte. Aber wir waren erwischt worden, dazu nicht von irgendjemandem, sondern von einem der Krieger des Prinzen.

Unser Fluchtversuch war vereitelt worden. Wut und Enttäuschung durchströmten mich, zusammen mit einer lähmenden Welle von Angst. Svangrior würde uns nicht töten, denn er wusste, dass wir für seinen Herrn zu wertvoll waren. Doch was würde der Prinz tun, wenn er davon erfuhr?

»Es tut mir leid«, flüsterte ich den anderen zu. Svangrior zwang den Bären in einen der Käfige, während er die ganze Zeit über beruhigende Worte murmelte.

Kara sah mich mit einem entschlossenen Gesichtsausdruck an. »Wir sind nicht gefressen worden«, flüsterte sie. »Also war es den Versuch wert.«

Ich schluckte. Vielleicht würde sie anders darüber denken, nachdem wir ausgepeitscht worden waren, denn sicherlich wäre dies unvermeidlich. Ich würde tun, was ich konnte, um die Hauptlast der Bestrafung zu tragen.

Lhoris legte einen Arm um meine Schultern, und ich sah ihn an. »Ich habe mich geirrt, Lhoris. Es tut mir leid, was auch immer jetzt passieren wird.«

»Beim Versuch sterben«, sagte er. Das Motto seines Clans und seine Art, mir zu sagen, dass es nicht meine Schuld war.

Ich nickte. »Wir werden es schaffen.«

Svangrior kam jetzt auf uns zu, heißer Zorn loderte in seinen Augen. »Raus. Sofort.« Er wies mit seinem Stab auf die Tür, durch die wir die Stallungen betreten hatte, und wir drehten uns gehorsam um.

Der Fae sagte kein Wort, während er uns zurück zu den Sklavenquartieren brachte. Je länger wir gingen, desto nervöser wurde ich.

Er sperrte Lhoris und Kara wieder in ihrem Zimmer ein und führte mich dann stumm weiter. Als wir den Korridor erreichten, den ich als denjenigen erkannte, an dem sich mein Zimmer befand, sprach ich.

»Das alles war meine Idee«, sagte ich. »Sie haben nichts getan. Nur ich muss bestraft werden.«

»Wie bist du aus deinem Zimmer gekommen?«

»Ich kann Schlösser knacken«, log ich.

»Weißt du, was passiert wäre, wenn du gestorben wärst? Verstehst du, was Maz getan hätte?«

Ein Schwall von Trotz verdeckte meine Angst. »Nein, das weiß ich verdammt noch mal nicht, denn ich habe keine Ahnung, warum ich hier bin. Es ist nicht mein Problem, dass mich dein Herr für seine abartigen Spielchen benutzen will.«

Svangrior drehte sich zu mir um, und ich blieb abrupt stehen. »Er hat nach dir gesucht ...«, zischte er, brach dann ab und schüttelte den Kopf. »Wenn dich dieser Bär auseinandergerissen hätte, dann Gnade mir Odin. Der ganze Hof hätte seinen Zorn zu spüren bekommen.«

Ich verzog wütend das Gesicht. »Willst du mir ernsthaft sagen, dass ich die Pflicht habe, für ihn und diesen ganzen Hof am Leben zu bleiben?«

»Bleib in deinem verfluchten Zimmer«, fauchte er. »Von nun werde ich es mit Magie versiegeln. Ich werde Maz nichts von diesem Vorfall erzählen, weil ich nicht mit seinem verdammten Temperament konfrontiert werden will.«

Mein Widerspruch erstarb auf meinen Lippen. Er würde es dem Prinzen nicht sagen? »Heißt das, meine Freunde werden nicht bestraft?«

»Es sei denn, du versuchst, noch einmal zu fliehen. Und wenn du das tust«, – seine Augen blitzten vor Zorn –, »dann wird dein Schicksal schlimmer sein, als von Arthur in Stücke gerissen zu werden. Ich werde dafür sorgen, dass du für den Rest deines elenden Lebens von Albträumen von ihrem Tod heimgesucht wirst.«

Ich ließ mich aufs Bett fallen und wünschte mir, mein Puls würde sich beruhigen.

Hier war ich, erneut in meinem Zimmer eingesperrt, mein Fluchtversuch ein kompletter Fehlschlag. Ich setzte mich auf, rieb mir mit den Händen über das Gesicht und versuchte, etwas Nützliches aus den letzten paar Stunden herauszuholen.

Ich hatte Lhoris und Kara gesehen, und sie waren in Sicherheit. Das war das Wichtigste.

Außerdem hatte ich einen Verbündeten hier. Jemand hatte den Schlüssel unter meiner Tür hindurchgeschoben. Mein Zimmer würde von nun an magisch verschlossen sein, also war eine Flucht nicht mehr möglich, trotzdem war es beruhigend, zu wissen, dass jemand im Palast versucht hatte, mir zu helfen.

Und dann war da die Eule.

Sie hatte etwas davon gesagt, mein Beschützer zu

sein, und sie hatte auch meine Haarfarbe erwähnt. Wie war das überhaupt möglich?

Noch immer konnte ich das Adrenalin in meinem Körper spüren, und ich fühlte mich unfähig, mich zu konzentrieren. In ein paar Stunden würde der Prinz kommen, um mich abzuholen, und ich würde herausfinden, warum ich entführt worden war. Ich musste wachsam und bereit sein, nicht angespannt und erschöpft.

»Reiß dich zusammen, Reyna. Eins nach dem anderen«, sagte ich laut, bevor ich ins Badezimmer ging und mein Gesicht mit warmem Wasser wusch, um meine rasenden Gedanken zu beruhigen.

Mir ging es nicht schlechter als vorher, ich war lediglich ein wenig erschüttert. Ich war bereit, mich dem Prinzen zu stellen – der nichts von dem erfahren würde, was gerade passiert war.

Ich atmete tief durch und betrachtete mich im Spiegel über dem Waschbecken.

Das Spiegelbild zeigte eine Frau, die nicht hierher gehörte.

So war das schon immer gewesen, aber hier, in diesem dunklen, kalten Palast war es noch viel deutlicher. Ich schob eine Strähne meines kupferfarbenen Haares zur Seite, und der schwache Feuerschein ließ sie warm glänzen.

»Du schaffst das, Reyna. Tu, was dir gesagt wird. Finde deine Verbündeten.« Aber bevor ich dieser Liste »Flucht« hinzufügen konnte, kamen mir Svangriors Worte in den Sinn.

Wenn ich noch einmal bei einem Fluchtversuch erwischt wurde ...

Ich schloss die Augen.

Ich würde nicht aufgeben.

Beim Versuch sterben.

Nächstes Mal würde ich dafür sorgen, dass wir nicht erwischt wurden.

Als ich zurück ins Schlafzimmer kam, erstarrte ich.

Auf dem Eckpfosten meines Bettes saß eine große, weiß-goldene Eule.

»H-hallo«, sagte ich langsam. »Wie bist du hier hereingekommen?«

Die Eule blinzelte mich an, dann flog sie ohne Vorwarnung vom Pfosten zum Kamin. Mit einem kleinen, wütenden Schrei stürzte sie auf den Wandteppich mit dem Raben zu, dann drehte sie ab und setzte sich wieder auf den Pfosten.

»Du magst keine Raben? Dann glaube ich, du bist im falschen Raum.« Wieder flog sie zum Wandteppich und pickte hart nach dem Raben. Diesmal schaffte sie es, mit seinem Schnabel ein paar Fasern des Stoffs abzureißen, und als sie sich wieder von der Wand löste, sah ich etwas aufblitzen.

Ich trat an den Wandteppich heran und hob ihn vorsichtig von der Wand. Die Eule flog zurück zum Posten und beobachtete mich.

Ein Fenster. Hinter dem Bild befand sich ein Fenster.

Ich untersuchte das gewobene Kunstwerk und

versuchte, zu sehen, wie es von der Wand entfernt werden konnte. Ich entdeckte ein dünnes, festes Stück Schnur, welches an der Stange festgemacht war und nach oben führte. Als ich daran zog, begann der Wandteppich, sich von unten aufzurollen.

Ich zog weiter, bis das ganze Bild in einer ordentlichen Rolle am oberen Ende des gewölbten Fensters lag. Die Glasscheibe war durch Bleiadern in kleinere Elemente unterteilt, und das Fenster lag so hoch, dass ich mich auf Zehenspitzen stellen musste, um hinaussehen zu können. Weit unten mir gab es Höfe, die nicht wie zu Hause aus weißem Marmor und Gold bestanden, sondern mit großen Steinstatuen von Drachen und Schlangen und dem einen oder anderen Raben geschmückt waren. Dahinter, viel weiter unten, konnte ich die funkelnden Lichter der Stadt sehen. Der Himmel war so dunkel wie bei unserer Ankunft, nur da und dort von kleinen Lichtern durchbrochen.

Ich wandte den Blick von der Aussicht ab und suchte nach einem Fenstergriff, aber ich sah keine Möglichkeit, durch das Fenster zu entkommen. Der Fall hinunter zum Hof war viel zu tief. Trotzdem musste die Eule auf diesem Weg hereingekommen sein.

Aber ich konnte beim besten Willen keinen Griff finden. Alles, was ich auf dem Sims fand, war eine schneeweiße Feder mit einem Hauch von Gold.

Ich hob sie auf und wandte mich der Eule zu. »Danke für deine Hilfe mit dem Bären«, sagte ich. Es war eigentlich nicht das, was ich sagen wollte, aber ohne die Ablenkung der Eule hätte Lhoris den Ausflug nicht in einem Stück überstanden.

Die Eule blinzelte. »Ich bin ein mächtiger Krieger. Es war nicht schwer.«

Trotz meiner misslichen Lage verzogen sich meine Lippen zu einem Lächeln. Der Bär war mindestens zwanzigmal größer gewesen als sie Eule. »Wie auch immer, ich bin dankbar. Wie bist du hereingekommen? Das Fenster lässt sich nicht öffnen, und die Tür ist verschlossen.«

»Ich war im Wald auf der Jagd, als mich eine Fae aufsuchte. Sie sagte, ich solle der kupferhaarigen *Goldgeberin* beistehen, wann immer es nötig sei. Dann war ich auf einmal hier. Ich nehme an, dass du die kupferhaarige *Goldgeberin* bist.«

Ich nickte zögerlich und fühlte mich auf einmal nervös. »Wer war die Fae?«

»Ich weiß es nicht. Sie war ...« Die Eule legte den Kopf schief. »Magisch und durchschnittlich Furcht einflößend. Fast so Furcht einflößend wie ich, wenn ich jage.«

»Furcht einflößend?«

»Ja. Außerdem war meine Jagd noch nicht beendet, und ich habe Hunger. Wo lagerst du deine Mäuse?«

Ich schüttelte erneut den Kopf und setzte mich dann auf den Stuhl. »Warum wurde dir gesagt, dass du mir helfen sollst?«

»Ich weiß nicht. Ich nehme an, du brauchst meine überragenden Jagdfähigkeiten?«

»Ich ... nun ... nein. Ich glaube nicht.«

Die Eule schrie gereizt. »Warum wurde ich dann hierher geschickt? Um dich vor ausgehungerten Bären zu retten?«

»Ehrlich gesagt, ich habe keine Ahnung. Was hat die Fae zu dir gesagt?«

»Das habe ich dir bereits gesagt.« Er blinzelte mit seinen perfekt runden Augen. »Meine Vermutung, dass dein Intellekt nicht annähernd mit dem meinen mithalten kann, scheint sich zu bestätigen. Enttäuschend.«

Ich holte tief Luft. »Wie heißt du?«

»Voror.«

»Okay. Ich bin Reyna.«

»Ich werde dich *Heimskr* nennen.«

»Ich bin nicht dumm«, sagte ich zu Voror und atmete noch einmal tief durch.

»Du verstehst die alte Sprache? Das passt nicht zu deinem bisherigen, törichten Verhalten.«

»Kannst du mich nicht einfach bei meinem Namen nennen?«

»Nein.«

Ich verschränkte die Arme. »Wie kommt es, dass du die alte Sprache sprichst?«

»Ich verfüge über einen herausragenden Intellekt.«

»Du bist eine Eule.«

»Eine außerordentlich intelligente Eule.«

»Konntest du schon sprechen, bevor du von dieser mysteriösen Fae aufgesucht worden bist?«, fragte ich ihn.

»Natürlich konnte ich das.«

»Mit Menschen?«

Die Eule hielt inne, bevor sie antwortete. »Nein. Mit ein paar wenigen Fae.«

»Welche Fae?«

»Die der königlichen Familie des Erdhofes.«

»Du lebst dort?«

»Nein.«

»Warum sprichst du dann mit ihnen?«

»Das tue ich nicht.«

Ich presste meinen Kiefer zusammen. »Du hast gerade gesagt, dass du das getan hast.«

»Nein. Ich sagte, ich könnte, wenn ich es wollte. Sie sind die einzigen Magier in den fünf Höfen, die in der Lage sind, sich mit Kreaturen zu unterhalten, die so intelligent sind wie ich.«

Ich knirschte mit den Zähnen. »Findest du es dann nicht seltsam, dass du mit mir reden kannst?«

»Nein. Die Fae hat mir gesagt, ich solle dir die Feder geben.«

»Du hast mir also doch nicht alles erzählt, was sie gesagt hat!«, rief ich und stand auf.

Er schüttelte seine Flügel und verlagerte sein Gewicht. »Wenn du mir eine Maus bringst, werde ich das Gespräch Wort für Wort wiedergeben.«

Ich hielt mir die Nase. »Ich habe keine Mäuse.«

Er schrie hochmütig. »Dann wünsche ich dir eine gute Nacht.« Er breitete die Flügel aus und stieß sich vom Pfosten ab.

Ich schrie auf, als er direkt auf das geschlossene

Fenster zuflog, aber das Geräusch erstarb auf meinen Lippen, als er direkt durch das Glas hindurchglitt.

»Was zum ...« Ich stellte mich so hoch auf die Zehenspitzen, wie ich konnte, um aus dem Fenster zu schauen, und sah ihm nach, wie er in Richtung der nächsten Stadt davonflog.

Für die nächste halbe Stunde tigerte ich im Raum auf und ab und versuchte, nicht die Fassung zu verlieren. Ein zweiter, unbekannter Fae hatte die »kupferhaarige Goldgeberin« bemerkt. Der Prinz hatte mich gesucht, und jetzt hatte jemand anderes diese Eule losgeschickt, um mich zu finden. Was wussten sie über mich, was ich nicht wusste?

Eine unangenehme Wahrheit versuchte, sich mir aufzudrängen, und so trotzig ich auch versuchte, diese Gedanken zu verscheuchen, kehrten sie immer wieder zurück.

Es war kein gutes Zeichen.

Ich hörte auf, auf und ab zu gehen, und ließ die Worte durch meinen Kopf wandern.

Davor konnte ich nicht davonlaufen.

Nicht nur wegen Svangriors Drohung in Bezug auf meine Freunde, sondern auch, weil ich mehr Informationen brauchte.

Ich musste herausfinden, warum der Prinz mich entführt hatte. Ich musste wissen, wer die Fae war, die Voror zu mir geschickt hatte, und was sie über mich wusste. Und ich musste meine Rolle in dieser ganzen

Geschichte kennen, wie auch immer diese aussah, bevor ich mich um meine Freiheit bemühen konnte.

Eine Bewegung ließ mich zum Fenster schauen. Voror schwebte durch das Glas und landete elegant am Fußende des Bettes.

Ich hob seine Feder vom Schreibtisch auf, wo ich sie abgelegt hatte. »Du bist zurück.«

»Ich habe meine Jagd beendet«, verkündete die Eule und plusterte ihre Federn auf. »Und jetzt werde ich dir, wie versprochen, Wort für Wort erzählen, was die Fae zu mir gesagt hat. Sie sagte: Voror, du mächtige und weise Eule. Die Ältesten bitten dich, der kupferhaarigen *Goldgeberin* zu helfen. Gib ihr eine deiner Federn, und sie wird mit dir kommunizieren können. Dies ist der Beginn einer gefährlichen Reise, welche *Yggdrasils* Zukunft und das Schicksal aller Fae und Menschen verändern könnte, die diesen Ort ihr Zuhause nennen. Viel Glück.«

Meine Augenbrauen schossen nach oben. Ich starrte ihn an. »Die Ältesten? *Yggdrasils* Zukunft verändern?«

»Das ist genau das, was sie sagte.«

»Was für eine Art von Fae war sie?« Ich musste dringend mehr erfahren.

»Ich weiß nicht.«

»Nun, welche Haarfarbe hatte sie?« Das war normalerweise ein sicherer Weg, um herauszufinden, über welche Art von Magie ein Fae verfügte. Eis-Fae hatten blaues Haar, Gold-Fae weißes und so weiter.

»Ihr Haar war … aus Licht.«

»Was?«

»Hast du schlechte Ohren, oder ist es dein zurückgebliebener Intellekt, der mich dazu zwingt, mich andauernd zu wiederholen?« Ich sah die Eule mit zusammengekniffenen Augen an, doch er schüttelte sich nur. »Es war aus Licht. Mein empfindliches, überlegenes Sehvermögen hatte damit zu kämpfen. Ein wenig.«

»Kennst du Fae, deren Haar aus Licht besteht?«

»Nein. Sonst hätte ich deine erste Frage beantwortet und dir gesagt, was für eine Art von Fae sie war.« Sein Ton war trocken.

»Ich hatte einen langen Tag, Voror. Ein paar lange Tage. Ich wurde entführt. Ich soll einen mordlüsternen Wahnsinnigen heiraten – zumindest bis ich ihm bei einer geheimen Unternehmung geholfen habe, wonach er mich wahrscheinlich töten wird. Und jetzt sagst du mir, dass ich etwas mit dem Schicksal *Yggdrasils* zu tun habe. Oh, und vor ein paar Stunden wäre ich beinahe von einem Bären gefressen worden. Leider werde ich bisweilen etwas länger brauchen, um Informationen zu verarbeiten, okay?«

Die Eule neigte den Kopf. »Menschen sind seltsam.«

»Zweifellos.« Ich rieb mir noch einmal mit der Hand übers Gesicht. »Wie bist du durch das geschlossene Fenster geflogen?«

»Die Fae hat mich zum Leuchten gebracht, und jetzt kann ich durch feste Objekte fliegen.«

Ich blinzelte ihn an. »Das könnte nützlich sein.« Das bedeutete, dass er jede Ecke des Palasts erreichen konnte. Wenn man davon absah, dass die Schatten-Fae wahrscheinlich eine große, weiße Eule bemerken würden, die überall herumflog.

»Es hilft mir nicht dabei, Mäuse zu fangen.«

»Vielleicht nicht. Aber es könnte dir bei deiner Aufgabe helfen, der kupferhaarigen *Goldgeberin* zu helfen.«

»Ich weiß nicht, warum ich für eine solche Aufgabe ausgewählt worden bin. Ich war vollkommen zufrieden in meinem Wald.«

Auch ich hatte keine Ahnung, warum, aber ich wusste, dass ich Verbündete brauchte. Und irgendjemand hatte ihn zu mir geschickt, damit er mir helfen konnte.

Konnte ich dieser Person vertrauen?

Ich erinnerte mich daran, wie Voror auf den riesigen Bären losgegangen war, und Lhoris das Leben gerettet hatte.

Ich traf eine schnelle Entscheidung und entschied mich, es mit Schmeicheleien zu versuchen. Aus irgendeinem Grund war ich mir sicher, dass es der einfachste Weg wäre, mich bei dem selbstgefälligen Vogel einzuschmeicheln.

»Dein Wald muss dich vermissen. Abgesehen von den Mäusen. Ich bin sicher, dass sie die Abwesenheit eines so beeindruckenden Jägers feiern.«

Vorors Federn plusterten sich stolz auf. »Das kann ich mir vorstellen, ja.«

»Und ich bin sicher, dass dich die Fae aus gutem Grund ausgewählt hat. Sie muss gewusst haben, dass du der einzige bist, dem man das Schicksal von *Yggdrasil* anvertrauen kann.«

Er blinzelte mich an. »Zweifellos.«

»Hör zu, in ein paar Stunden wird der Prinz hierher-
kommen und mir sagen, warum ich hier bin. Ich denke,
es ist besser, wenn er dich nicht sieht.«

»Meine Pracht ist kaum zu übersehen.«

»Bist du gut darin, dich zu verstecken?«

»Eine Eule kann nicht jagen, wenn sie sich nicht
verstecken kann«, sagte er trocken.

»Gut, dann versteck dich und komm später wieder.«

»Also gut. In der Zwischenzeit solltest du einen Weg
finden, meine Feder ab dir zu tragen, damit ich mich bei
Bedarf mit dir unterhalten kann.«

»Gute Idee.«

»Ich bin eine niemals versiegende Quelle guter
Ideen.«

»Da bin ich mir sicher.«

Ohne ein weiteres Wort flog er durch das geschlossene Fenster nach draußen.

KAPITEL 20

Ich war erleichtert, als es kurze Zeit später an der Tür klopfte und Brynjas Stimme ertönte. »Guten Morgen, Mylady.«

Die Tür zu meinem Zimmer ging auf, das Dienstmädchen trat ein, dann machte sie sie wieder zu.

»Brynja«, sagte ich. »Wer hat die Tür für dich geöffnet?«

»Frima, Mylady.« Sie trug ein mit Brot und Früchten beladenes Tablett, das sie auf dem Schreibtisch abstellte. »Der Prinz wird in einer halben Stunde hier sein, um Euch abzuholen, also müssen wir Euch ankleiden«, sagte sie entschuldigend.

»Ich bin angezogen«, sagte ich und versuchte, das unheilvolle Gefühl zu ignorieren, das mit ihren Worten einherging.

Sie schüttelte den Kopf. »Mit einem Kleid, Mylady, wie es sich für eine Hofdame gehört.«

Ich seufzte. Ich musste wissen, warum ich hier war, und ich konnte es mir nicht leisten, mir noch mehr Feinde zu machen. Wenn ich ein Kleid tragen musste, um zu beweisen, dass ich mich fügte, würde ich es tun.

Ich aß so viel von dem Essen, das Brynja gebracht hatte, wie ich in der begrenzten Zeit schaffte. Die Magd brachte ein schlichteres Kleid als am Vorabend, das in einem blassen Lavendelton gehalten war. Es hatte einen dezenteren Ausschnitt und war erstaunlich leicht, sodass ich mich leicht darin bewegen konnte. Falls ich rennen musste, konnte ich es auch. Brynja stand hinter meinem Stuhl und arbeitete mit meinem Haar, als ich mich an Vorors Feder erinnerte.

»Brynja, dort drüben liegt eine weiße Feder. Glaubst du, du könntest sie in mein Haar einarbeiten?«

»Wenn Ihr das wirklich wünscht«, sagte sie zweifelnd.

»Ich wäre dir sehr verbunden.«

»Natürlich, Mylady.«

Als sie fertig war und ich in den Spiegel schaute, sah ich, dass sie mithilfe eines schlichten, schwarzen Stirnbands eine hübsche Frisur geschaffen hatte. Die Feder war so hineingeflochten worden, dass der größte Teil zwischen meinem dicken, kupferfarbenen Haar und meinem Ohr verborgen war. Die Spitze der Feder ragte jedoch kunstvoll daraus hervor, als ob sie ganz bewusst und zur Dekoration dort angebracht worden wäre.

»Das sieht großartig aus. Du bist wirklich gut.«

Das Dienstmädchen errötete und machte einen kleinen Knicks. »Danke, Mylady.«

Ich seufzte. »Ich werde mich nie daran gewöhnen, dass du mich so nennst.«

»Es tut mir leid, Mylady.«

Ein lautes Klopfen an der Tür unterbrach uns, und auf einmal hatte ich Schmetterlinge im Bauch.

Noch ehe Brynja die Tür erreichte, wurde sie aufgerissen.

Der Prinz des Schattenhofs betrat den Raum, seinen Stab in der Hand. Er war genauso gekleidet wie am Tag zuvor, und mir wurde klar, dass ich beinahe darauf gehofft hatte, er würde seine Maske tragen.

Seine strahlenden Augen fielen sofort auf mich, und der intensive Blick passte zu seinem vernarbten, aber wunderschönen Gesicht.

»Verschwinde«, schnauzte er und warf Brynja einen scharfen Blick zu.

Ich runzelte die Stirn, als das Dienstmädchen quietschte und nach draußen floh.

Sag nichts, schärfte ich mir ein. Mein Ziel war es, mir Informationen und Verbündete zu schaffen, also durfte ich mich nicht querstellen. Alle Fae behandelten Menschen wie Dreck. Ich konnte nicht verhindern, dass er sich Brynja gegenüber wie ein Arschloch verhielt.

»Setz dich.«

»Guten Morgen«, sagte ich, anstatt mich hinzusetzen.

Seine Augen verengten sich. »Es ist ein beschissener Morgen.«

»Ihr seid nicht derjenige, der entführt und dazu gezwungen wird, zu heiraten oder zu sterben.«

Nun ja, zumindest hatte ich mich höflich formuliert.

»Setz dich«, sagte er, diesmal lauter.

»Warum?« *Reyna! Tu einfach, was er dir sagt!* Ich verfluchte mich innerlich, starrte ihn jedoch trotzig an.

»Ich muss deine Gedanken vor meiner Stiefmutter schützen.«

Ich zog abwehrend das Kinn ein. »Heißt das, dass Ihr in meinen Kopf eindringen müsst?«

»Ja.«

»Dann nein.«

Er bleckte seine Zähne, und die wenigen, edlen Züge seines Fae-Gesichts verschwanden. Auf einmal war er durch und durch ein Krieger. »Heute Morgen werde ich keine deiner Spielchen spielen. Setz dich verdammt noch mal hin!«

Schatten wirbelten um seinem Stab, und ich wusste, was als Nächstes kommen würde.

Macht ging von ihm aus, zornig und wild und genug, um eine Welle der Angst durch meinen Körper zu schicken.

Jeder Hauch von Geduld und Toleranz war von ihm abgefallen, und ich wusste, dass ich ihn heute lieber nicht herausfordern sollte.

Wusste er von meinem gescheiterten Fluchtversuch?

Ich erinnerte mich an Ellisars Worte.

Er wird sich den ganzen Abend gegen die Königin verteidigen müssen.

Ich holte tief Luft, als sich die Schatten auf mich zubewegten, bereit, mich an den Stuhl zu fesseln.

»Ich will mich nicht mit Euch streiten.«

Er hielt inne. »Warum fällt es mir schwer, das zu glauben?«

»Ich will Euch einfach nicht in meinem Kopf. Gibt es keinen anderen Weg?«

Er starrte mich an, die Schatten wirbelten zwischen uns umher. »Erzähl mir, was du am Flussufer gesehen hast«, sagte er schließlich. Sein Ton war hart.

»Warum wollt ihr so viel wissen?«

»Wenn du dich nicht streiten willst, beweise es mir. Sag mir, was ich wissen will.«

»Ich erinnere mich nicht.«

Die Schatten stürzten auf mich zu. »Du hast dir den falschen Tag und den falschen Fae für einen Streit ausgesucht«, zischte er, als ich aufschrie.

»Ich habe nichts davon ausgesucht!«

»Glaubst du, ich hätte das?«

Ich hörte auf, mich zu wehren, und starrte ihn an. »Wenn Ihr es Euch nicht ausgesucht habt, warum in Odins Namen tut Ihr es dann?«

Er entblößte erneut die Zähne und knurrte. »Wenn du dich mit mir streiten willst, wirst du verlieren, und glaube mir, es wird wehtun. Hör auf, mich anzulügen.«

Entschlossenheit erfüllte meinen Körper, begleitet von einer gesunden Portion Angst. *Hör auf, dich querzustellen. Besorge dir Informationen und Verbündete. Lass dich nicht vom Prinz des Schattenhofs quälen.*

»Ich werde es Euch sagen, wenn Ihr mir versprecht, nicht in meinen Kopf einzudringen.«

Wenn er das täte, würde er so viel mehr sehen als das am Flussufer. Er könnte alles sehen, auch meinen Fluchtversuch von der Nacht zuvor, oder was ich in meinen Visionen sah.

»Wenn du mich anlügst ...« Er verstummte. Seine Schatten drückten mich noch immer gegen den Stuhl und spiegelten sich in seinen leuchtenden Augen.

»Haben wir einen Deal?«

Er nickte knapp. »Was hast du gesehen?«

»Einen Hungernden.«

Die Schlangen ließen sofort von mir ab und kehrten zu seinem Stab zurück. Ich behielt sein Gesicht im Auge, doch abgesehen von seinem verspannten Kiefer sah ich keine Reaktion.

»Beschreibe mir ganz genau, was du gesehen hast«, sagte er.

»Ich sah eine Hand, dann einen Kopf, der sich ans Ufer zog.«

»Woher weißt du, dass es ein Hungernder war?«

Ich verzog das Gesicht. »Weil sein Kopf zusammengenäht war.«

Etwas von der Spannung in seinem Kiefer ließ nach, und er murmelte etwas, das ich nur teilweise verstehen konnte. Irgendwas mit einem Ältesten.

»Gibt es viele Hungernde im Schattenhof?«

»Nein.«

»Warum war er da draußen in der Leere? Leben sie dort?«

»Ich weiß nicht, warum er dort war.«

»Aber du weißt, wo sie wohnen?«

Seine Augen verengten sich. »Genug von diesen abscheulichen Kreaturen.« Er streckte seine Hand aus. »Gib mir dein Stirnband.«

Ich bewegte die Hand zu meinem Kopf. »Mein Stirnband? Aber ich weiß nicht, wie ich es wieder festmachen soll. Das Dienstmädchen hat das getan«, sagte ich und kam mir ein wenig dumm vor. Außerdem wollte ich nicht, dass er dachte, dass die Feder darin irgendetwas Verdächtiges sei.

»Dann komm her.«

Langsam und nervös stand ich auf. »Schwört Ihr, dass Ihr nicht in meinen Kopf eindringen werdet?«

»Mein Wort bedeutet dir nichts.«

»Das hat Euch nicht davon abgehalten, es mir anzubieten.«

»Im Gegensatz zu den dreckigen Fae deines Hofes hält es mich ab. Jemand, der so wenig von mir hält, hat mein Wort nicht verdient.«

Ich blinzelte. Wieder tat es so, als wäre es meine Schuld, dass ich ihm nicht vertraute. »Ist Euch bewusst, dass Ihr mir wiederholt gesagt habt, dass Ihr meine Freunde und mich töten werdet?«

Er starrte mich an. »Ist dir bewusst, dass ich dich zu meiner Verlobten gemacht habe, um dein verfluchtes Leben zu retten?«

Ich sah ihn ungläubig an. Er erwartete wirklich, dass ich ihm dankbar war. Der Mann war verrückt, aber ich begann, zu glauben, dass er auf seine eigene, beschissene Art ehrlich war.

»Belegt mein Stirnband mit einem Schutzzauber,

oder was auch immer Ihr tun müsst«, sagte ich. Es hatte keinen Sinn, mit ihm zu streiten, und ich wollte, dass es vorbei war.

Mit einem leisen Knurren trat er dicht an mich heran. Er war so viel größer als ich, dass meine Augen gerade einmal zu seiner Brust reichten. Der Geruch von Holzrauch und Kirschen hüllte mich ein. Als er seine Hand an meinen Kopf legte, hatte ich das irrsinnige Verlangen, dicht an seinen Körper heranzutreten.

Du solltest wegrennen, nicht auf ihn zugehen!

Hitze stieg mir ins Gesicht, und ich schloss die Augen, damit sie nicht zu seinem Gesicht wanderten.

Das musste Teil seiner Magie sein, sagte ich mir, als ich spürte, wie seine Finger über das Band an meinem Kopf wanderten. Eine kühle Brise trieb um mich herum, und ich wusste, dass es seine Schatten waren. Ein warmes Gefühl streifte auf einmal meinen Kopf, und ich riss instinktiv die Augen auf.

Goldene Runen.

Zwei von ihnen brannten hell auf seinem Schlüsselbein, trieben dann von seiner Haut weg und verschwanden ins Nichts.

Ich sah ihn mit offenem Mund an, und dieses Mal trat ich einen Schritt zurück. In seinem Gesicht stand Verlangen, und es galt ohne jeden Zweifel mir.

Es verschwand, als sich seine Hand aus meinem Haar löste. Sein Gesicht wurde steinern, aber es war bereits zu spät. Sein Blick hatte sich in mein Gedächtnis eingebrannt, und bei Odin, ich sehnte mich danach, ihn noch einmal zu sehen.

»Wie macht Ihr das?«, flüsterte ich und trat einen weiteren Schritt zurück.

»Ich schütze deine Gedanken gegen die Macht meiner Stiefmutter. Solange du dieses Stirnband trägst, wird es ihr schwerfallen, deine Gedanken zu sehen.« Seine Worte wirken steif, und ich schüttelte den Kopf.

»Nein, nicht das. Wie könnt Ihr ...« Ich hob unsicher eine Hand, und mein Gesicht war so heiß, dass es unangenehm war. »Die andere Sache.«

»Ich weiß nicht, wovon du sprichst.«

Er log. Das musste er.

»Warum habt Ihr goldene Runen?«

Sofort stand er wieder vor mir, seine Schatten wogten heran und umgaben mich vollständig. Schwache Schreie hallten in der Ferne wider und meine Haut fühlte sich an, als wäre sie mit Eis überzogen.

»Erwähne das niemals innerhalb dieser Mauern«, dröhnte seine Stimme in meinem Kopf. Mit einem angsterfüllten Blick blinzelte ich zu ihm hoch, und diesmal war es keine Reflexion: Seine Augen waren mit sich windenden, schwarzen Schlangen gefüllt.

Ich nickte verzweifelt, hoffte, dass er sich zurückzog und die Angst versiegte.

Endlich tat er es. Die Wärme des Raumes kehrte zurück, und ich holte zitternd Luft.

»Wir gehen«, schnappte er, fuhr herum und verließ mit großen Schritten den Raum. Die warme Luft des Zimmers ließ meine Angst langsam versiegen, und Erleichterung darüber, dass ich sein Gesicht nicht mehr sehen konnte, breitete sich in meinem Körper aus.

Ich war gerade daran erinnert worden, dass er ein Monster war.

ELIZA RAINE

KAPITEL 21

Als ich mich sicher genug fühlte, folgte ich dem Prinzen aus dem Zimmer. Er wartete im Korridor. Seine Schatten waren verschwunden, aber seine Haltung war angespannt.

»Wo sind Eure Krieger?« Meine Stimme war leiser, als mir lieb war, und ich versuchte, mich zu beruhigen. »Und warum sind hier eigentlich alle Wände blutrot?«

Er drehte sich um und begann, zu gehen. Ich beeilte mich, um mit seinen langen Schritten mitzuhalten, und versuchte, mir den Weg einzuprägen, den wir nahmen.

»Meine Stiefmutter wollte es so.«

»Und Eure Krieger?«

»Genug mit dem Gerede.«

Mein Puls beschleunigte sich, als wir eine Wendeltreppe hinuntergingen, die mir schrecklich bekannt vorkam.

Brachte er mich zurück in die mit Monstern gefüllten Stallungen, um mich für letzte Nacht zu bestrafen?

Erleichterung überkam mich, als er die Treppe vorzeitig verließ und einen breiten Korridor hinunterging. Wir kamen an ein paar alten, ramponiert aussehenden Türen vorbei, bis er vor einer davon anhielt. Die Eisenscharniere sahen verbogen und schief aus, das Holz war zerkratzt, und es gab keinen Türgriff.

Er hielt seinen Stab hoch. Schatten schlängelten sich daraus hervor und flossen in die Zwischenräume um die Tür herum. Sie leuchteten silbern auf, dann schwang die Tür auf.

Als ich ihm nach drinnen folgte, sah ich eine dunkle Höhle, die in den Felsen des Berges gehauen war, genau wie die, durch die wir in den Palast gekommen waren. An dem kleinen Strand lag ein winziges Boot, und der Prinz stieg hinein. Ich folgte ihm. Die Schatten schwebten zu dem kleinen Segel und ließen es so stark anschwellen, dass wir uns schwungvoll auf das tiefschwarze Wasser hinausbewegten.

Wir segelten über den See, der die gesamte Höhle ausfüllte, bis wir eine Felsspalte erreichten. Ein schmaler Fluss floss in den Berg hinein. Ein bedrückendes Gefühl beschlich mich, als wir hineinsegelten, denn hier war kaum Platz für das Boot.

»Wohin segeln wir?« Meine leisen Worte hallten von den Steinwänden wider.

Als sich der Prinz mir zuwandte, waren seine Augen heller als die Umgebung, fast so, als würden sie Licht abgeben. »Dieser Ort ist geheim. Du darfst niemals darüber sprechen.«

»Ist das der Grund, warum Ihr meine Gedanken gegen die Magie der Königin geschützt habt? Weil Ihr nicht wollt, dass sie davon erfährt?«

»Ja.«

»Was ist mit Euren Kriegern?«

»Auch sie dürfen nicht davon wissen. Niemand darf das.«

Ich hob die Augenbrauen. Sicherlich hatte er mir gerade etwas gegeben, was ich gegen ihn benutzen konnte? Warum würde er ein solches Risiko eingehen und mir seine Geheimnisse offenbaren? »Warum bin ich hier?«

»Du wirst bald sehen.«

Schweigend segelten wir weiter, und der dunkle, schmale Weg durch den Fels hindurch schien endlos zu dauern.

Irgendwann sah ich ein Licht am Ende des Tunnels.

Mein Herzschlag beschleunigte sich.

Wir kamen in eine sehr viel größere Höhle, wo der schmale Fluss in einem weiteren Becken mündete. Im Gegensatz zum ersten See floss das Wasser hier direkt über den Rand eines steilen Abgrunds.

Ich staunte, und mein Puls raste, obwohl unser Boot langsamer wurde. Ich konnte hören, wie das Wasser über die Felsen in die Tiefen stürzte, und ich hatte keine Ahnung, wie tief dieser Abgrund war. Die Höhle dahinter war riesig, die Decke unbegreiflich hoch, und die gegenüberliegende Wand schwer zu erkennen.

Ich wandte mich dem Prinzen zu und sah, dass er mich anstarrte.

»Was ist das hier für ein Ort?«, fragte ich ihn mit leiser Stimme, die fast im Rauschen des Wassers unterging. Ich war erleichtert, dass unser Boot jetzt mitten in der Höhle stillzustehen schien.

»Es ist ein Ort, den ich kürzlich entdeckt habe«, antwortete der Prinz.

»Wieso trägt uns die Strömung nicht über den Rand?«, fragte ich, doch als ich zu den Schatten blickte, die das Segel aufblähten, wurde mir klar, dass ich die Antwort bereits kannte. Seine Magie hielt uns an Ort und Stelle fest, was bedeutete, dass jeder, der keine Magie beherrschte, direkt über die Klippe getragen werden würde.

Das Boot schaukelte, als sich der Prinz bewegte und einen Arm in das Wasser senkte, um eine Handvoll aus dem Becken zu schöpfen.

Ich unterdrückte ein erschrockenes Quietschen und klammerte mich mit beiden Händen an die Seiten des Bootes. Meine Augen wanderten automatisch zum Abgrund.

»Trink«, sagte der Prinz und streckte mir seine hohle Hand entgegen.

»Was?«

»Trink das Wasser aus dem See.«

Ich bewegte mich gerade so viel, wie ich es wagte, um in das Wasser zu spähen. Es war hell und klar, sodass die Felsen an den Seiten sichtbar waren, bis die schwarze

Dunkelheit sie verschlangen. Ich sah den Prinzen misstrauisch an.

»Warum sollte ich das Seewasser einer unterirdischen Höhle trinken, das mir von einem Mann angeboten wird, der mir den Tod wünscht?«

Sein Kiefer verspannte sich. »Ich wünsche dir nicht den Tod. Du weißt, dass ich dir nicht den Tod wünsche. Darüber haben wir schon zigmal gesprochen.«

»Oh, aber sicher. Ihr wollt mich erst tot sehen, nachdem ich Euch bei Eurer geheimen Aufgabe geholfen habe, von der Ihr mir nichts erzählen wollt.«

Zorn huschte über sein Gesicht, seine hellen Augen blitzten auf. »Ich versuche, es dir zu zeigen. Wenn du dich weigerst, das zu tun, was ich dir sage, wird es sehr lange dauern. Dafür habe ich keine Zeit.«

Ich musterte ihn und seine dargebotene Hand. »Ich muss das Seewasser trinken?«

»Wenn du und deine Freunde diesen Ort lebend verlassen wollt, dann ja. Trink das verdammte Wasser.«

Ich beugte mich vor, um einen Schluck zu nehmen, aber als ich mich seinen großen Händen näherte, fiel mir etwas auf. Seine raue Haut schien nicht zu den sauberen Nägeln zu passen, die feinen weißen Narben nicht zu den teuren Silberringen, die sich kein Krieger je leisten könnte.

Der Mann war ein Rätsel, ein Widerspruch. Ich verspürte den Wunsch, mehr über ihn zu erfahren, und zog mich zurück. »Ich schöpfe es selbst«, murmelte ich, ehe ich meine eigene Hand ins Wasser tauchte. Das Boot schaukelte ein wenig, aber ich schaffte es, genug davon in meiner Hand einzuschließen, um davon zu trinken.

Es schmeckte nach nichts. Nur nach Wasser.

Ich sah den Prinzen an. »Und jetzt?«

Langsam kippte er das Wasser in seiner eigenen Hand weg, seine Augen waren auf meine gerichtet. Ich konnte seinen Blick nicht deuten. Wahrscheinlich war er genervt.

»Du bist kein geduldiger Mensch.«

»Nein, bin ich nicht.«

»Hast du je darüber nachgedacht, dich darin zu üben?«

»Geduld?«

»Ja.«

»Ich bin mir nicht sicher, ob man sich darin üben kann.«

»Glaube mir, man kann. Meine stellst du jedenfalls auf eine harte Probe.«

Ich hielt mich davon ab, die Augen zu verdrehen. »Und Ihr meine. Warum sollte ich das Wasser trinken?«

»Ich weiß nicht, wie lange es bei Menschen dauert«, sagte er.

»Wie lange was dauert?«

»Bis das Wasser zu wirken beginnt.« Seine Antwort machte mich unruhig, doch noch ehe ich eine Erklärung verlangen konnte, wurde alles grün.

Ich packte den Bootsrand und sah mich um. Das Grün ging zu Geld über, grell genug, um meine Augen tränen zu lassen. »Was passiert hier?«

Ich sah den Prinzen an, und das Gelb verwandelte

sich in Orange. Das einzige, was nicht in die schmerzhaft leuchtenden Farben getaucht war, waren seine Augen. Sie blieben klar und eisblau, während das Orange zu Rot wurde.

»Du erhältst den Blick.«

»Welchen Blick? Alles hat die falsche Farbe!« Panik schwang in einer Stimme mit, als das Rot einen violetten Farbton annahm.

»Es wird sich gleich wieder normalisieren.«

Zu sehen, wie sich alles durch sämtliche Farben des Regenbogens bewegte, bereitete mir Übelkeit. Als alles blau und dunkler wurde, gab es einen Moment, in dem alles verschwamm, was meine Panik noch verstärkte. Gerade als ich anfing, den Kopf zu schütteln und das Boot so verzweifelt umklammerte, dass meine Finger schmerzten, klärte sich meine Sicht.

Und die Höhle sah nicht mehr so aus wie vorher.

Die Farben waren wieder normal, nur dass jetzt etwas über die Klippe hinausragte.

Es war ein Arm. Ein riesiger Steinarm, dreimal so breit wie ich. Er endete in einer offenen Hand, deren Handfläche nach oben gerichtet war und über den Abgrund hinausragte. Darauf standen Statuen. Ich war zu weit entfernt, um Details zu erkennen, aber sie standen in einem Kreis und blickten nach innen.

»Kannst du es sehen?«

»Wenn Ihr den riesigen Steinarm meint, der aus dem Wasser ragt und eine Gruppe von Statuen über den Abgrund hält, dann ja. Ich sehe es.«

»Gut.«

Das Boot setzte sich in Bewegung, und ich schüttelte ungläubig den Kopf, als es sanft gegen das steinerne Handgelenk stieß.

»Ich steige nicht aus diesem Boot.«

»Doch, das wirst du.«

Der Prinz stieg mühelos von dem kleinen Boot auf den Steinarm hinaus, der aus dem Wasser ragte. Er hielt mir seine Hand hin.

»Nein.«

»Hast du Angst?«

Ich blinzelte ihn an. *Ja.* Aber das konnte ich nicht zugeben. »Nein.«

»Warum kommst du dann nicht?«

Ich funkelte ihn böse an. Er wusste ganz genau, dass ich Angst hatte. Trotz stieg in mir auf und verdrängte meine Furcht. Ich schlug seine Hand weg, kletterte aus dem Boot und setzte meinen Po auf dem Stein ab, ehe ich mich langsam aufrichtete. Das Handgelenk war breit, und ich fühlte mich sicherer, als ich gedacht hätte.

»Gut.« Der Prinz drehte sich um, ging den Arm hinunter und blieb erst stehen, als er den Rand der Klippe erreicht hatte. Er schaute zur Seite, sah mich an und ging dann weiter, bis er die Handfläche und den Kreis aus Statuen erreichte.

Du schaffst das, Reyna. Das ist es, was du brauchst. Finde heraus, was er will, damit du etwas gegen ihn in der Hand hast. Tu, was er dir sagt. Sorge dafür, dass du keinen Wasserfall hinabstürzt und stirbst.

Ich holte tief Luft und folgte ihm.

KAPITEL 22

Ich zog es vor, nicht über den Rand zu schauen, als ich am Wasserfall vorbeikam. Stattdessen hielt ich meinen Blick fest nach vorn gerichtet und fixierte den Rücken der Statue, die mir am nächsten war. Konzentriert setzte ich einen Fuß vor den anderen, während mein einziges Selbstvertrauen aus Adrenalin bestand.

Als ich es zu den Statuen geschafft hatte, streckte ich die Hand aus und ergriff den Arm derjenigen, auf die ich mich konzentriert hatte.

»Danke«, flüsterte ich der Statue zu und bewegte mich langsam um sie herum, um ihr Gesicht zu sehen.

Überrascht wich ich zurück. Sie hatte kein Gesicht. Langsam drehte ich mich zu den anderen um. Keine von ihnen hatte ein Gesicht. Der Stein fehlte, als wäre er weggeschlagen worden.

Es waren die Abbilder von fünf Fae, und jeder von ihnen hielt einen Stab. Als ich mich durch den Kreis bewegte, wurde mir klar, dass es einen für jeden Hof gab. Das Faszinierende waren nicht ihre fehlenden Gesichter, sondern ihre Stäbe. Da war ein Schatten-Fae mit einem Schädel am Ende seines Stabs, und am Stab einer Gold-Fae befanden sich Flügel. Es gab einen Eis-Fae mit einem Stab voller Stacheln, eine Feuer-Fae, deren Stab aus kunstvoll geformtem Stein bestand, und einen älteren Erd-Fae mit einem knorrigen Holzstab aus winzigen, zarten Blättern.

Es gab drei weitere Statuen ohne Stäbe. Ich streckte eine Hand aus und strich mit meinen Fingern über ihre leeren Hände, in denen ihre Stäbe liegen sollten. Eine der drei Statuen war größer als die anderen und eine viel kleiner. Abgesehen von ihrer Größe war es schwierig, Unterschiede zu erkennen. Alle Statuen bestanden aus dem gleichen, blassen Stein wie diejenigen im Inneren von *Yggdrasils* Stamm.

Ich sah den Prinzen an, der mich genau beobachtete. »Wer sind sie?«

»Fae.«

»Und die drei ohne Stäbe?«

»Ich weiß es nicht. Ich hatte gehofft, dass du es wüsstest.«

Ich runzelte die Stirn. »Warum sollte ich?«

Er zeigte auf die Mitte der Handfläche. Mir fiel eine kleine, kreisförmige Vertiefung auf, und ich bückte mich, um sie besser sehen zu können.

Da war eine Inschrift in der alten Sprache. Mein Herz pochte hart in meiner Brust.

Die kupferhaarige Goldgeberin hat den Schlüssel.

Wieder blickte ich den Prinzen an und zwang mich, keine Gefühlsregung zu zeigen.

Am Goldhof war das Beherrschen der alten Sprache eine Geheimwaffe. Wenn die Fae nicht wussten, dass du sie verstehen konntest, benutzten sie diese, um über Dinge zu sprechen, die sie geheim halten wollten. Blitzschnell traf ich die Entscheidung, die gleiche Taktik anzuwenden, und zuckte mit den Schultern.

»Was steht da?«, fragte ich.

Die Augen des Prinzen verengten sich. »Du sprichst die alte Sprache nicht?«

»Nein.«

»Da steht, dass die kupferhaarige *Goldgeberin* den Schlüssel hat.«

Es war nicht allzu schwierig, eine verwirrte Reaktion vorzutäuschen. »Welcher Schlüssel?«

»Sag du mir es. Deshalb habe ich dich hierher gebracht.«

»Wo ist hier? Wer hat das hier erbaut? Und was ist es?«

»Ich habe einen Verdacht, aber bevor du dich nicht als vertrauenswürdig erwiesen hast, habe ich nicht vor, ihn mit dir zu teilen.«

»Ihr haltet mich für nicht vertrauenswürdig?« Natürlich tat er gut daran, mir nicht zu vertrauen, aber das hielt mich noch lange nicht davon ab, meine Ehre zu verteidigen.

»Ja. Die Hälfte dessen, was deine Lippen verlässt, sind Lügen.«

»Nur für dich«, sagte ich, noch ehe ich es verhindern konnte. Seine Lippen zuckten, vermutlich vor Ärger.

»Was ist dieser Schlüssel?«, fragte er mich.

Ich hob die Hände und blickte ihn an. »Was weiß ich. Ich habe keine Ahnung, was all das hier ist.«

»Dann schau es dir an.« Er deutete auf die Statuen.

Ich drehte mich langsam um meine Achse. »Ich schaue. Ich weiß nicht, was das ist.«

»Sieh genauer hin.« Frustration lag in seiner Stimme. Ich blickte die Statue der Gold-Fae an und versuchte, meine wirren Gedanken zu klären.

War ich wirklich die kupferhaarige *Goldgeberin*, auf die sich die Inschrift bezog? Ich war verwirrt. Wie konnte etwas, das sich so alt anfühlte wie diese Statuen, mit mir zu tun haben?

Vorors Worte kamen mir in den Sinn, als ich den kühlen Stein im Gesicht der Gold-Fae berührte. Die Eule war angewiesen worden, der kupferhaarigen *Goldgeberin* zu helfen.

Nun, es hatte keinen Sinn, sich gegen das Schicksal zu wehren. Es gab einen größeren Plan für mich.

Ich löste meinen Blick vom Gesicht der Fae und betrachtete ihren Stab. Er glich etwas, was ich selbst hätte erschaffen können. Wäre er nicht aus Stein, wäre er wunderschön, und noch während ich das dachte, fiel mir ein Glitzern auf.

Eine der Federn im linken Flügel an der Spitze des Stabes war schief. Aber warum hatte die geglänzt? Ich beugte mich vor und atmete dann scharf ein, als eine goldene Rune wie aus dem Nichts erschien.

»Hier ist Gold«, flüsterte ich und spürte seine Macht. »Tatsächlich?«

Der Prinz war sofort an meiner Seite, und ich wich zurück, als ich von seinem Duft eingehüllt wurde. »Ja. Würdet Ihr zur Seite gehen? Ich brauche Platz.«

Er trat einen Schritt zurück, doch ich konnte seine Nähe noch immer spüren. Ich beugte mich wieder zu der Statue vor und strich mit den Fingern über die steinernen Flügel. Wärme prickelte auf meinen Fingerspitzen. Mit einem Nagel rieb ich vorsichtig an dem Stein, und er begann, zu zerbröckeln. Ich biss mir auf die Lippe.

Gold.

Ich hörte einen geräuschvollen Atemzug hinter mir, drehte mich aber nicht um. Langsam und präzise kratzte ich ein weiteres Stückchen Stein weg und enthüllte mehr des glänzenden Goldes darunter.

»Ich brauche Werkzeug«, sagte ich. »Sonst riskiere ich, das Gold zu beschädigen.«

»Es ist mir egal, ob das Gold beschädigt ist. Du musst den Schlüssel finden.«

Ich drehte mich zu ihm um. »Ich weiß nicht einmal, was dieser Schlüssel ist. Diese Statuen sind uralt, und ich möchte nicht riskieren, sie zu beschädigen.« Mein besonderes Verhältnis zu dem Edelmetall weckte meinen Beschützerinstinkt, aber ich wusste, dass ihm das nichts bedeutete. Ich musste meine Bitte mit Bedacht formulieren. »Die Inschrift besagt, dass ich den Schlüssel habe. Wenn Ihr meine Hilfe wollt, müsst Ihr mich so arbeiten lassen, wie ich will.« *So gewann ich auch etwas Zeit.*

Der Blick seiner hellen Augen bohrte sich in meinen,

und ich hielt ihm stand. »Na schön. Wir werden mit Werkzeug zurückkehren.«

Ohne ein weiteres Wort drehte er sich um und begann, über das Handgelenk hinweg zum Boot zu schreiten.

Ich blickte zurück auf das Gold in der Statue. Warum war es unter dem Palast des Schattenhofs? Ich sah mir die anderen Statuen an. Würde ein *Flammenschmied* in diesem Stab Feuer finden? Oder ein *Wasserweber* Wasser in der Statue des Eis-Fae?

Ich drehte mich zum Handgelenk um, und aus dieser Perspektive war es unmöglich, nicht auf das tosende Wasser zu blicken, das über den Rand der Klippe stürzte. Meine Augen bewegten sich automatisch nach unten, um zu sehen, wo es endete, also kniff ich sie rasch zusammen. Als ich sie wieder öffnete, vergewisserte ich mich, dass ich geradeaus blickte. Ich konzentrierte mich auf die Gestalt des Prinzen, der am anderen Ende stand, und ging vorsichtig über den Arm.

Auf dem Rückweg durch die schmale Passage schwiegen wir beide. Je mehr Zeit ich in dieser Welt verbrachte, desto mehr Fragen hatte ich, und ich bekam keine Antworten.

Sie Statuen hatten irgendetwas an sich. Ihre Macht und ihr Alter sprachen auf eine Weise mit mir, wie nur Gold es tat. Sie waren wichtig, dessen war ich mir sicher. Wenn sie magische Kräfte besaßen, auf welche die Fae zugreifen konnten, konnte ich sehen, warum der Prinz daran interessiert war. Ich wagte es kaum, mir vorzustellen, was seine Stiefmutter damit machen würde.

Natürlich könnten es auch einfach nur Statuen sein. Sie sahen aus wie kleinere Versionen derjenigen im Stamm von *Yggdrasil*, und obwohl diese hier eindeutig Macht in sich trugen, waren sie nicht in der Lage, auf wundersame Weise die Welt zu verändern. Warum hatte ich das Gefühl, dass die kleineren Statuen wichtiger waren?

Und warum standen sie am Rand eines unterirdischen Sees, der in einem Berg im Schattenhof versteckt war, unsichtbar, bis sie durch das Wasser enthüllt wurden, dazu gefährlich über einer Klippe hängend?

»Woher habt Ihr gewusst, dass Ihr das Wasser trinken müsst?«

Wir hatten die erste Höhle erreicht, in der sich die Tür zurück zum Palast befand, und kletterten aus dem Boot auf den kleinen Strand hinaus.

Der Prinz sah mich an. »Ich werde es dir sagen, wenn du Fortschritte gemacht hast.«

Ich verzog das Gesicht, sagte aber nichts. Es war so, wie ich erwartet hatte. Er hatte bereits viel riskiert, indem er mir etwas so Geheimes gezeigt hatte.

Es war mir egal, wie er die Statuen gefunden hatte. Alles, was zählte, war meine Flucht. *Und ich muss herausfinden, warum sich eine uralte Inschrift auf mich bezieht, und die Fae finden, die mir eine verrückte Eule geschickt haben.*

Ich verfluchte den Gedanken, als er in meinem Kopf auftauchte. Mein Ziel war, mit Lhoris und Kara zu entkommen, nicht herauszufinden, wer ich war oder warum ich in eine Welt und in ein Mysterium hineingezogen worden war, über die ich nichts wusste.

Leider begann ich auch, mir darüber Sorgen zu machen, dass ich das eine Ziel nicht ohne das andere erreichen konnte.

Die Schatten des Prinzen wirbelten davon, und die Tür im Fels schwang auf. Bevor er hindurchtrat, sah er mich an, und im schummrigen Licht wirkte sein Gesicht rauer, bösartiger. »Ich werde nicht zögern, deine Freunde zu töten, wenn du einer anderen lebenden Seele von diesem Schrein erzählst.«

Ein Schwall dunkler Magie begleitete seine Drohung, kribbelnd und kühl, als sie um mich herumwirbelte.

Ich nickte. »Ich verstehe.«

»Gut. Geh in dein Zimmer zurück und erstelle eine Liste mit den Werkzeugen, die du benötigst. Ich werde sie umgehend beschaffen.«

Ich stand im Badezimmer und spritzte mir Wasser ins Gesicht, als ich das Flattern von Flügeln hörte.

Gespannt spähte ich durch die Tür.

Voror saß auf der Ecke des Bettpfostens und sah sich im Raum um.

»Guten Morgen«, sagte ich zu der Eule.

»Er ist nicht besonders gut. Ich verabscheue das Tageslicht.« Er blinzelte langsam und schaffte es damit, seinen Ärger wie in Zeitlupe auszudrücken. »Aber da Menschen die meisten ihrer Geschäfte tagsüber erledigen und mir aufgetragen wurde, einem zu helfen, bin ich hier.«

»Aha.«

»Hast du etwas Neues herausgefunden?«

Die Drohung des Prinzen tauchte in meinem Hinterkopf auf. Technisch gesehen war Voror eine lebende Seele, also verstieß es gegen seinen Befehl, ihm von dem Schrein zu erzählen. Aber Voror war von jemandem zu mir geschickt worden, der bereits eine Menge darüber wissen musste.

»Weißt du etwas über antike Statuen? Oder dass ich der Schlüssel zu etwas bin?«

Die Eule neigte langsam den Kopf. »Nein. Warum?«

Ich erzählte ihm von der Höhle und den Statuen. »Der Prinz hat es einen ‚Schrein' genannt, und das Wort scheint ziemlich passend zu sein«, schloss ich.

»Ich würde diesen Ort gerne sehen.«

»Das kannst du nicht, solange der Prinz da ist. Und ohne seine Magie gibt es keinen Weg durch die Tür und nichts, was das Boot daran hindern würde, direkt über den Rand des Wasserfalls zu stürzen.«

»Hmm. Ich werde darüber nachdenken.«

»Tu das.«

Ein Klopfen an der Tür ließ ihn überrascht mit den Flügeln schlagen.

»Ich dachte, du wärst ein überlegenes Raubtier, hast du das nicht kommen hören?«, neckte ich.

Er klickte mit dem Schnabel, als er zum Fenster flog. »Offensichtlich ist es ein Meister der Verstohlenheit.«

»Mylady? Ich bin's, Brynja«, rief meine Magd durch die Tür.

Ich konnte mich nicht davon abhalten, Voror anzugrinsen. »Meine liebliche Magd«, sagte ich zu ihm.

Voror plusterte seine Federn auf, als er auf dem Fensterbrett landete. »Es müssen die negativen Auswirkungen des Tageslichts sein. Ich werde bei Einbruch der Dunkelheit zurückkehren.«

»Ist es hier nicht immer dunkel?« Ich blickte an ihm vorbei in den düsteren Himmel.

»Auf keinen Fall. Deine erbärmlichen Menschenaugen können es vielleicht nicht erkennen, aber meine sind ...«

»Mylady? Ist alles in Ordnung?« Das Dienstmädchen klopfte erneut und unterbrach ihn.

»Ja, einen Moment«, rief ich zurück. »Wir kehren noch heute zum Schrein zurück, also musst du bald wiederkommen«, sagte ich zu Voror. Ich musste herausfinden, ob er uns irgendwie folgen konnte, schließlich konnte er durch Felsen fliegen.

Voror stieß einen leisen Schrei aus, den ich als Zustimmung wertete, und flog dann durch die Glasscheibe.

Ich öffnete die Tür und sag Brynjas besorgtes Gesicht. »Mylady, es wird nach Euch verlangt. Ich habe nicht viel Zeit, um Euch fertig zu machen.«

»Wird nach mir verlangt?«

»Ja. Anstelle des gestrigen Abendessens wünsch die Königin, heute mit Euch zu Mittag zu essen. Jetzt.«

KAPITEL 23

Ich hatte erwartet, dass der Speisesaal der Königin so unangenehm, dunkel und voller Blut und Leichen sein würde wie der Thronsaal. Er hatte dieselben kastanienbraunen, blutfarbenen Wände, und überall gab es Knochen, und doch war es ganz anders. Von der Decke hingen keine verwesenden Körper, sondern sechs große Kronleuchter aus Schädeln. Diese wurden größer, je tiefer sie hingen, beginnend mit kleinen Tierschädeln oben, bis hin zu den untersten, die menschlich aussahen. Kerzen flackerten in ihren Mündern und überzogen den Tisch darunter mit Schatten. Das Möbel war aus dunklem Holz geschnitzt und reich mit schwarzem Geschirr und feinen, grünlichen Gläsern gedeckt.

Riesige, gewölbte Fenster, die vom Boden bis zur Decke reichten, dominierten die eine Wand des Raumes. Bisher waren sie das einzige, was mich an den Palast des Goldhofs erinnerte, doch draußen gab es keine helle, goldene Wärme. Ich erkannte eine mit Sternen gespickte, schwarze Decke, die sich über die funkelnden Lichter und der Bewegung der Städte am Berghang darunter erstreckte.

An der gegenüberliegenden Wand stand eine Kommode, die ein fester Teil des Raumes und gute zwanzig Fuß lang sein musste. Darauf standen in regelmäßigen Abständen Karaffen mit Flüssigkeiten unterschiedlicher Farbe, die mit Figuren von Schlangen oder Raben verziert waren.

Die Königin saß am Kopfende des Tisches, und ihr Anblick ließ mich schaudern. Es war, als wäre meine Haut auf einmal zu eng für meinen Körper.

Sie war ähnlich gekleidet wie damals, als ich sie das letzte Mal gesehen hatte, und trug ein enges, schwarzes Kleid. Ihr Haar war kunstvoll hochgesteckt. Der einzige offensichtliche Unterschied war das Fehlen von Blut in ihrem Gesicht.

»Mein Sohn. Seltsame, kleine *Goldgeberin*«, begrüßte sie uns, als wir eintraten. Eine menschliche Sklavin in einer dünnen, schwarze Robe, die kaum ihren Körper bedeckte, lief heran und zog einen Stuhl an ihre linke Seite. Ich sah den Prinzen an, und er machte eine Kopfbewegung in Richtung des Stuhls, um mir zu verstehen zu geben, dass ich in diese Richtung gehen sollte.

»Wo ist Rangvald?«, fragte er, als er zur anderen Seite des Tisches ging und sich mir gegenübersetzte. Das Holz des Stuhls war von der gleichen Art wie der Tisch, von einer satten, dunklen Farbe, und die gepolsterte Sitzfläche wies ein Muster aus ineinander verschlungenen

Schlangen auf. Ich setzte mich und versuchte, meine zunehmende Nervosität unter Kontrolle zu halten.

Der räuberische Blick der Königin streifte mich, und ich war dankbar für das Stirnband, das der Prinz mit einem Schutzschild belegt hatte. Es fühlte sich warm an, als würde es mich an seine Anwesenheit erinnern.

»Er wird in Kürze hier sein.« Sie schenkte mir ein seltsames Lächeln. Ihre schwarzen Augen waren schwer zu lesen. »Wie war deine erste Nacht in unserem Heim?«

»Sehr bequem, Danke.«

Ich warf dem Prinzen einen Blick zu, der gerade lang genug war, dass ich die Erleichterung auf seinem Gesicht erkennen konnte.

»Wenn es bequem war, macht mein Sohn wohl irgendetwas falsch.« Sie sah ihn an. »Mazrith? Warum hast du diesem mickrigen Werkzeug unseres Feindes Komfort gewährt?«

Ich sog scharf die Luft ein und sah den Prinzen an.

Sein Gesicht hatte sich komplett verändert. Der raue Krieger war verschwunden, und stattdessen strahlte er die Schönheit eines Fae aus. Sündhaftigkeit lag in seinen Augen, als sich seine Lippen zu einem Lächeln verzogen. Seine Stimme klang verführerisch, als er sprach.

»Morgen wirst du es nicht so bequem haben, meine kleine *Gildi*.«

Er hatte mich gerade sein kleines Festmahl genannt.

Mein Herz raste, und ich versuchte, meinen Blick von seinem unwiderstehlich schönen, lüsternen Gesicht abzuwenden.

Ich öffnete den Mund, um ihm zu sagen, dass er sich

etwas anderes suchen soll, woran er sich genüsslich tun konnte, doch alles, was herauskam, war ein Keuchen.

Es war nichts als ein Trick. Er spielte seiner Stiefmutter etwas vor.

Und ich sollte ihre Sprache nicht verstehen.

Die Königin stieß ein unangenehm schrilles Lachen aus. »Ich weiß nicht, ob dir diese hier viel geben kann, mein Sohn. Sie scheint ziemlich langsam zu sein.«

Die Türen am Ende des Raums flogen auf. Der Mann mit Glatze und den silbernen Schuhen, den ich bereits am Vortag gesehen hatte, schritt herein. Er verbeugte sich tief. »Vergebt mir meine Verspätung, meine Königin. Wie immer stehe ich zu Diensten.«

Er kam sich auf meine Seite des Tisches und mit einem unguten Gefühl im Magen erkannte ich, dass er auf den Stuhl neben mir zusteuerte. »Guten Tag. Reyna, nicht wahr?«

Ich nickte, schwieg aber. Er klatschte in die Hände, als er sich setzte, und eine Gruppe von Sklaven mit Tabletts betrat den Raum. In einer langen Parade kamen sie am Tisch vorbei und setzten die Dinge ab, die sie in den Händen trugen. Vor jedem von uns wurden Teller abgestellt, der mit einer silbernen Glocke bedeckt war.

Ich fühlte mich immer unbehaglicher, als meine Gedanken zurück zu den Leichen wanderten, die ich gestern von der Decke hängen gesehen hatte. Was würde sich unter den silbernen Glocken verstecken? Ich sah die Königin von der Seite her an, und meine Nervosität nahm nur noch zu, als ich sah, wie zufrieden sie mich ansah.

Ich hielt den Atem an, als die Sklaven hinter uns traten und nach den Glocken griffen. Völlig synchron hoben sie die Kuppeln hoch und verschwanden dann aus dem Raum.

Ich blickte auf meinen Teller. Es gab zwei helle Fleischstücke und haufenweise hübsch arrangiertes Gemüse in Farben, die ich noch nie gesehen hatte. Ich stocherte in etwas herum, das leuchtend orange war.

»Das ist eine Karotte«, sagte die Königin langsam. »Hast du noch nie eine Karotte gesehen?«

Ich schüttelte den Kopf und fühlte mich sehr dumm. Meine Wangen glühten. Grausame Belustigung machte sich auf ihrem Gesicht breit, als sie nach meinem Teller griff und die Karottenscheiben mit ihren Fingern von meinem Teller nahm.

»Ich muss schon sagen, du hast dir eine tolle Ehefrau ausgesucht«, sagte sie sarkastisch, drehte sich zu Mazrith um und hielt die Karotten in die Höhe. »Ist sie stumm?«

»Leider nicht«, sagte er mit einem ebenso sarkastischen Lächeln, das schnell verwegen wurde und mein Gesicht noch heißer werden ließ.

»Mach den Mund auf«, sagte die Königin und drehte sich wieder zu mir um.

»Nein.« Das Wort kam wie von selbst heraus. Ich hätte es nicht zurückhalten können, selbst wenn ich es gewollt hätte.

Sie schmollte. »Ach, komm schon, kleines Mädchen. Tu, was dir gesagt wird. Wenn mir schon das Vergnügen vorenthalten wird, dich zu töten, musst du mir wenigstens ein bisschen Spaß bereiten.«

Mein Atem beschleunigte sich, als sie an ihre Seite griff und ihren Stab hob.

Meine Augen blieben daran hängen, und für einen Moment riss mich der Anblick völlig aus dieser absurden Situation heraus.

So einen Stab hatte ich noch nie gesehen.

Äußerlich glich er einem Schattenstab, mit einem silbernen Schädel und einer Reihe von Schlangen, die sich in einem Bogen darum herum wanden. In gewisser Weise glich er demjenigen des Prinzen, doch etwas war anders ...

Ohne die Bewegung zu bemerken, beugte ich mich vor.

Schatten schossen aus dem Ende hervor, peitschten um mich herum und drückten mich gegen die Stuhllehne. Eisige Stränge formten sich zu Schlangen und glitten über mein Gesicht, was mich laut keuchen ließ.

Die Stimme des Prinzen erklang in meinem Kopf. *»Lass sie mit dir spielen.«*

Ich hörte auf, mich zu wehren, und sah ihn an. Er trug einen gelangweilten, hochnäsigen Ausdruck im Gesicht, der nicht zu der Anspannung seiner mentalen Stimme zu passen schien.

Eine Schattenschlange bahnte sich ihren Weg über meinen Kiefer und drückte gegen meine geschlossenen Lippen.

Panik und Übelkeit überkamen mich. Ich schüttelte

heftig den Kopf, doch nichts konnte die Schatten vertreiben.

Die Königin lachte. »Ich möchte so gerne Teil dieser wichtigen Erfahrung sein. Deine erste Karotte. Ich es so bereichernd, neue Dinge auszuprobieren.«

»Mach deinen verfluchten Mund auf und lass sie es tun.« Diesmal war die Stimme des Prinzen wütend, aber als ich ihn ansah, war er dabei, sich eine Kartoffel in den Mund zu stecken, und wirkte völlig gleichgültig.

Ein Knurren kam aus meiner Kehle, und die Schlange drängte sich zwischen meine Lippen.

Die Königin sprang von ihrem Stuhl auf. Die Schatten bewegten sich und pressten meinen Kopf zurück. Sie ließ die Karottenscheiben in meinen offenen Mund fallen, ehe mein Mund mit so viel Kraft zusammengepresst wurde, dass ich nichts als Sterne sah.

Die Schatten verschwanden. Ich blinzelte benommen, während sich ein pochender Schmerz in meinem Hinterkopf ausbreitete.

»Vergiss nicht, zu kauen«, sagte die Königin mit zuckersüßer Stimme und setzte sich wieder hin.

»Weißt du, als meine Verlobte sollte ich sie füttern«, sagte der Prinz sanft.

»Ich kann selbst essen«, sagte ich undeutlich und versuchte, das warme Gemüse in meinem Mund zu kauen. Wut und Schmerz brachten mein Gesicht zum Glühen.

»Dann iss«, sagte der Prinz.

Die Königin schenkte mir ein weiteres Lächeln und

wandte ihre Aufmerksamkeit dann ihrem eigenen Teller zu.

Schweigen legte sich über den Raum, als sie zu essen begann. Der Prinz warf mir einen scharfen Blick zu, und ich zwang mich, die Karotten herunterzuschlucken und mir mehr davon in den Mund zu stecken. Ich vermied das Fleisch, denn ich vertraute der Königin nicht.

»Also, wie kommen deine Pläne voran?«, sagte sie schließlich zu Mazrith. »Ich kann es kaum erwarten, zu hören, warum du diese erbärmliche Menschenfrau heiraten musst, um sie in die Tat umzusetzen.« In ihrer ekelhaft süßen Stimme schwang ganz eindeutig Wut mit.

»Ich muss warten, bis Tait seinen derzeitigen Stab fertiggestellt hat, dann wird er uns helfen. Bis Ende der Woche sollte ich mehr wissen.«

Ich stach etwas zu fest auf etwas Grünes, und meine Gabel kratzte unangenehm laut über den Teller.

»Sag mir, Reyna, hast du jemals für die Königin deines ekelhaften Hofes gearbeitet?«, fragte die Königin.

Ich schüttelte den Kopf, immer noch angespannt. Die Königin des Goldhofes war ihre Schwester. »Nein. Ich habe nie für sie gearbeitet.«

Es stimmte nicht ganz. Vor ein paar Jahren hatte ich einen kleinen Teil ihres Stabes repariert, aber ich hatte nur wenige Minuten mit ihr interagiert.

»Weißt du, ob sie gesund ist?« Die Frage überraschte mich, denn ich hätte ihr kein Mitgefühl zugetraut.

»Ich glaube schon, ja.«

Das Gesicht der Königin verdunkelte sich. »Verfluchtes Weib.«

Ich wandte mich wieder meinem Gemüse zu. Also doch kein Mitgefühl.

»Und Reyna, mit wie vielen *Goldgebern* hast du im Palast gearbeitet?« Rangvalds Stimme war freundlich, und ich beäugte ihn misstrauisch.

»Ein paar.«

»Wie viele?«

»Fünf.« Es hatte keinen Sinn, ihn anzulügen. Sie hatten schon drei von uns. »Wie viele Schattenspinner arbeiten in diesem Palast?« Ich warf die Frage ein, ohne eine Antwort zu erwarten oder mich auch nur dafür zu interessieren. Aber als er sprach, richtete sich meine ganze Aufmerksamkeit auf ihn.

»Zwei.«

Nur zwei?

Meine Überraschung musste sich deutlich in meinem Gesicht widergespiegelt haben, denn er zuckte leicht mit den Schultern. »Runenträger sind sehr selten.« Sein Blick wanderte von dem Mal an meinem Handgelenk zur Königin. Sie hatte ihr gesamtes Steak auf ihre Gabel gespießt, und ihre schwarzen Zähne rissen ein großes Stück heraus, als wäre sie Löwe. Ein wahnsinniger Ausdruck lag in ihren Augen.

Wahnsinnig kam nicht annähernd an das heran, was diese Frau war.

»Ja. Extrem selten«, knurrte der Prinz. Sein Teller war leer, und er stand auf. »Danke für das Essen. Wir müssen zu unseren Geschäften zurückkehren.«

Die Königin sah mit großen Augen zu ihm auf. »Oh nein, du musst noch bleiben. Ich habe Nachtisch. Etwas, das Reyna lieben wird.«

Ich stand ebenfalls auf und versuchte, einen neutralen Gesichtsausdruck aufzusetzen.

»Das Essen hat meinen ... *Appetit* angeregt. Meine Verlobte und ich werden jetzt gehen.« Seine hellblauen Augen fixierten mich und wanderten demonstrativ an meinem Körper auf und ab.

Es waren nicht nur meine Wangen, die unter seinem Blick zu glühen begannen. Mein ganzer verfluchter Körper reagierte auf ihn.

Die Königin hob seufzend eine Augenbraue. »Nichts kommt gegen die Gelüste eines Mannes an.« Sie winkte ab. »Ihr seid entschuldigt. Vorerst.«

Mazrith schritt sofort in Richtung Ausgang. Die Türen flogen auf, kurz bevor er sie erreichte. Ich eilte ihm hinterher und konnte die ganze Zeit über Rangvalds stechenden Blick im Rücken spüren.

Sobald ich sicher war, dass die Tür hinter uns wieder geschlossen war, sprach ich. »Nur damit du es weißt, falls du tatsächlich vorhast, mich ins Bett ...«

Er drehte sich zu mir um und unterbrach meine Worte. »Deine ganze Welt würde sich für immer verändern. Aber das habe ich nicht vor.« Seine Augen funkelten, und ich schluckte schwer. »Ich habe es satt, mich mit ihr zu streiten. Es ist einfacher, mitzuspielen und eine Sprache zu sprechen, die sie versteht.«

»Du versuchst, sie davon zu überzeugen, dass du

mich heiraten willst, weil du an mir interessiert bist, und zwar ...« Ich verstummte.

»Sexuell«, beendete er den Satz für mich, und eine wallende Hitze durchströmte meinen Körper. Seine Augen huschten über meine immer röter werdende Brust und verengten sich dann. »Ja, davon versuche ich sie zu überzeugen. Wünschst du dir, ich wäre es?«

Ich konnte nicht antworten, denn hinter uns wurden die Türen aufgestoßen und Rangvalds Stimme hallte durch den Gang.

»Prinz Mazrith!«

Seine Augen ruhten noch eine Sekunde lang auf meinen, dann wandte sich der Prinz dem schleimigen Fae zu.

»Rangvald.«

»Die Königin wünscht, Euch und Eure Verlobte einzuladen.«

»Wir sind beschäftigt.«

»Ah, aber doch wohl nicht zu beschäftigt, um an Euren eigenen Verlobungsball teilzunehmen.« Er lächelte unterwürfig und rieb sich die Hände, während er zwischen uns hin und her sah.

»Ich wünsche mir keinen Verlobungsball«, stieß der Prinz hervor. »Aber ich danke ihr für ihre Aufmerksamkeit.«

»Oh, dafür ist es leider zu spät. Die Vorkehrungen sind bereits getroffen. Das Fest beginnt um Mitternacht.«

»Heute Nacht?« Die Worte kamen wie von selbst von meinen Lippen.

Rangvalds Lächeln wurde noch breiter. »Der Hof der Königin ist immer bereit, das zu tun, was sie verlangt, und zwar so schnell, wie sie es verlangt. Sie möchte für ihren geliebten Sohn ein Fest arrangieren, damit alle sehen können, warum er sich eine menschliche Sklavin zur Frau nehmen will.« Seine Stimme wurde hart, genau wie Mazriths Blick. »Im Hof verbreiten sich Gerüchte, Mazrith. Du musst den Leuten zeigen, dass Reyna einen Platz im Palast verdient.«

»Dann sehen wir uns um Mitternacht«, knurrte er.

Rangvald neigte den Kopf und ging dann zurück ins Esszimmer. Seine Schuhe glitten lautlos über die Fliesen.

Der Prinz bleckte die Zähne und stieg dann die große Treppe hinauf.

»Wie kann sie an einem einzigen Tag einen ganzen Ball planen und abhalten?«, murmelte ich, während ich ihm folgte.

»Innerhalb dieser Mauern kann sie tun, was sie will. Sie war die Frau meines Vaters«, fauchte er, bevor er sich zu mir umdrehte. »Sie hat ihren Schachzug gemacht. Jetzt sind wir dran.«

»Was meint Ihr?« Ich blinzelte zu ihm hoch, während er auf der Treppe stand und mich hoch überragte.

»Wir müssen die Höflinge davon überzeugen, dass ich dich als eine Art Spielzeug sehe und dich dazu benutze, unsere Feinde zu verspotten.«

Ich knurrte. »Ich bin kein verdammtes Spielzeug.«

»Habe ich dich wie eins behandelt?«

Ich verengte die Augen.

»Ihr habt mich aus meinem Zuhause entführt und gedroht, meine Freunde zu töten.«

»Und seitdem habe ich mein Wort gehalten und euch alle mit Respekt behandelt.«

Es stimmte. Er hatte mich nie angerührt, und das allein war seltsam. Alle Fae *Yggdrasils* nahmen sich, was sie wollten, und der Prinz des Schattenhofs war legendär dafür, alles zu wollen.

»Und wenn Ihr keine Verwendung mehr für mich habt?«

Mit blitzenden Augen stieg er eine Stufe nach unten, sodass er auf gleicher Höhe war. »Du wirst keine Chance bekommen, herauszufinden, ob meine Stiefmutter die Geduld verliert. Sosehr ich es auch hasse, der Tod meines Vaters hat sie zur Herrscherin des Schattenhofs gemacht. Wenn du mitspielst, wirst du vielleicht lange genug ihrer Decke entgehen, um herauszufinden, was ich mit dir machen werde.«

Seine Macht erfüllte die Luft zwischen uns, und ich glaubte ihm. Sowohl in Bezug auf seine Drohung als auch auf das, was er der Königin zutraute.

»Was muss ich tun?«

»Alles, was man dir sagt.«

Scheiße.

KAPITEL 24

»Zuerst werden wir dir Werkzeug besorgen.« Er drehte sich um, und ich hatte endlich das Gefühl, wieder richtig atmen zu können. Die Spannung zwischen uns ließ nach, sobald ich sein Gesicht nicht mehr sehen konnte.

Frima wartete am oberen Ende der Treppe. Die beiden Fae nickten einander zu und bogen dann in einen Flur ab.

»Auch dir einen guten Tag«, zischte ich der Frau zu, während ich ihnen hinterherlief.

Sie sah mich über die Schulter hinweg an, und ihr Gesichtsausdruck ließ mich vermuten, dass sie wusste, was letzte Nacht geschehen war. Svangrior hatte gesagt, er würde dem Prinzen nichts davon sagen, aber die anderen Krieger hatte er nie erwähnt.

»Es ist alles andere als ein guter Tag«, sagte sie.

Ich presste die Lippen zusammen. Es war einfacher, im Speisesaal der Königin Ruhe zu bewahren, als mir eine wütende Erwiderung zu verkneifen, aber ich könnte etwas Übung gebrauchen.

In Wirklichkeit war ich dankbar für Frimas Anwesenheit. Mit dem Prinzen allein zu sein, begann, aus einer ganzen Reihe von Gründen nervenaufreibend zu sein, und die Tatsache, dass er mich einschüchterte, war nur einer davon.

»Tait erwartet uns«, sagte Frima zum Prinzen.

»Gut. Ich könnte einen Ausritt gebrauchen.«

Sie nickte. »Ich auch. Kann sie reiten?«

Ich runzelte die Stirn und gab fast sofort meinen Vorsatz auf, den Mund zu halten. »Wenn du mich meinst, dann nein. Natürlich kann ich nicht reiten«, sagte ich. »Was glaubst du, wie vielen Sklaven das Reiten beigebracht wird?«

Frima seufzte, dann fiel sie einen Schritt zurück, sodass sie neben mir ging. Dann begann sie, langsam und deutlich zu sprechen, als wäre ich ein Kind. »Wir gehen zu den Ställen und reiten von dort aus in eine kleine Stadt, wo Maz' Schattenspinner arbeitet. Er hat eine Menge Werkzeug in seiner Werkstatt, von denen Maz glaubt, dass sie dir helfen werden.« Ihre Augen verengten sich, und ihre Stimme wurde leiser. »Falls du zu fliehen versuchst, wirst nicht du es sein, die den Preis bezahlt. Verstanden?«

Sie wusste von meinem Fluchtversuch.

Ich starrte sie an und reckte das Kinn. »Ich habe nicht vor, zu fliehen.«

Sie schnaubte. »Leider glaube ich dir nicht.«

Ich zuckte mit den Schultern. »Was würde es bringen?« Ich versuchte, mit dem zu arbeiten, von dem ich glaubte, dass sie es mir abkaufen würde. »Er würde mich leicht wiederfinden.« Ich deutete auf den Rücken des Prinzen.

»Hmm. Vielleicht bist du nicht so dumm, wie du aussiehst«, sagte sie nachdenklich.

»Weißt du, ich wurde noch nie so oft dumm genannt wie in den letzten Tagen.«

Frima legte den Kopf schief. »Wenn genug Leute es sagen, muss es wahr sein.«

Ich funkelte sie an, dann zuckte ich zusammen, als die Stimme des Prinzen in meinem Kopf erscholl.

»Ich glaube nicht, dass du dumm bist. Ich beobachte dich, meine kleine Gildi.«

Ich war erleichtert, als ich feststellte, dass die Ställe, von denen Frima gesprochen hatte, nicht dieselben Ställe waren, in denen wir uns in der Nacht zuvor aufgehalten hatten.

Sie befanden sich am Ende einer langen Wendeltreppe, die sehr ähnlich aussah, doch die Tür am Ende des Korridors war mit Pferden anstelle von Bären und Reptilien verziert. Als wir eintraten, konnte ich Heu riechen, und das Licht war einladend hell. Große Fackeln hingen hoch oben an den Steinwänden und verbreiteten eine Helligkeit und Wärme, die ich nirgendwo sonst im Palast erlebt hatte.

Das Geräusch von wiehernden Pferden und klappernden Hufen drang hinter den Stalltüren hervor, welche die Tiere voneinander trennten. Der Prinz ging zielstrebig weiter, bis ein kräftig aussehender Mann aus einer der Boxen geeilt kam.

»Eure Hoheit, benötigt Ihr Jarl?«

»Ja. Und Idun.«

Der Mann, den ich für einen Stallknecht hielt, sah mich an. »Und ein drittes Pferd?«

»Nein.«

»Sehr wohl, Eure Hoheit.« Der Mann eilte wieder davon.

Als er zurückkam, führte er eine wunderschöne Stute am Zügel, gesattelt und gezäumt. Es überraschte mich nicht, dass sie schwarz war. Ihre Mähne und ihr Schweif waren von violetten Strähnen durchzogen, und auf ihrer Nase trug sie eine dunkelgraue Blesse. Wache, intelligente Augen blinzelten Frima zu, und die Stute warf den Kopf zurück, als die Fae ihre lange Schnauze streichelte.

Der Stallknecht verschwand erneut, und Frima setzte einen Fuß in den Steigbügel, packte den Sattel und schwang sich elegant auf den Rücken des Pferdes, das locker fünf Fuß hoch war.

Ich war mir nicht sicher, ob ich in der Lage sein würde, mich so in den Sattel zu ziehen, aber ich würde es auf jeden Fall versuchen.

Meine Entschlossenheit geriet jedoch ins Wanken, als der Stallknecht wieder auftauchte.

Noch nie hatte ich ein Pferd gesehen wie das, welches er auf den Prinzen zuführte. Der Hengst war atemberaubend.

Er war von tiefschwarzer Farbe, und um den Ansatz seiner Beine und um seine schlanke Brust herum lagen breite, silberne Streifen. Darin waren Runen zu erkennen, Hunderte davon, winzig und detailliert. Der Hengst peitschte mit seinem Schweif, und ich bemerkte, dass er von silbernen Strähnen durchzogen war, die zu den Zöpfen des Prinzen passten.

Das Pferd tänzelte ungeduldig auf der Stelle, sodass seine Hufe gegen den Steinboden schlugen. Der Stallknecht übergab dem Prinzen die Zügel und wich dann nervös ein paar Schritte zurück.

»Er sieht nicht aus, als wäre er echt«, sagte ich leise, als der Prinz eine große Hand an seine Flanke legte und sich das Tier beruhigte.

»Oh, er ist sehr, sehr echt. Manchmal ein bisschen zu echt«, murmelte der Stallknecht.

Frima warf ihm einen Blick zu. »Wenigstens lässt er sich reiten. Ich habe gehört, dass seine Schwester letzte Woche die Ursache für zwei gebrochene Arme war?«

Der Stallknecht nickte ernst, und der Prinz seufzte. »Ich fürchte, dass sie nie gezähmt werden kann, es sei denn, wir finden einen Weg, meine Mutter von den Toten zurückzuholen.« Er sah mich an. »Hast du schon einmal auf einem Pferd gesessen?«

»Nein.«

»Halt dich an den Zügeln fest, und tu genau das, was dir gesagt wird.« Er kniff die Augen zusammen. »Ich habe keine Zeit, deinen Körper zu reparieren, wenn du aus sechs Fuß Höhe auf harten Stein fällst. Tu, was dir gesagt wird.«

Ich schenkte ihm ein sarkastisches Lächeln. »Jawohl, Eure Hoheit.«

Sein Gesicht verfinsterte sich, dann bewegte er sich so schnell, dass ich völlig unvorbereitet war. Ich schrie auf, als er seine Hände um meine Hüften legte und mich ganz einfach von den Füßen hob.

Er setzte mich auf das Pferd, und ich versuchte verzweifelt, mit meinen Beinen Halt zu finden. Ich ergriff die Zügel und presste meine Schenkel um den breiten Rücken des Pferdes. »Eine Warnung wäre nett gewesen«, sagte ich mit zusammengebissenen Zähnen und schrie erneut auf, als sich das riesige Biest bewegte. »Ich bin nicht einmal im Sattel!« Ich saß vor dem Sattel, direkt über den massiven Schulterblättern des Pferdes.

In einer weiteren, zielgerichteten Bewegung schwang sich der Prinz hinter mir in den Sattel. Seine Hände ergriffen mich um die Taille, und dann wurde ich nach hinten gehoben.

In seinen Schoß.

Ich erstarrte.

»Die nehme ich«, sagte er, und ich konnte die Vibrationen seiner Brust an meinem Rücken spüren, ehe seine Arme um mich herum glitten und mir die Zügel aus den Händen nahmen. Auf ein leises Schnalzen des Prinzen hin begann das Pferd, loszutraben. Instinktiv legte ich meine Hände an das Leder an der Vorderseite des Sattels, hielt mich fest und versuchte, das Zittern meiner Glieder zu unterdrücken.

Mein ganzer Körper wurde gegen seinen gepresst, und es fühlte sich ... *gut* an.

Besser als gut.

Ich konnte die Muskeln seiner breiten Brust spüren, seine kräftigen Schenkel an meinen. Jede Faser meines Körpers wollte sich nach hinten lehnen, um zu sehen, sehen, was ich sonst noch spüren könnte.

Ich versetzte mir die härteste mentale Ohrfeige, zu der ich fähig war. *Darin besteht seine Macht. Er ist ein Fae-Prinz. Natürlich ist er attraktiv!*

Aber es war lange her, seit ich den Körper eines Mannes an meinem gespürt hatte, und mein Körper reagierte ohne mein Zutun. Und selbst, als ich einem Mann nahe gewesen war, konnte ich mich nicht erinnern, mich so ... heiß gefühlt zu haben. Mir war, als hätte jemand ein Feuer unter mir entzündet, und die Hitze, die sich tief in meinem Unterleib ausbreitete, überzog meine Haut mit einem behaglichen Kribbeln.

»Entspann dich. Wenn du so steif dasitzt, wirst du den Halt verlieren.« Die leise Stimme des Prinzen riss mich aus meinen Gedanken.

»Ich kann mich nicht entspannen. Ich sitze auf deinem Schoß«, zischte ich zurück.

Ich spürte, wie er sich ein wenig nach hinten bewegte, und ich glitt an ihm hinunter, sodass mein Po auf das Leder des Sattels sank. Mein Herz hämmerte wie wild. Hatte ich gerade das gespürt, was ich glaubte?

Ich war zwischen ihm und der vorderen Kante des Sattels eingeklemmt, und jeder Fingerbreit seines Körpers war gegen meinen gepresst.

»Besser?«, fragte er.

»Nein«, krächzte ich.

»Nun, ich fühle mich wohl.« Seine Arme schlossen sich fester um mich, als er die Zügel bewegte und noch einmal mit der Zunge schnalzte. Ich schnappte nach Luft, als das Pferd loslief und aus den Ställen galoppierte.

Ich sog scharf die Luft ein und klammerte mich am Sattel fest, als ich gegen den Prinzen gepresst wurde. Wir ritten durch einen Wald, dessen Bäume hoch in den düsteren Himmel ragten. Sie hatten die seltsamsten Formen, die ich je gesehen hatte. Einer sah aus, als wäre er aus Menschen gemacht, die sich vor Qualen krümmten, und ein anderer sah aus, als wäre er vom Blitz getroffen worden, seine Äste nichts als ein Gewirr verkohlter Überreste.

Wir legten an Tempo zu, was es schwieriger machte, Details auszumachen. Der Wind, der durch mein Haar wehte, war angenehm kühl auf meinem heißen Gesicht, und ich versuchte, mich auf die Bewegungen des Pferdes statt auf den Prinzen hinter mir zu konzentrieren. Je weiter wir ritten, und je länger die Hufe der Pferde über den harten Boden donnerten, desto leichter wurde es, in einen Rhythmus zu fallen. Als wir wieder zwischen den Bäumen hervorbrachen, war die Steifheit aus meinem Körper verschwunden. Erst, als wir langsamer wurden, bemerkte ich, dass ich begonnen hatte, mich im Takt der Schritte gegen den Prinzen zu bewegen.

Ich hätte nie gedacht, dass mir das Reiten auf dem Rücken dieses Tieres ein solches Gefühl von Freiheit vermitteln würde, und diesmal war es ein Hochgefühl, nicht Verlegenheit, die meine Wangen zum Glühen brachte. War Reiten immer so aufregend?

»Er mag dich.«

Bei den unerwarteten Worten des Prinzen hätte ich mich beinahe umgedreht, aber Frima rief: »Ich reite voraus.«

Sie galoppierte den pflasterten Weg entlang davon. Vor uns standen Gebäude, alle aus dunklem Holz oder grauem Stein erbaut. Licht drang aus den Fenstern, und ich konnte sehen, warum die Städte aus der Ferne dunkelten. Alles sah wärmer und irgendwie einladender aus, als ich mir einen so dunklen Ort vorgestellt hatte.

»Das sieht freundlicher aus als der Wald«, sagte ich, während das Pferd langsam den Weg entlang in die Stadt trottete. Ich versuchte, zu ignorieren, dass mein Po gegen den Körper des Prinzen rieb.

»Die Wälder rund um den Palast sind nicht sicher«, sagte er.

»Und die Städte sind es?«

»Nicht für dich.«

Ich wollte nach Überfällen fragen, aber der Anblick einer Bierstube ließ mich innehalten. Von drinnen ertönten schallendes Gelächter und Gesang. Goldenes Licht strömte durch die Fenster nach draußen, und eine Welle von etwas, das Neid hätte sein können, überkam mich.

Neid darauf, ein normales Leben führen zu können. Für mich war es ein unerreichbarer Traum.

»Mein Schattenspinner sollte all die Werkzeuge haben, die du brauchst. Beeile dich, sie zu finden.« Der Prinz lenkte meine Aufmerksamkeit wieder auf sich.

»Warum hat er Werkzeuge? Ich gehe nicht davon

aus, dass Schattenspinner so etwas brauchen, oder?«

Ich spürte ein Grollen in der Brust des Prinzen. »Falsch. Schattenspinner benötigen ihre eigenen Werkzeuge. Außerdem ist er etwas exzentrisch.«

»Warum wohnt er nicht im Palast?«

»Weil er hier wohnt.«

»Das ist keine Antwort. Ich meinte, warum bringt Ihr ihn nicht im Palast unter, wo Ihr ihn beschützen könnt? Vor allem, wenn es nur zwei von ihnen gibt.«

»Hier ist er sicher.«

Wir bogen in eine kleine Gasse ein, und ich sah Frimas Pferd, das vor einem großen Steingebäude mit einem massiven Schornstein angebunden war.

Wir stiegen ab, und der Prinz hob mich aus dem Sattel. Einen Moment lang fühlte ich mich unsicher und streckte instinktiv eine Hand aus, um mich an der Flanke des Pferdes abzustützen.

Das Pferd schnaubte und peitschte mit dem Schwanz.

»Ganz ruhig, Jarl«, beruhigte der Prinz ihn, ehe er anmutig aus dem Sattel glitt.

Ich trat einen Schritt zurück, die Hände abwehrend erhoben, während ich das Pferd anstarrte. »Danke für den Ritt«, flüsterte ich ihm zu. »Es war wundervoll.« Jarls blaues Auge richtete sich auf mich, und sein Schwanz fiel zur Ruhe.

Die Tür des Gebäudes flog auf, und ein kleiner, menschlicher Mann mit grauem Haar strahlte uns an. »Euer Hoheit«, sagte er zu dem Prinzen und nickte mir dann zu. »Willkommen in der Werkstatt.«

KAPITEL 25

Als ich die Werkstatt betrat, sog ich überrascht die Luft ein.

Tait war der Schattenspinner des Prinzen, und obwohl ich keine Ahnung hatte, wie genau Schatten gesponnen wurden, war ich mir ziemlich sicher, dass er die riesige Auswahl an Gegenständen, die ich hier drinnen sehen konnte, nicht brauchte.

Es gab Urnen, Spiegel und Statuen, Uhren und Leuchter, Flaschen und Krüge gefüllt mit Pulver und Flüssigkeiten, dazu eine Menge unbekannter Gegenstände, die jede verfügbare Oberfläche bedeckten. Der Raum war voller Tische, auf denen sich Ramsch stapelte, und die Regale an den Wänden waren genauso überfüllt.

Sogar die Decke war mit Glocken, Krügen und dekorativen Holzornamenten bedeckt, die von den Sparren hingen.

In der Mitte des Raumes stand eine Maschine aus schwarzem Metall, die ein wenig wie eine Nähspindel aussah. Um sie herum befanden sich Nadeln, die aussahen, als seien sie aus Knochen und Silber gefertigt, dazu ein Haufen Metallstangen. Diese würden zu Stäben werden, wurde mir klar.

Ich trat an die Spinnmaschine heran, und Tait hustete. »Wir müssten ein paar Geheimnisse austauschen, wenn du dir das ansehen willst«, sagte er fröhlich.

Aufgeregt sah ich ihn an. »Du würdest mir verraten, wie man Schatten spinnt?«

»Würdest du mir zeigen, wie du Gold verarbeitest?«

Ich zögerte. Noch ehe ich mir eine Antwort ausdenken konnte, unterbrach der Prinz unser Gespräch. »Wir suchen nach Werkzeugen, welche diese *Goldgeberin* für ihre Arbeit verwenden könnte«, sagte er.

»Ach ja. Ich sollte irgendwo etwas haben.« Tait fing an, in einem Haufen zu wühlen, der auf einem Tisch im hinteren Teil des Raumes stand. Blätter aus schimmerndem, blauem Stoff und feine Metallketten fielen zu Boden, während er suchte.

»Warum hast du das alles?«, fragte ich und sah mich weiter um.

Tait zuckte mit den Schultern. »Nun, hauptsächlich, weil ich an Schicksal glaube. Und das Schicksal hat mir gesagt, dass ich vorbereitet sein muss.«

»Vorbereitet?«

»Nun, technisch gesehen ist es Maz ...« Seine Wangen erröteten ein wenig, als er den Prinzen ansah. »Verzeihung, es ist *Eure Hoheit*, die vorbereitet sein muss, nicht ich. Die Königin mit ihrem ...«

Frima stand auf und unterbrach ihn. »Werkzeuge, Tait. Bring die Werkzeuge und hör auf, zu reden.«

»Ja, ja, natürlich.«

Einen Moment später kam er mit einer schweren Lederrolle zurück. Als ich sie öffnete, sah ich eine Auswahl an Werkzeugen, die fast so gut war wie meine eigene im Palast. Die Klingen, Pinzetten und feinen Gravurwerkzeuge waren in erstaunlich gutem Zustand.

»Wo in Odins Namen hast du das her?«

»Ich habe einen hohen Preis dafür bezahlt, es einschmuggeln zu lassen«, sagte er stolz. »Ich habe Werkzeuge für alle Arten von Fae-Magie.«

»Aber du bist mit allen anderen Fae verfeindet. Warum würdest du dafür bezahlen?« Stirnrunzelnd hielt ich die Rolle hoch.

»Kenne deinen Feind, Mädchen. Das ist es, was sie gesagt haben.« Er legte einen Finger an die Seite seiner Nase.

»Ich schätze deine Hilfe, Tait«, sagte der Prinz und ging zur Tür.

»Oh, Hoheit, könnte ich, ähm, privat mit Euch sprechen, bevor Ihr geht?« Der Mann blickte verlegen zwischen mir und Frima hin und her.

Die Frau nickte mir zu, dann zur Tür. »Wir warten draußen.«

Ich hielt die Werkzeugrolle hoch. »Danke.«

»Gern geschehen. Wofür auch immer du sie brauchst, ich hoffe, sie sind gut genug.«

• • •

Wir ließen den Prinzen in der Werkstatt zurück. Frimas Pferd wieherte fröhlich, als sie ihre Herrin sah, und Jarl beäugte mich misstrauisch. Ich sah noch einmal auf die Werkzeugrolle hinunter. Die Werkzeuge waren mir so vertraut, und sie in der Hand zu halten war beruhigend. Ich hätte nie gedacht, dass ich so etwas vermissen würde.

»Du hast Glück, weißt du.« Frimas Worte rissen mich aus meinen Gedanken. Ich blickte auf und sah, wie sie die Nüstern ihres Pferdes streichelte.

»Glück?«

»Svangrior ist aufbrausend. Arthur aber auch.« Ich hielt ihrem Blick stand. »Du und deine Freunde hättet letzte Nacht mehrere Male getötet werden können. Und dann noch einmal heute Morgen, wenn Maz es herausgefunden hätte.«

»Hast du erwartet, dass ich nichts tue? Dass ich meine Entführung einfach so hinnehme und mich wie ein ruhiges, braves Mädchen verhalte?«

»Nein. Ich hätte dasselbe getan.«

Meine Augenbrauen schossen nach oben. »Tatsächlich?«

»Mhm. Nur wäre ich auch tatsächlich entkommen.« Sie grinste mich an, wandte sich dann dem Pferd zu und schmiegte ihr Gesicht an seinen Hals. Hinter uns knallte die Tür zu, und der Prinz kam mit finsterem, wütenden Blick nach draußen. Ich verspürte etwas, was entweder Angst oder Bewunderung war, und ich biss genervt die Zähne zusammen.

»Frima, bring sie zurück. Ich muss etwas überprüfen.«

Frima nickte.

»Aber ...«, begann ich.

»Mach dich bereit für den Ball. Ich hole dich in ein paar Stunden ab.« In einer geschmeidigen Bewegung schwang er sich auf sein Pferd und galoppierte über das Kopfsteinpflaster davon.

Der Ritt auf Frimas Pferd war genauso berauschend wie der Erste, abzüglich der Berührung eines muskulösen Mannes an meinem Körper.

Diesmal ging es schneller, mich dem Rhythmus des Pferdes anzupassen, und ich wünschte mir, dass unser Ritt zwischen den unheimlichen Bäumen hindurch niemals enden würde. Während wir über den weichen Boden galoppierten und der Wind durch mein Haar strich, fühlte ich mich frei. Ich brauchte nicht stillzustehen oder innerhalb fester Mauern zu bleiben, solange ich auf dem kräftigen Rücken des Pferdes saß. Ich könnte überall hingehen und die frische Luft einatmen. Noch nie hatte ich etwas erlebt, was echter Freiheit näher kam.

»Du würdest eine gute Reiterin abgeben«, sagte Frima, als wir abstiegen, und übergab dem herbeieilenden Stallknecht die Zügel. »Bis bald, Idun«, sagte sie und küsste das Pferd auf die Nase.

»Warum bist du so nett zu mir?«, fragte ich sie misstrauisch.

»Ich bin nicht nett. Das ist eine Tatsache.«

»Hm.«

Wir gingen durch die Ställe zurück zum Palast. »Ich habe dich heute zum ersten Mal Danke sagen hören.«

»Nun, ich hatte etwas, wofür ich dankbar war. Tait hatte meine Dankbarkeit verdient.«

Sie warf mir einen abschätzenden Blick zu. »Wo wärst du hingegangen?«

»Was?«

»Wenn du es letzte Nacht geschafft hättest. Wo wärst du hingegangen?«

»Warum sollte ich dir das sagen?«, wich ich aus. Die Wahrheit war, dass ich keine Ahnung hatte, wohin wir gegangen wären. Mein einziger Plan war es gewesen, einen Weg zum Wurzelfluss zu finden.

»Drei *Goldgeber*, allein im Schattenhof, ohne Waffen oder Magie.« Sie schüttelte den Kopf. »Bist du lebensmüde?«

Ich funkelte sie an, als sie mir die Tür aufhielt. »Ich habe den Eindruck, dass ein längerer Aufenthalt hier zum gleichen Resultat führen wird.«

»Ich weiß nicht, warum Maz dich unbedingt haben wollte, aber ich bin mir sicher, dass es nicht nur darum ging, dich zu töten.« Sie warf einen Blick auf die Werkzeugrolle in meinen Händen, und ich konnte sehen, dass ihr eine Frage auf der Zunge brannte.

Ich hielt sie in die Höhe. »Und was, wenn ich damit fertig bin? Wenn ich wie ein braver, kleiner Mensch meine Aufgaben erfüllt habe? Was dann?«

Sie fixierte den Punkt zwischen meinem Gesicht und

der Rolle. »Maz ist nicht der, wofür du ihn hältst.« Ihre Stimme war leise, und es fehlte ihr üblicher, spöttischer Ton.

»Ganz *Yggdrasil* weiß, wer der Prinz ist«, sagte ich.

»*Yggdrasil* ist nichts als ein verdammtes Chaos.«

»Und das macht ihn zu einem guten Mann?«

»Es macht eine Frau, die Geschichten mehr Bedeutung zuschreibt als das, was sie mit ihren eigenen Augen sieht, zu einem Dummkopf.« Sie wandte sich ab, noch ehe ich antworten konnte. Ich folgte ihr schweigend. Ihre Worte lösten Zweifel in mir aus.

Ich musste zugeben, dass der Prinz bisher keiner der Geschichten, die ich über ihn gehört hatte, gerecht geworden war.

Ich war kein einziges Mal ausgepeitscht oder geschlagen worden, auch nicht meine Freunde oder mein Dienstmädchen. Er schien seine Sklaven gut zu behandeln, und seine Krieger liebten ihn. Er hatte mehr als einmal ausgedrückt, wie wichtig ihm seine eigene Integrität war. Selbst wenn seine Überzeugungen beschissen waren, war Integrität etwas, das den Gold-Fae, die ich kannte, schmerzlich fehlte.

Und dann war da noch sein Gesicht. Es passte nicht zu dem arroganten Fae-Prinzen, der sich nahm, was er wollte. Wut und Entschlossenheit dominierten seinen Ausdruck und erfüllten seine leuchtenden Augen.

Bis er diese Verführungssache aufgeführt und all meine Zweifel in etwas gänzlich anderes verwandelt hatte.

Ich schüttelte den Kopf und versuchte, die Erinnerung an den Ritt auf seinem Pferd zu verdrängen. *Die Erinnerungen an das, was ich gespürt hatte, als ich an seinem gestählten Körper hinuntergeglitten war.*

Wir hatten das Rabenzimmer fast erreicht, und ich umfasste die Werkzeugrolle fester. Ich würde mich darauf konzentrieren, diesen Ball zu überstehen, und dann das Geheimnis der Statuen zu lösen. Was auch immer dort unten war, es würde dabei helfen, herauszufinden, was auf mich zukam. Vielleicht würde ich dann endlich wissen, was ich als Nächstes tun konnte.

KAPITEL 26

»Svangrior?« Der wütende Fae entfernte sich gerade von meinem Zimmer, als Frima und ich ankamen. Bei ihrem Ruf drehte er sich um und runzelte dann die Stirn, als er mich sah.

»Ja?«

»Ich dachte, du würdest uns in die Stadt begleiten?«

»Ich musste etwas erledigen. Wo ist Maz?«

Sie zuckte mit den Schultern. »Scheinbar hat auch er Dinge zu erledigen.«

Sie zog einen Schlüssel aus dem Beutel an ihrem Gürtel und schloss die Tür zu meinem Zimmer auf.

»Achte darauf, die Tür mit Magie zu versiegeln, solange sie dort drin ist«, sagte Svangrior und funkelte mich an. Ich erwiderte seinen bösen Blick, ehe ich in mein Zimmer ging. Ein Teil von mir befürchtete, dass Voror da war und die Fae ihn sehen könnten, aber der Raum war leer. Die große, weiß-goldene Eule war nirgends zu sehen.

»Benimm dich«, sagte Frima und steckte den Kopf durch die Tür. »Ich schicke Brynja zu dir hoch.«

»Wer hält um Mitternacht einen Ball ab?«, murmelte ich, während Brynja und ich über den Käse und das Brot auf dem Tablett hermachten, das sie mitgebracht hatte. Es hatte ein paar Versuche gebraucht, das Mädchen dazu zu bringen, das Essen mit mir zu teilen, aber schließlich hatte sie nachgegeben. Es war viel zu viel für eine Person, und wir warteten darauf, dass die Schneiderin das Kleid brachte, das ich tragen sollte.

»Wenn es früher gewesen wäre, hätten die Küche und die Schneider keine Zeit gehabt, alles vorzubereiten.« Brynja schauderte. »Freya stehe jedem bei, der nicht liefert, was die Königin verlangt.«

»Weißt du, in welchem Raum der Ball stattfinden wird?«, fragte ich und betete, dass es nicht in dem schrecklichen Thronsaal sein würde.

»In der Mitte des Palastes gibt es einen großen Hof, Mylady.«

»Draußen?« Hoffnung stieg in mir auf, obwohl ich mir nicht sicher war, warum. Es war nicht so, dass das Fehlen eines Dachs Freiheit bedeutete.

»Ja. Ich war noch nie dort, aber ich habe die anderen den ganzen Nachmittag lang darüber reden hören.«

Es klopfte an der Tür, und das Dienstmädchen sprang auf, um zu öffnen. Frima trat ein und hielt eine Menge schwarzen Stoff im Arm. »Dass dein Zimmer mit

Magie versiegelt werden muss, geht mir gegen den Strich«, sagte sie stirnrunzelnd. »Anscheinend muss ich jetzt Lieferungen machen.«

Brynja nahm ihr das Kleid ab. »Danke, Mylady«, sagte sie und verbeugte sich tief.

Kaum war sie weg, breitete das Mädchen das Kleid auf dem Bett aus. Ich starrte es an. »Du hast gesagt, dass die Schneiderin das heute gemacht hat?«

Brynja nickte. »Speziell für Euch.«

Ich atmete tief durch. »Ich hätte nie gedacht, dass ich jemals so etwas tragen würde.«

»Mal sehen, ob es passt«, sagte Brynja und klatschte in die Hände.

Es dauerte länger, als ich gedacht hatte, bis das Kleid, meine Haare und mein Make-up so saßen, wie Brynja es wollte. Ich vertraute ihr voll und ganz und sah mich erst im Spiegel an, als sie fertig war. Ich hatte Angst, dass ich die Nerven verlieren würde, wenn ich es vorher tat.

Hartnäckigkeit, Wortgewandtheit und die Fähigkeit, Menschen zu reizen, bis sie Fehler machten, waren meine Stärken. Das Tragen von Ballkleidern war weit von dem entfernt, womit ich klarkommen konnte.

»Also gut, ich glaube, das passt. Seid Ihr bereit, es zu sehen?«

Ich nickte. Das Kleid machte ein klimperndes Geräusch, als ich von dem Hocker aufstand, auf dem sie mir Vorors Feder ins Haar geflochten hatte.

Mit einem tiefen Atemzug blickte ich in den Ganzkörperspiegel hinter der Schranktür.

Freya hilf mir.

Ich sah aus wie … Nun, wenn da nicht mein kupferfarbenes Haar gewesen wäre, dann hätte ich wie einer von ihnen ausgesehen. Wie die Fae.

Das Kleid war aus schwarzem Samt und unglaublich freizügig. Der Ausschnitt reichte bis tief zwischen meine Brüste und endete erst an meinem Nabel. An den Schultern war der Stoff mit feinen, goldenen Ringen aufgerafft. Ich trug ein schwarzes Samthalsband, von dem ein feines Netz aus kunstvollem, goldfarbenem Metall hing und sich über meine nackte Haut spannte. Ein passender Gürtel aus glitzerndem Metall umschloss meine Hüften und endete in einem langen Schlitz, an dem der eng anliegende Rock begann.

Keines der Metalle war echtes Gold, aber sie hatten es so aussehen lassen.

Schwarz und Gold.

Eine *Goldgeberin*, die mit einem Schatten-Fae verlobt war.

Ich atmete noch einmal tief durch. Mein Haar sah unglaublich aus, kunstvoll um das verzauberte Stirnband geschlungen und mit Hunderten von kleinen Nadeln, und herausgezupften Strähnchen geschmückt. Das Puder auf meinen Wangen und Lippen ließ meine Augen noch grüner erscheinen, als sie waren.

»Wie findet Ihr es?«, fragte Brynja nervös.

»Du bist sehr talentiert«, sagte ich, unfähig, meinen Blick von der Frau im Spiegel abzuwenden.

Das war nicht ich. Ich konnte meine Gesichtszüge sehen, und das Spiegelbild bewegte sich zeitgleich mit mir, aber diese Frau ... sie war für mehr bestimmt, als ich es je gewesen war.

»Da ist auch ein Umhang. Passend zum Kleid.«

Ich zwang mich, mich dem Dienstmädchen zuzuwenden. »Ein Umhang?«

Sie ging zum Bett und hob einen schwarzen Stoffstreifen auf. Sie legte mir den Umhang um die Schultern und drehte mich vor dem Spiegel herum. Die Schulterpartien bestanden aus übereinanderliegenden, goldenen Schuppen, die kurzen Federn glichen. Die Rückseite des Umhangs hing tief, und der Stoff wurde von goldenen Ketten zusammengehalten, die direkt über meiner Rune lagen.

»Ihr seht aus wie eine Königin, Mylady«, hauchte Brynja.

»Eine Fae-Königin.«

Brynjas sah mich im Spiegel an, und ich konnte ihren Blick nicht richtig deuten. Bewunderung? Oder Angst.

Ich hatte erwartet, mich in einem so freizügigen Kleid unwohl zu fühlen, mich sogar weigern zu wollen, es zu tragen. Stattdessen kam es mir vor, als würde ich eine Rüstung tragen. Ich hatte keine Ahnung, warum sich fehlender Stoff stärker anfühlen konnte als Metall und Leder, aber zum ersten Mal in meinem Leben hatte ich das Gefühl, dass ich mir eine Art von Respekt verschaffen konnte.

Und ich brauchte hier Respekt. Ich brauchte Verbündete, und ich brauchte Informationen. Die Frau in dem ausgefallenen Kleid hatte sich nicht verändert, stellte ich fest. Ich berührte mein kupferfarbenes Haar. Sie würde immer noch ihr Leben geben, um ihre Freunde zu retten. Und sie würde alles riskieren, um eine Chance zu bekommen, frei zu sein.

Als es an der Tür klopfte, nahm ich an, dass es der Prinz sein würde, aber es war Ellisar, der draußen stand. »Wow. Du siehst aus wie eine Fae«, sagte er, bevor sein Blick zu meinem Haar wanderte. »Fast.«

»Ist das ein Kompliment?«

»Es spielt keine Rolle, was ich denke.« Er zuckte mit den Schultern. »Heute Abend bekommst du eine menschliche Eskorte, nur um die Gerüchteküche im Hof so richtig zum Brodeln zu bringen«, sagte er, bevor er mir seinen Arm anbot.

Seine Kriegsbemalung war präzise und seine Lederrüstung sauber geputzt. Er trug ein schwarzes Hemd, das eng an seiner massigen Brust anlag, und er roch nach Seife. »Wir sehen uns später, Brynja«, sagte ich über meine Schulter.

Ellisar schnaubte. »Kaum. Maz wird dich nicht allein in dein Zimmer zurückkehren lassen, wenn du so aussiehst.«

Ich funkelte ihn an. »Wie ich sehe, hast du dich ebenfalls herausgeputzt.«

Wir gingen den Korridor entlang zur Haupttreppe.

»Es ist ein Ball. Es wird Met und Wein serviert werden.«

»Und dafür musst du sauber sein?«

»Nun ja. Du sprichst mit einem Mann, der viel Erfahrung mit Bällen hat.«

Ich hob eine Augenbraue. »Klär mich auf.«

»Frauen und Wein sind eine tolle Kombination. Sie verlieren einen großen Teil ihrer Hemmungen. An einigen der besten Nächte meines Lebens waren mehr als eine Frau und viele Flaschen Wein beteiligt. Allerdings.« Er hielt einen Finger in die Höhe. »Ich habe festgestellt, dass die Frauen eher bereit sind, alles Mögliche auszuprobieren, wenn man ihn zuerst wäscht.«

Ich hob die Hand, um ihn davon abzuhalten, zu erklären, was er mit »ihn« meinte. »Ich bin mir nicht sicher, ob das die Art von Information ist, die ich brauche«, sagte ich.

»Oh, stimmt. Ähm ...« Er legte sich eine Hand ans Kinn und grübelte. »Leg dich nicht mit der Königin an«, sagte er schließlich. Wir waren auf halber Höhe der großen, zentralen Treppe, und ich konnte Stimmen und Geräusche in der Haupteingangshalle unter uns hören.

»Die Königin mag mich sowieso nicht.«

»Dann halte dich von der Königin fern. Oh, und trink nicht vom Fae-Wein. Es sei denn, du willst nach dem Aufwachen ein wirklich wundes ...«

»Genug von dieser Geschichte.« Frima kam die Treppe hoch gelaufen und blieb vor uns stehen. Sie betrachtete meine Aufmachung und neigte den Kopf. »Nicht schlecht.«

»Gleichfalls.« Sie trug ein schwarzes Kleid mit lila Verzierungen, ein enges Korsettoberteil und einen leicht fallenden, mit Spitze verzierten Rock.

»Maz wollte, dass ich dir das gebe.« Sie streckte ihre Hand aus. In ihrer Handfläche lag ein Ring.

Das Schmuckstück bestand aus einer silbernen Schlange, die einen schimmernden, roten Rubin in ihrem offenen Maul trug.

Ich hob ihn auf. Die Implikation des Rings überwältigte mich.

Ich war durch unzerbrechliche Magie an den Mann gebunden, der mich entführt hatte.

Ich würde niemals frei sein.

»Ich dachte, Frauen lieben Schmuck«, sagte Ellisar und runzelte die Stirn. »Warum siehst du so traurig aus?«

Frima verdrehte die Augen. »Frauen möchten sich ihren Ehemann selbst aussuchen können, *Verslingr*«, murmelte sie, dann sah sie mich an. »Du musst ihn tragen. Für den Ball.«

Ich steckte den Ring auf meinen Finger. Das Metall war kalt und hart und fühlte sich falsch an.

Ich würde einen Ausweg finden.

Ich musste.

KAPITEL 27

Als die Eingangshalle in Sicht kam, sah ich Ströme von Fae, die von leicht bekleideten, menschlichen Dienern nach drinnen geführt wurden. Ihre Kleider waren genauso auffällig und luxuriös wie die, welche ich im Goldhof gesehen hatte, aber dunkler im Ton und mit mehr Totenköpfen verziert.

Alle trugen Masken, fiel mir auf einmal auf, als wir die große, mit Teppich verkleidete Treppe hinabstiegen. Ich warf einen Blick auf Frima und Ellisar, die jetzt beide Masken in den Händen hielten. Frima hielt die Halbschädelmaske, die ich schon kannte, und Ellisar hatte eine einfache, schwarze Augenmaske.

»Warum habe ich keine Maske?«, zischte ich.

»Du und Maz steht im Zentrum, was durch das Fehlen von Masken demonstriert wird«, sagte Frima.

Als meine Füße die unterste Stufe berührten, bemerkte mich eine Frau in einem eng anliegenden Miederkleid und zeigte auf mich. Innerhalb von

Sekunden hatte die gesamte Halle, Fae und Menschens-klaven gleichermaßen, in ihren Bewegungen innege-halten und starrten mich an.

Für einen flüchtigen Moment wollte ich herum-fahren und zurück die Treppe nach oben laufen, aber ich beherrschte mich und zwang mich, mein Kinn zu heben.

Die Fae waren nicht besser als ich.

Sie waren grausam und oberflächlich, und das Einzige, was sie von den Menschen unterschied, waren ihre Macht und ihr Reichtum. *Und beides ermöglicht du ihnen mit deinen Stäben.* Ich verscheuchte die Stimme in meinem Kopf.

Ich würde sie nicht glauben lassen, sie seien besser als ich.

Mit so viel Selbstvertrauen, wie ich mustern konnte, schritt ich durch die Halle. Die Absätze der eleganten, schwarzen Schuhe, die ich bekommen hatte, klackten laut auf dem karierten Boden. Murmeln und gedämpftes Gelächter folgten mir den ganzen Weg bis zu den Türen, zu denen Ellisar mich führte. Sie waren in die Wand unter einem langen Balkon eingelassen und wurden von zwei tadellos gekleideten, menschlichen Männern flankiert.

Die Türen gingen auf, als wir sie erreichten, und meine Augen wurden groß.

Es war genau so, wie Brynja gesagt hatte. Ein Innenhof inmitten des Palastes.

Glatter, schwarzer Fels erhob sich zu allen Seiten, die Mauern der Türme und Dächer des Palastes ragten hoch in den offenen Himmel hinauf, wie die Spindeln, die ich in der Werkstatt gesehen hatte. Der Innenhof war groß und bot reichlich Platz für zweihundert Fae und Sklaven. Helle Lichter glitzerten auf Ketten, die zwischen den Wänden gespannt worden waren, und erst, als ich genauer hinsah, bemerkte ich, dass die Flammen in winzigen Totenköpfen brannten.

Der Geruch von gebratenem Fleisch und Süßem wehte heran, und die beruhigende Melodie einer Harfe lag in der Luft, obwohl ich keine Musiker sehen konnte. Die andere Seite des Hofes war mit Tischen gesäumt, die mit Platten bedeckt waren. Kleinere Steinsockel dienten als Tische, um die sich die Leute versammeln konnten. In der Mitte gab es eine offene Tanzfläche, und der Boden war im gleichen Schachbrettmuster gehalten wie in der Eingangshalle.

Eine dröhnende Stimme erscholl, und mein Herzschlag beschleunigte sich. »Ich präsentiere Euch Reyna Thorvald, die gebundene Verlobte von Prinz Mazrith Andask.«

Sowohl die Musik als auch das Geschwätz erstarben schlagartig, und alle Köpfe drehten sich zu mir um. Ellisar entfernte langsam seinen Arm von meinem, während sich Hunderte von maskierten Augenpaaren auf mich richteten und jeden Fingerbreit von mir unter die Lupe nahmen.

Ich musste jedes bisschen Mut zusammennehmen, um dort zu stehen und ihre prüfenden Blicke zu ertragen.

»*Gildi.*«

Ich drehte den Kopf in Richtung der Stimme.

Prinz Mazrith trat mit einem verwegenen Lächeln im

Gesicht aus der Menge hervor. Heute Abend war er voll und ganz ein Fae. Sein Haar war von seinem hübschen Gesicht aus nach hinten geflochten, und das flackernde Licht des Hofes verbarg die Narben und Stoppeln, von denen ich wusste, dass sie seine Haut zeichneten. Er trug ein schwarzes Hemd aus etwas, das wie Seide aussah, und es schmiegte sich so eng an seine muskulöse Brust, dass es mir schwerfiel, woanders hinzuschauen. Lederhosen und ein breiter Gürtel, an dem glänzende Waffen und sein Stab hingen, bekleideten seine untere Hälfte.

Seine wachen, blauen Augen wanderten an meinem Kleid auf und ab, und als ich den Ausdruck in seinen Augen sah, als er meinen Blick erwiderte, verspürte ich aufs Neue den Wunsch, mich umzudrehen und zu fliehen.

Der Mann sah aus, als wollte er mich lebendig verschlingen.

Ich schluckte schwer. Plötzlich war mir viel zu heiß in dem Kleid, das mich wie eine lüsterne Kriegerkönigin aussehen ließ.

Der Prinz hatte mich davor gewarnt.

Er würde mitspielen, um die Königin und den Hof zufriedenzustellen. Er würde so tun, als würde er mich begehren.

Aber verdammt, er war ein guter Schauspieler.

Verlangen dominierte sein Gesicht. Seine Augenlider schlossen sich langsam, und seine Zunge strich über seine Lippen.

»Fae des Schattenhofs!« Er drehte sich um und wandte sich den Gästen zu. Sie wichen sofort zur Seite, um der Königin einen besseren Blick auf ihren Stiefsohn zu ermöglichen. Sie stand neben Rangvald und zwei elegant gekleideten Fae und trug ein bodenlanges, schwarzes Kleid mit weiten Ärmeln und einem durchsichtigen Spitzenmieder, das bis über ihren Hals reichte. In die Mitte ihres Schlüsselbeins hing ein schwarzer Edelstein, der im Licht des Feuers glänzte. Ihr Haar umgab ihr Gesicht wie ein kunstvoller Wirbel aus schwarzen Locken, und anstelle einer Maske waren Diamanten über ihrer Stirn und ihren Wangen verteilt. Ihr Blick war auf mich gerichtet.

»Erlaubt mir, Euch ein höchst faszinierendes Geschöpf vorzustellen«, rief der Prinz. »Eine *Goldgeberin* vom Hof unserer Erzfeinde.«

Aufgeregtes Gemurmel erhob sich bei seinen Worten.

»In einer unerwarteten, aber sehr willkommenen Fügung des Schicksals, werden wir heiraten. Lasst mich Euch versichern, dass dies in keiner Weise die Vereinigung unserer Völker symbolisieren soll.« Jemand sagte etwas, das ich nicht verstand, und sein scharfer Blick wanderte zu einem Punkt in der Menge. »Mit Völker meine ich uns und die Gold-Fae. Nicht die Menschen.«

Ich tat mein Bestes, um meinen Gesichtsausdruck neutral zu halten. Mein Instinkt drängte mich dazu, jeder verfluchten Person in diesem Hof zu sagen, dass ich ein Mensch und stolz darauf war, aber ich hielt meine Lippen so fest zusammengepresst, als wären sie verleimt.

»Wie Ihr sehen könnt, ist dieses Mädchen kein gewöhnliches Wesen. Und ich habe vor, jede einzelne ihrer Qualitäten auszunutzen, während ich sie ihrem eigenen Hof vorenthalte.«

Jubel brach unter den versammelten Fae aus. Ich spürte, wie sich meine Augen verengten, und ich zwang mich, tief durchzuatmen.

Spiel einfach mit, Reyna. Er hat nicht um diesen Ball gebeten. All das ist das Werk der Königin.

Die Musik setzte wieder ein, eine heitere, erotische Melodie. Maskierte Paare begannen, auf der Tanzfläche herumzuwirbeln, und der Prinz stürmte auf mich zu.

Als ich nach links und rechts schaute, waren Frima und Ellisar verschwunden. Er packte mich an den Hüften und zog mich fest an seinen Körper.

»Jeder einzelne Mann hier will dich ficken«, knurrte er.

Ich erstarrte. »Wie bitte?«

Er lehnte sich zurück, seine Augen funkelten und sein Griff um meine Hüfte verstärkte sich. »Versuchst du, mir das Leben zur Qual zu machen?« Seine Lippen bewegten sich kaum, als er die Worte sprach, und aufgrund der Intensität seines Blicks hätte jeder, der zusah, geglaubt, dass er mich haben wollte.

Hier und jetzt.

»Das ist das Kleid, das Frima in mein Zimmer gebracht hat. Wie genau machen dir Männer, sie mich ficken wollen, das Leben zur Qual?« Ich versuchte, meinen Gesichtsausdruck anzüglich aussehen zu lassen, während ich die Worte zischte.

Licht glomm in seinen Augen auf, gefolgt von treibenden Schatten. »Ich muss dich für mich beanspruchen.«

Ich warf ihm einen finsteren Blick zu. »Ich bin an dich gebunden.« Ich hob mein Handgelenk, erinnerte mich dann an meinen entblößten Rücken und drehte ihm meine Schultern zu. »Siehst du meine Rune? Siehst du, was du mir angetan hast?« Ich drehte mich wieder um, meine Nervosität schlug in Wut um. »Was in Odins Namen musst du noch mit mir machen, um mich für dich zu beanspruchen?«

Er starrte mich einen Moment lang an, dann bleckte er knurrend die Zähne. »Lass uns tanzen.«

»Was?«

Er nahm meine Hand und zog mich grob an sich. »Wir tanzen.«

KAPITEL 28

Ich versuchte mich loszureißen, aber stattdessen fand ich mich in seinen Armen wieder, mit meinem Rücken an seiner Brust und seinem Arm fest um meine Taille geschlungen. Seine andere Hand hielt die meine hoch, unsere Finger verschlungen. Er machte einen energischen Schritt nach vorn, und wir begannen, zu tanzen.

Die Musik war langsam und sinnlich, und er führte mich sicher durch sämtliche Bewegungen. Ein Fae-Prinz wusste natürlich, wie man tanzte, aber der wilde Krieger, den ich in ihm sah, würde sich niemals so bewegen können, oder?

Er wirbelte mich mehrmals herum, und ich sah zu, wie er sich auf dem Absatz drehte, ohne meine Hand zu verlieren. Seine ungeheuerliche Größe hätte mich zum Stolpern bringen müssen, aber in seinen Armen waren meine Bewegungen perfekt ausbalanciert.

Ich konnte nicht tanzen.

Wann würde ein menschlicher Sklave die Gelegenheit bekommen, zu tanzen? Aber unsere Körper harmonierten miteinander, die schiere Nähe ... Ich konnte nicht anders, als mich in seinem Rhythmus zu bewegen. Er zog mich an seine Schulter, und ich blickte auf. Meine Augen wanderten über sein Gesicht, über die Wölbungen seiner Wangenknochen, seine vollen, üppigen Lippen und bis hin zu seinen wirbelnden, eisblauen Augen.

Ich musste mich davon losreißen. »Ist das Show genug für deine Gäste?«, stieß ich hervor und versuchte, meine Wut zu finden. Ich hoffte, sie würde mein wachsendes Verlangen nach dem Monster, das mich entführt hatte, überdecken.

»Noch nicht«, knurrte er und wirbelte mich auf die Tanzfläche. Für eine Sekunde wurde er von der Menge der tanzenden Fae verschlungen, dann tauchte er wieder auf, zog mich an sich und schlang einen starken Arm um meine Mitte.

Seiner Handfläche glitt über meine Hüfte und an meinem Oberschenkel hinunter.

Mein Atem stockte.

»Ich bin ein Mensch. Sie werden niemals glauben, dass du mich heiratest, weil du mich haben willst«, knurrte ich, grub meine Finger in seinen Arm und kämpfte gegen den Drang, mich an seinen warmen Körper zu schmiegen.

»Dann lass sie es glauben«, sagte er. Seine Lippen strichen über meine Wange und hinterließen eine Spur aus brennender Hitze, die jede Faser meines Körpers prickeln ließ.

Meine Reaktion versetzte mich in Panik.

»Ich hasse dich«, zischte ich und konzentrierte mich ganz darauf, das zu unterdrücken, was mein Körper mit mir anstellte.

»Dann zeig es ihnen. Warst nicht du es, die mich kürzlich an meinen eigenen Ruf erinnert hat? Der grausame Prinz, der ein Werkzeug des Goldhofs an sich bindet, nur um seinen Feind zu provozieren.« Seine Augen blitzten. »Ein Monster, das eine Frau, die ihn hasst, zwingt, ihn zu wollen.«

Brennende Wut durchströmte mich, und die Kontrolle über meinen Körper kehrte zurück. Ich wand mich von ihm weg, aber sein Griff um meine Hand war wie ein Schraubstock. »Du bist krank«, knurrte ich mit zusammengebissenen Zähnen.

»Und du bist eine Lügnerin.«

»Wie bitte?« Wieder drehte er mich herum, zog mich an sich und senkte den Kopf. Seine Lippen streiften mein Ohr.

»Sag mir, *Gildi*, was hast du in den wenigen Tagen hier bei mir gesehen?« Ich war nicht schnell genug, um zu antworten. »Habe ich dir je Grund gegeben, zu glauben, dass ich dich aus einem anderen Grund heirate, als um dein Leben zu schützen?«

Hitze durchströmte mich und machte es schwer, klar zu denken. Warum tat er mir das an?

»Du willst mich wegen der Statuen«, stotterte ich.

Er wollte mich wegen der Statuen. Es ging nur um die Statuen.

Wieder bewegte er sich und positionierte mich so,

dass mein Rücken an seiner Brust lag, dann legte er seine Hand auf meinen Bauch und presste mich gegen seinen Körper. »Spürst du das, *Gildi?*«

Ich keuchte.

Ich spürte es. Ihn. Hart und riesig und ohne jeden Zweifel.

Sein warmer Atem kitzelte meinen Hals, als er sich tief über mich beugte und mit seinen Lippen über meine nackte Schulter strich. »Ich will dich für so viel mehr als das, was du mit Gold tun kannst. Aber glaube, was auch immer du glauben willst.«

»Mazrith!« Ich hätte nicht gedacht, dass ich je erleichtert sein würde, die schrille Stimme der Königin zu hören. Ich erwartete, dass er mich loslassen würde, aber er zog mich nur noch fester an sich. Und gegen die unglaublich ablenkende Erektion, die in mein Kreuz drückte.

»Ich tanze mit meiner Verlobten«, sagte er, während sich die Menge in einem weiten Kreis um uns herum auflöste.

»Das kann ich sehen.« Sie ließ einen langen Blick an meinem Körper auf und ab wandern, und ich wünschte, meine Wangen würden nicht so sehr glühen. »Was für ein Kleid.«

Ich senkte den Kopf ein wenig, zu abgelenkt von der massiven Männlichkeit hinter mir, um mich daran zu erinnern, was ich sagen sollte.

Neben ihr hustete Rangvald. »Es steht dem Euren in nichts nach, meine Königin«, sagte er.

»Oh, richtig, nein«, sagte ich schnell. »Eures ist, ähm ... sehr königlich.«

Mazriths Griff verstärkte sich noch mehr, und ich stieß ein verlegenes Husten aus.

»Schluss mit dieser Farce«, zischte die Königin plötzlich und trat vor. Ihre schwarzen Zähne waren gebleckt, und in ihren Augen lag ein manisches Funkeln. »Du bist ein Mensch. Eine Sklavin. In dem ekelhaften Hof meiner Schwester geboren.«

Ich hatte kein Bedürfnis, den Goldhof zu verteidigen, aber mein Trotz trieb mich dazu, für meine Rasse einstehen zu wollen.

Mazrith antwortete, bevor ich es konnte. »Ich habe dir meine Gründe für diese Verlobung genannt, Stiefmutter«, sagte er so leise, dass niemand sonst es hören konnte. »Diese kleine Frau wird mir helfen, eine potenziell mächtige Waffe zu erschaffen. Und inzwischen bin ich von ihrer Einzigartigkeit angetan.« Mit einem federleichten Finger strich er über meine nackte Schulter, während er sprach. »Sie ist anders als jede Delikatesse, die ich je gekostet habe.«

Mein Magen verkrampfte sich bei seinen Worten. Von ihm gekostet zu werden wäre ...

»Ich vertraue dir nicht, Mazrith.« Ihr Ton war leicht, doch die Worte drohend. »Wenn du mir bis Ende dieser Woche nicht demonstrieren kannst, was dein Plan ist, will ich sie auf meinem Tisch haben.«

»Tisch?« Das Wort verließ wie von selbst meine Lippen, und ihr bösartiger Blick glitt über mein Gesicht.

»Ich glaube, dass Mazrith in dieser Hinsicht recht

hat, meine Liebe. Du wirst wie keine Delikatesse schmecken, die ich je gekostet habe.«

Ich wich instinktiv zurück und presste mich noch fester gegen die Brust des Prinzen.

»Danke für das Fest, Stiefmutter«, sagte der Prinz. Das Knurren, das ich unter seiner Kleidung spüren konnte, passte nicht zu seinen höflichen Worten.

Sie starrte ihn lange genug an, um mich wünschen zu lassen, ich wäre weit weg, dann drehte sie sich auf ihren übertrieben hohen Absätzen um und ging davon. Fae schlossen sich ihr an. Alle redeten durcheinander, reichten ihr Getränke und Teller mit Essen, von denen sie sich Häppchen aussuchte, während sie zur Tür ging.

»Geht sie?«

Der Prinz hob meine schwitzige Hand und drehte mich mit einem Ruck zu sich um.

Ich tat mein Bestes, um ein steinernes Gesicht aufzusetzen, scheiterte aber.

Er war umwerfend. Das Licht kontrastierte jeden Schatten, hob die blassen, weißen Narben hervor und betonte die Perfektion seiner Züge.

Ein Fae und ein Krieger.

Ein wunderschönes Monster.

»Du hältst mich für den Schurken deiner Geschichte, doch du täuschst dich.« Ich beobachtete, wie sich seine Lippen bewegten, als er sprach.

»Wenn sie der Schurke ist, was bist dann du?«

Er spreizte seine Finger an meinem Rücken und ließ mich im Takt der Musik nach hinten kippen.

Sein Kopf beugte sich tief über mich, und verweilte

verlockend nah an meinem.

»Ich bin kein Held.« Sein Atem strich über meine Lippen, sein Mund kaum eine Handbreit von meinem entfernt.

»Ich brauche keinen Helden.«

»Was brauchst du, *Gildi*?«

»Warum sollte ich dir das sagen?« Meine Worte waren ein Keuchen.

Er zog mich wieder hoch und wirbelte mich herum, dann packte er meinen Oberschenkel und hob mein Bein an. Instinktiv schlang ich meine Wade um seinen massiven Oberschenkel. Mein Schritt wurde gegen seine soliden Muskeln gepresst, und das Verlangen, mich an ihm zu reiben, war so stark, dass ich am liebsten weggerannt wäre.

»Weil ich die erste Person in deinem Leben bin, die dich nicht zu Tode langweilt«, raunte er und sah mir in die Augen. »Halt deine verlogene Zunge im Zaum. Ich weiß, dass es stimmt. Ich sehe es in deinen Augen. Du wurdest für mehr geboren, als dein Leben zugelassen hat, und du weißt es.«

Angst vermischte sich mit der Erregung, die er in mir auslöste.

War er in meinen Kopf eingedrungen?

Nein. Er benutzte eine Rhetorik, die er wahrscheinlich bei allen Frauen anwandte, eine geschickte Kombination aus Sätzen, die *ihn* wie etwas Besonderes erscheinen ließ. Nicht mich.

Aber verdammt, er hatte recht.

Ich hatte immer gewusst, dass ich mein Leben nicht

in dieser Werkstatt verbringen sollte. Ich hatte nie wirklich hineingepasst.

Reyna, das ist offensichtlich. Du bist eine Sklavin mit einer Haarfarbe, die niemand sonst hat! Ich schimpfte mit mir selbst, während sich sein Blick in meinen bohrte.

»Und du? Was willst du?«

»Im Moment? Dich.«

Seine Hand glitt an meinem Bein herunter, während die andere an meinem Hals nach oben wanderte. »Ich dachte, wir spielen das Spiel deiner Stiefmutter?«

»Nicht mehr. Sie hat uns ein Ultimatum gestellt, erinnerst du dich?«

Ich versuchte, mein Bein wegzuziehen, aber seine riesigen Hände legten sich fest darum.

»Lass mich los.«

Sein Griff löste sich sofort. Ich trat zurück, und wie aus dem Nichts tauchte ein Mann auf, der in nichts als einem winzigen Streifen Stoff gekleidet war. Er hielt ein Tablett, das mit Gläsern beladen war, und ich schnappte mir eines davon. Das Getränkt enthielt glitzernde Bläschen.

Als ich ihn wieder ansah, waren die Augen des Prinzen voller Verlangen.

Verlangen, das nicht gespielt war.

»Ich werde gegen dich kämpfen«, flüsterte ich.

»Und ich werde warten.«

»Worauf?«

»Dieser Wein ist gefährlich für Menschen.«

Ich warf einen Blick auf mein Glas, und als ich wieder aufblickte, war er verschwunden.

KAPITEL 29

Einen Moment lang war alles, was ich fühlte, Panik darüber, allein gelassen zu werden. Wo auch immer ich hinschaute, waren alle Augen auf mich gerichtet. Ich begann, mich von der Tanzfläche zu entfernen und steuerte auf einen düsteren Ort in der Nähe der Wand zu, wo ich hoffentlich unbemerkt bleiben würde. Ich musste herausfinden, was in Odins Namen mit mir los war.

»Mylady«, erklang Rangvalds leise Stimme, und sanfte Finger berührten mich am Arm.

Widerwillig drehte ich mich um. »Guten Abend.«

Er beäugte mein Glas. »Wisst ihr, Fae-Wein ist ein bisschen stark für Menschen.«

Trotz verdrängte meinen gesunden Menschenverstand. Ich hob das Glas an meine Lippen und nahm einen großen Schluck. Es schmeckte nach Erdbeere, ein Genuss, den ich bisher nur einmal gehabt hatte.

»Lecker«, sagte ich, richtete meine Augen auf Rangvald und versuchte, so abweisend auszusehen wie möglich.

»Darf ich um diesen Tanz bitten?« Er streckte eine Hand aus. Keine Narben oder Schwielen, dazu perfekt manikürte Nägel. Dieser Mann war kein Kämpfer.

Ich wollte nicht mit ihm tanzen. »Eigentlich wollte ich …«

Er unterbrach mich. »Ein Tanz, Mylady. Glaubt mir, es wird sich lohnen.«

Ich runzelte die Stirn. »Sich lohnen?«

Wieder bot er mir seine Hand an, und schließlich ergriff ich sie zögernd. Er trat nah an mich heran und legte seine andere Hand an meine Hüfte. Ich legte meine eigene darüber und schob sie bis zu meiner Taille hoch.

Noch immer ruhten Hunderte von Augen auf mir, und zwischen den sanften Tönen der Klaviermusik war ein anhaltendes Murmeln zu hören.

»Mylady, da gibt es etwas, was Ihr wissen solltet.«

Sein warmer Atem traf auf meine Wange und ich zwang mich, mich nicht zurückzuziehen. Irgendetwas an diesem Mann ließ meine Haut unbehaglich kribbeln. Er war nicht so grausam wie Lord Orm oder wahnsinnig wie die Königin, trotzdem störte mich etwas an ihm.

»Wahrscheinlich gibt es eine Menge Dinge, die ich wissen sollte, Rangvald«, sagte ich so höflich wie möglich.

Er gab ein leises Glucksen von sich, als er mich langsam im Kreis herumbewegte. »Fangen wir mit dem an, was Ihr schon wisst. Die Königin wünscht Euch den Tod.«

»Ja, ich denke, das ist offensichtlich.«

»Ihr seid kein gewöhnlicher Mensch.«

»Ich bin eine Runenträgerin«, sagte ich langsam.

»Lasst es mich anders formulieren. Ihr seid keine gewöhnliche Runenträgerin.«

Mein Herz machte einen Sprung. »Warum sagt Ihr das?«

Seine dunklen Augen funkelten. »Sehr euch euer Haar an. Es ist höchst ungewöhnlich.«

Ich atmete diskret aus. »In der Tat.«

»Was will der Prinz wirklich von Euch?«

Ah. Hier war der wahre Grund, warum er mit mir sprechen wollte. *Spiel einfach mit, Reyna.* »Ihr habt ihn gehört. Um dem Goldhof zu zeigen, dass er etwas von ihrem wertvollsten Besitz gestohlen hat. Und wie es scheint, ist er auch von meinem Haar angetan.«

Der Fae lächelte mich an, doch es wirkte kalt und aufgesetzt. »Die Königin hat ein Problem.« Seine Stimme war so leise geworden, dass ich sie kaum mehr hören konnte. »Ihr Appetit ist sowohl unersättlich als auch unberechenbar.«

»Nun, sie muss einen Weg finden, ihn ohne mich zufriedenzustellen. Ihr habt den Prinzen gehört.«

»Ich beziehe mich nicht auf Euch. Es gibt einen Grund, warum wir nur noch zwei Schattenspinner am Hof haben.«

Meine Brauen zogen sich zusammen. »Sie ... sie hat Eure Runenträger getötet?«

Sein Gesichtsausdruck blieb steinern, als wir unseren Tanz fortsetzten. »Nicht absichtlich. Aber Mylady, ich muss es wissen. Hat der Prinz einen Weg gefunden, uns zu helfen?« Seine Augen huschten zu der schwarzen Rune auf meiner Hand, und auf einmal begriff ich.

Er glaubte, der Prinz wolle mich in eine *Schattenspinnerin* verwandeln.

Meine Gedanken rasten. Rangvald war der engste Verbündete der Königin. Würde die Tatsache, dass er glaubte, ich würde ihrem Hof von Nutzen sein, meine Chancen verbessern, den »unersättlichen und unberechenbaren Appetit« der Königin zu überleben?

»Ich kann Euch nicht sagen, woran der Prinz arbeitet«, sagte ich ausweichend.

Rangvalds Augen blitzten. »Aber er arbeitet an etwas?«

»Das ist ein Gespräch, das Ihr mit ihm führen solltet.«

»Das werde ich, Mylady. Danke.« Er senkte den Kopf, dann richtete er seinen Blick auf etwas hinter mir. »Und danke für den Tanz. Wie es scheint, werde ich von Ihrer Hoheit gebraucht.«

Ich drehte mich um und sah zu, wie er auf die Königin zuschritt, die auf der anderen Seite des Innenhofs stand. Vor ihr stand eine gebeugte Frau.

Ich wandte mich ab, bevor ich mehr sehen konnte, und nahm einen weiteren Schluck des köstlichen Erdbeerweins.

»Du weißt, dass du mit Fae-Wein vorsichtig sein solltest.« Vorors Stimme erklang in meinem Kopf und brachte mich zum Lächeln. Wenigstens hatte ich einen echten Verbündeten.

Ich blickte verstohlen nach oben und suchte nach der Eule, konnte aber nichts sehen.

»Ich bin ein Meister der Tarnung. Du wirst mich nicht entdecken.«

Unfähig, zu antworten, sah ich seine Worte als eine Herausforderung. Ich ging zu einer leeren Stelle am Rand des Hofes und lehnte mich gegen den glatten, dunklen Stein. Unter dem Vorwand, die tanzenden Lichter und funkelnden Fenster der aufragenden Türme zu genießen, suchte ich die Wände nach Spuren der weißen Eule ab.

Nach einer Weile glaubte ich, auf einem dunklen Fenstersims in dreißig Fuß Höhe ein schemenhaftes, weißes Flattern zu sehen. Ich grinste.

»Du hast mich nur gefunden, weil ich dir einen Hinweis gegeben habe. Ich hatte Mitleid mit deinen erbärmlichen Menschenaugen.«

Ich schüttelte den Kopf, verdrehte meine *erbärmlichen Menschenaugen* und wünschte mir, ich könnte etwas erwidern.

»Mazrith ist etwas früher gegangen.« Frima kam mit flatterndem Rock auf mich zu. »Er sagte, du solltest dich etwas ausruhen, da ihr morgen den ganzen Tag arbeiten werdet.«

»Gerne«, sagte ich.

Sie sah auf mein Glas. »Du wirst gut schlafen, wenn du damit fertig bist. Odin weiß, was für Träume du haben wirst.«

»Albträume?«, fragte ich und ärgerte mich darüber, dass meine Worte unsicher und ängstlich klangen.

Frima lächelte. »Oh nein. Fae-Wein ist ein Aphrodisiakum.« Sie deutete mit dem Daumen über ihre Schulter zurück auf den überfüllten Innenhof. »Der größte Teil des Hofes wird bis zum Morgengrauen durchficken.«

»Oh.« Ich spürte, wie mir die Röte in die Wangen stieg.

Frima legte den Kopf schief. »Mit einem vorlauten Mund wie deinem hätte ich dich nicht für so verklemmt gehalten.«

»Ich bin nicht verklemmt«, sagte ich kopfschüttelnd. »Ich habe einfach nicht das Bedürfnis, darüber zu reden.«

»Klar. Du hast mit einem alten Mann und einem Mädchen zusammengelebt, das du wie ein Kind behandelst«, sagte sie und nickte. »Deshalb willst du nicht darüber reden.«

Wieder schüttelte ich den Kopf. »Können wir gehen?«

»Sicher. Nimmst du den Wein mit?«

Ich folgte Frima durch den Hof und war mir all der Augen bewusst, die auf mich gerichtet waren. Ich straffte meine Haltung, hielt mein Kinn hoch und ließ das Kleid die Wirkung entfalten, für die es gemacht worden war.

Ich fragte mich, ob die Schneiderin es entworfen hatte, oder ob ihr jemand gesagt hatte, was sie kreieren sollte. Seiner Reaktion zufolge war es nicht Mazrith gewesen.

Unser Gespräch kreiste immer wieder in meinem

Kopf herum, doch die Intensität des Tanzes machte es mir schwer, mich an alle Details zu erinnern.

»Ich bin kein Held.«

Das hatte er gesagt.

Ich wusste es. Natürlich wusste ich es. Aber war es wirklich möglich, dass er nicht der Schurke war?

Bereits nach den wenigen Tagen im Schattenhof wusste ich, dass er sich stark von seiner Stiefmutter unterschied.

Aber reichten ein paar Tage aus, um jahrzehntelange Gerüchte zu widerlegen? Die Geschichten gesagten, er habe seine Feinde dazu gezwungen, ihre eigenen Familien zu töten und dann zwischen ihren Leichen zu verrotten. Unzählige Menschen und feindliche Fae waren durch seine Hand gestorben. Er hatte mich entführt und hatte gedroht, Kara die Kehle durchzuschneiden.

In welcher Welt wäre er nicht der Schurke?

Wir gingen die Treppe hinauf, und ich versuchte, auf unseren Weg zu achten. Nicht, dass ich damit gerechnet hätte, eine weitere Chance zur Flucht zu bekommen, aber es konnte nicht schaden, vorbereitet zu sein.

»Wie spät ist es?«, fragte ich Frima.

»Zwei Stunden nach Mitternacht. Maz hat darum gebeten, dass du dein Frühstück um sieben bekommst.«

Ich stöhnte. Ich hatte gerade einmal fünf Stunden Zeit, um etwas Schlaf zu bekommen, und mein Kopf fühlte sich an, als würden hundert laute, gierige Hunde darin wüten würden.

Frima kicherte. »Trink den Rest des Weins. Du bist ein Mensch, das wird dich umhauen.«

»Glaubst du, ich möchte an diesem Ort so verwundbar sein?«

Sie warf mir einen Blick zu. »Dein Zimmer ist magisch verschlossen. Und wenn Maz dich besuchen wollen würde, würde er haben wollen, dass du wach bist.«

»Ich werde gegen dich kämpfen.«

»Und ich werde warten.«

Die Worte kehrten in meine Erinnerung zurück. Er hatte sie ausgesprochen, nachdem er mich in dem Moment losgelassen hatte, als ich ihn darum gebeten hatte.

Bei Odin, der Prinz war fast so verwirrend wie diese höllischen Statuen.

Wir erreichten das Rabenzimmer, und Frima blieb an der Tür stehen. »Alle Sklaven sind beim Ball beschäftigt, also kein Dienstmädchen.«

»Gut«, sagte ich, denn ich wollte unbedingt allein sein. Es war mir egal, dass Brynja nicht da war. Ich zog den Rubinring von meinem Finger und legte ihn auf den Nachttisch. Es war eine Erleichterung, ihn abzulegen.

Frima blickte demonstrativ auf mein Kleid. »Brauchst du, ähm, Hilfe, um aus dem Ding herauszukommen?« Meine Augen verengten sich misstrauisch, und sie stemmte eine Hand in die Hüfte und verdrehte die Augen. »Schau, ich verstehe es.«

»Du verstehst was?«

»In deiner Situation würde ich mich wahrscheinlich genauso verhalten wie du.«

Ich sagte nichts, denn ich war nicht bereit, ihr zu vertrauen.

»Ich bin viel älter als du, Reyna.« Ihre Stimme wurde weicher. »Ich verstehe etwas von Liebe. Und Hass.«

Ich brauchte keine Ratschläge von ihr. Da war bereits genug in meinem Kopf, was ich verarbeiten musste, und ich glaubte keine Sekunde lang, dass sie je meine Verbündete sein könnte. Sie stand dem Prinzen zu nahe. »Ich bin müde.«

»Und zweifellos wütend und verwirrt.«

»Das wird nicht funktionieren«, sagte ich.

Sie nahm ihre Augenmaske ab. »Was denkst du, was ich versuche, zu tun?«

»Ich bin mir nicht sicher. Entweder willst du herausfinden, was Maz mit mir vorhat, weil er es dir nicht verraten will, oder du willst dich auf eure Seite bekommen, damit ich leichter zu kontrollieren bin.«

Zu meiner Überraschung lächelte sie. »Vielleicht ist Maz gar nicht so verrückt, wie ich dachte.«

»Also habe ich recht?«

»Nein. Ich wollte dir nur anbieten, den Kragen dieses Kleids für dich zu öffnen. Nicht mehr, nicht weniger.«

»Unsinn.«

»Wie du willst.« Sie zuckte mit den Schultern, trat hinaus in den Korridor und schloss die Tür hinter sich.

KAPITEL 30

Nie im Leben hätte ich Frima gegenüber zugegeben, wie lange es gedauert hatte, wieder aus dem Kleid herauszukommen.

Jedes Schimpfwort, das ich je gelernt hatte, kam über meine Lippen, während ich mit dem schweren Samt und der komplizierten, goldenen Spitze kämpfte. Die winzigen Haken am Kragen reichten aus, um mich in Rage zu versetzen, und als mir klar wurde, dass ich auch noch Dutzende von Nadeln aus meinem Haar entfernen musste, hatte ich die Nase voll.

Ich nahm das Glas mit Fae-Wein und trank es aus.

Mir blieben nur wenige Stunden Schlaf, und mein Kopf, mein Herz und mein Körper kribbelten vor Energie. Ich hatte keine Ahnung, ob ich überhaupt Ruhe finden würde.

Ich war mir ziemlich sicher, dass der Prinz mich nicht

benutzen würde, während ich schlief. Und ich glaubte, dass Frima recht damit hatte, dass mein Zimmer sicher war. Ich stand unter dem Schutz des Prinzen, und die Tür war mit Magie verschlossen, von der ich annahm, dass nur seine Krieger sie durchbrechen konnten.

Wenn ich die Chance bekommen konnte, durchzuschlafen, würde ich sie nutzen.

Es dauerte nicht lange, bis eine angenehme Schwere meine Sinne zu vernebeln begann, und innerhalb von zehn Minuten durchkämmte ich wie in Trance mein Haar, um nach Haaradeln zu suchen.

Als ich sicher war, dass ich sie alle gefunden hatte, zog ich das lange Nachtgewand an und kletterte in das übertrieben große Bett.

Mein Verstand war wundervoll träge, und so schlief ich in Sekunden ein.

Ich lag auf einem Steintisch, die Oberfläche unter meiner Haut fühlte sich kühl und glatt an. Auf einmal wurde mir klar, dass ich vollkommen nackt war. Kein bisschen Stoff bedeckte meinen Körper.

Ich stützte mich auf die Ellbogen und blinzelte, dann runzelte ich die Stirn, als mir klar wurde, wo ich mich befand.

Ich war im Inneren von *Yggdrasils* Stamm.

Nach den Tagen in der Dunkelheit des Schattenhofs waren das sanfte Plätschern des Wassers und der helle, warme Lichtschein herrlich, und ein Lächeln umspielte meine Lippen.

»Du solltest mehr lächeln, *Gildi*.«

Meine Augen richteten sich auf das Ende des Tisches. Dort stand Prinz Mazrith, und ich sog scharf die Luft ein.

Er trug kein Hemd und sah umwerfend aus.

Sein Körper war ein wahres Kunstwerk, hart und muskulös und mit dunklem Haar gezeichnet. Seine klar definierten Bauchmuskeln und die breiten, kräftigen Schultern waren mit Runen-Tätowierungen bedeckt. Riesige, muskelbepackte Arme hingen an seiner Seite, und seine Hände waren zu Fäusten geballt. Sein Haar fiel ihm offen über die Schultern, und seine leuchtenden Augen funkelten, als er auf mich herunterblickte.

Auf alles von mir.

Ich presste meine Schenkel zusammen und spürte, wie mein Körper heiß wurde.

Er stieß ein knurrendes, kehliges Geräusch aus.

»Weißt du, was *Gildi* bedeutet?«

Ich schüttelte den Kopf.

»Es bedeutet Festmahl. Du, meine Verlobte, bist mein Festmahl.«

Und er sah wirklich aus, als wollte er mich verschlingen. Seine Augen wanderten über jeden Fingerbreit meiner Haut.

Ich rutschte über den Steintisch von ihm weg.

»Das ist nur ein Traum.« Als die Worte über meine Lippen kamen, hielt ich inne und dachte darüber nach.

Es war nur ein Traum. Ein surreales Gefühl von Bewusstsein überkam mich, als ich mich umsah und erst meine Umgebung, dann den halb nackten Fae-Prinzen wahrnahm.

»Das ist ein Traum«, sagte ich noch einmal, diesmal lauter. Ich akzeptierte es.

Mazriths Lächeln wurde verwegen. »Dann kann es nicht schaden, mich mit dir machen zu lassen, was ich will.«

Ich schüttelte den Kopf. »Ich werde nicht zulassen, dass du mich berührst.«

Seine Augen wanderten über meinen nackten Körper. Wieder gab er dieses knurrende Geräusch von sich, das tief aus seiner Kehle drang. »Wirst du doch.«

»Nein.«

Sein Blick wanderte von meinen Brüsten zu meinen Augen. »Wenn ich schwöre, dich nicht zu berühren, wirst du dir dann gestatten, dich an diesem Traum zu erfreuen?«

Ich verengte die Augen.

Fae konnte nicht in Träume eindringen.

Oder?

Nein, sagte ich mir. Ich war gewarnt worden, dass der Fae-Wein sexuelle Träume auslösen würde, also musste es genau das sein, was hier passierte.

Das alles war nur in meinem Kopf.

Neugierde überkam mich, und ich entspannte mich ein wenig. »Was könntest du schon tun, ohne mich zu berühren?«

Langsam hob er eine Hand, und wie aus dem Nichts erschien sein Stab darin.

Eindeutig ein Traum. Fae konnte ihre Stäbe nicht einfach herbeizaubern.

Ein Schatten löste sich von der Spitze des Stabs, und Mazrith strich sich mit der Zunge über seine vollen Lippen. Seine Augen verdunkelten sich.

»Was ... was hast du vor?«

»Ich werde dich nicht berühren«, erwiderte er. Der Schatten schwebte auf mich zu und strich über meine zusammengepressten Knie. »Aber ich werde dich dazu bringen, darum zu betteln.«

»Ich werde nicht betteln.«

»Das wirst du.«

Der Schatten presste gegen meine Knie, und ich schnappte nach Luft, als er meine Haut berührte. Er war so kalt. Er glitt über meine nackten Beine und Hüften und überzog meinen Körper mit einer prickelnden Gänsehaut.

»Werde ich nicht.«

»Du wirst um mehr als meine Berührung betteln«, knurrte er. Ein Stöhnen entkam meinen Lippen, als der Schatten meinen Bauch hinaufkroch, und die Kälte ließ meine Brustwarzen hart werden. Er floss um sie herum und sandte Schauer durch meinen Unterleib.

»Ich werde dich um gar nichts bitten«, zischte ich und richtete meinen Blick auf ihn. Seine Augen waren voller Verlangen. Begierde.

»Ich werde dir zeigen, worum du mich bitten wirst.« Bei seinen Worten verschwand seine Hose.

Freya stehe mir bei, alles um mich herum verblasste.

Ich konnte meine Augen nicht von dem abwenden, was sich zwischen seinen Beinen befand.

Er war so groß. Sein glänzender, dicker Schaft ragte riesig und hart an seinem Bauch empor.

»Auf keinen Fall.« Meine Stimme war schwach und atemlos. Der Schatten kreiste um meine Brustwarzen und schickte ein lustvolles Kribbeln durch meinen Körper. Mazrith stöhnte, umfasste seinen Schwanz mit einer Hand und bewegte sie langsam auf und ab.

Hitze überflutete meinen Unterleib, und ich biss mir fest auf die Lippe.

Es ist nur ein Traum. Es ist nur ein Traum.

Der Schatten strich über meinen Bauch und erreichte meine Knie. Langsam presste er sie auseinander.

Es ist nur ein Traum.

Ich gab nach, ließ meine Knie fallen und entblößte mich vor dem Prinzen.

Sein Griff verstärkte sich, als sein Blick auf mich fiel.

»Du bist wunderschön«, knurrte er. »Und du willst mich.«

Er musste gesehen haben, wie nass ich war. Ich wimmerte, als der Schatten immer näher an mein Lustzentrum herankroch und eisige, lustvoll kribbelnde Spuren auf den Innenseiten meiner Schenkel hinterließ.

»Ich werde nicht betteln«, stieß ich hervor, immer noch unfähig, den Blick von seiner Hand zu lösen, die langsam und bewusst seinen riesigen Schwanz rieb.

Der Schatten presste gegen meine Nässe, und ich schrie auf. Meine Hüften zuckten.

Er war so kalt, und mir war so heiß.

Der Schatten wanderte weiter, wand sich um meine empfindlichen Bereiche und begann, sie zu erkunden. Ich schloss die Augen, als ich von Lust überwältigt wurde. Ein Stöhnen kam über meine Lippen, als der Schatten um meine Klitoris tanzte, und heiße Funken brennender Erregung explodierten in meinem Leib.

»Du wirst mich bitten, dich auszufüllen.«

Mein Atem wurde schwerer, die Kälte intensiver, ein lustvoller Kontrast zu meinem brennenden Unterleib.

Ich bewegte meine Hüften und sehnte mich nach mehr.

»Du wirst mich bitten, dich zum Schreien zu bringen.«

Mein Körper brannte. Ich war so heiß, so nass. Die Kälte des Schattens war das einzige, was mir etwas Linderung verschaffen konnte.

»Eines Tages«, knurrte Mazrith. »Eines Tages wirst du um meinen Schwanz betteln. Du wirst darum betteln, dass ich dich ficke, und ich werde dich nehmen und dich mein machen.«

Jedes Wort, das er sprach, schien meine Erregung noch zu schüren, und der Druck in meinem Inneren wuchs. Ich stöhnte und schob meine Hüften nach vorn, presste mich gegen den Schatten.

»Sieh mich an«, knurrte Mazrith. Ich öffnete die Augen und sah, wie sich seine Hand hart und schnell an seinen massiven Schwanz auf und ab bewegte. Brennendes Verlangen stand auf seinem Gesicht.

Ich konnte meinen Blick nicht von ihm abwenden. Der Schatten rieb über meinen Kitzler, und die Lust in meinem Inneren baute zu einem feurigen Crescendo auf. Ich bekam kaum noch Luft und war unfähig, zu sprechen.

Es war zu viel. Die Hitze, die Erregung, sein Anblick. Es war alles zu viel.

Mit einem Schrei kam ich.

Jeder Muskel in meinem Körper verkrampfte sich, und meine Hüften zuckten immer wieder nach vorn. Ich fühlte mich, als würde ich schweben. Meine Sicht war strahlend weiß, und mein gesamter Körper prickelte. Lustvolle Empfindungen durchströmten mich von Kopf bis Fuß und ließen alles in einem intensiven Gefühl von Glück erstrahlen. Mazrith stöhnte. Seine Hand rieb noch immer seinen Schwanz, dann lehnte er sich zurück und schloss die Augen. Sein Glied zuckte, und eine dicke Perle mit Samen ergoss sich über seine Hand, dann noch eine und noch eine.

Ich schluckte hart. Mein Körper schmerzte, und mein Innerstes pochte noch immer vor Lust, während ich mich an seinem Anblick ergötzte.

Ein lautes Knallen drang durch die Nebel meines Traums.

»Was zum ...«

Mazriths Augen fanden meine. »Zeit, aufzuwachen, *Gildi*.«

KAPITEL 31

Mit einem Ruck setzte ich mich im Bett auf. Mein Herz hämmerte, mein Gesicht glühte und mein gesamter Körper kribbelte.

»Zieh dich an, Reyna«, rief Frima durch die Tür.

Ich antwortete nicht und blicke verwirrt im Raum umher. Ein warmes Gefühl pulsierte durch meinen Unterleib.

Es war ein Traum gewesen. Nur ein Traum. Prüfend strich ich mit den Händen über meinen Körper. Ich trug noch immer mein Nachtgewand, und ich lag allein im Bett.

Es war nur ein Traum gewesen.

Mein Traum.

Ich holte tief Luft. Nie hätte ich geahnt, dass mein Gehirn in der Lage war, etwas so ... *Schmutziges* hervorzubringen. Fühlte ich mich von seinen Schatten angezogen? Wo in Odins Namen war diese Idee hergekommen?

Seine gierigen Augen, sein riesiger Schwanz, seine

lustvollen Versprechungen kehrten in meine Erinnerungen zurück, und neues Verlangen durchströmte meinen Körper.

Ich wollte nie um etwas betteln, aber als er auf diese Weise mit mir gesprochen hatte ... hatte ich nichts mehr gewollt als genau das zu tun.

Die Tür klickte und schwang auf. Ich quietschte vor Überraschung, packte das Laken und zog es schützend bis zu meinem Kinn hoch. Frima trat ins Zimmer. Sie war in Lederrüstung gekleidet, und ihre Lippen verzogen sich zu einem schiefen Lächeln, als sie zwischen mir und dem leeren Weinglas hin und her sah.

»Wasch dich und zieh dich an. Brynja kann dir dein Frühstück nicht aufs Zimmer bringen. Ich werde dich nach unten bringen.«

»Zur Königin?«, krächzte ich.

»Nein.« Ihr Lächeln wurde sanfter. »Zu Lhoris und Kara in den Sklavenquartieren. Eine freundliche Geste des Prinzen.«

Ich blinzelte sie an. »Wirklich?«

»Wirklich. Ich warte draußen.«

Kaum war sie weg, krabbelte ich aus dem Bett und versuchte, meinen surrealen Traum abzuschütteln und in die Realität zurückzukehren.

Der Prinz ließ mich meine Freunde sehen. Und es gab nichts, was ich mir mehr wünschte. Außer vielleicht ein kaltes Bad.

Ich funkelte das leere Weinglas an, als ich ins Badezimmer huschte. Ich wusch mich in kaltem Wasser und versuchte, die Erregung, die der Traum in mir ausgelöst hatte, zu ersticken. Als die Schwere meines Schlafs langsam verebbte, ließen auch die Empfindungen nach, die durch meinen Körper pulsierten. Ich zwang mich, mir den Prinzen angezogen vorzustellen, unter mehreren Schichten aus Hemden, Mäntel und Pelzen.

Er hatte mich entführt und gedroht, meine Freunde zu töten.

Ich wollte ihn nicht nackt sehen. Genauso wenig wollte ich seine Schatten auf meinem Körper spüren. Ich würde ihn um nichts bitten.

Heute war er nur nett zu mir, weil er wollte, dass ich für ihn arbeitete. Er war nicht dumm. Der beste Weg, mich zur Zusammenarbeit zu bewegen, war durch meine Freunde. Das wusste er.

Aber das minderte nicht meine Freude, sie wiedersehen zu können. Darauf musste ich mich konzentrieren.

Eilig verließ ich das Badezimmer. Ich hatte saubere Hemden und eine Hose in meiner Tasche und schob meine Hand unter das Kissen, um sie hervorzuholen. Aber da war nichts. Ich zog alles vom Bett und suchte hektisch, aber die Tasche war weg.

Ich stieß ein wütendes Knurren aus. Der Stab in dieser Tasche war ein Vermögen wert, und in den Händen eines Gold-Fae war er eine mächtige Waffe.

Könnte jemand gewusst haben, dass ich ihn in den Palast geschmuggelt hatte?

Ich trat gegen den Bettpfosten. Der Stab war meine einzige Geldquelle gewesen. Mein Ass im Ärmel. Und jetzt war er weg.

Ich fluchte leise und ging zum Kleiderschrank, um die Kleidung herauszuholen, in der ich angekommen war. Als ich sie hervorzog, war ich überrascht, dass sie nach Kalkpuder und Zitronen roch. Sie war gereinigt worden, vermutlich von Brynja.

Das Dienstmädchen hat Zugang zu meinem Zimmer, dachte ich und zog die Hose an. Wer noch? Alle Krieger und der Prinz. Ich versuchte, mich zu erinnern, wann ich das letzte Mal nachgesehen hatte, ob die Tasche noch da war. Bevor ich mit dem Prinzen zu den Statuen gegangen war. Das war das letzte Mal, dass ich sie gesehen hatte. Aber nachdem ich das Zimmer verlassen hatte, war er die ganze Zeit mit mir zusammen gewesen, und das galt auch für Frima.

Svangrior war gerade von meinem Zimmer gekommen, als wir zurückgekommen waren, aber er hatte keine Tasche dabeigehabt und auch nicht ausgesehen, als würde er sie verstecken.

Vielleicht der Dieb sie während des Balls entwendet?

Als ich angezogen war, nahm ich das verzauberte Stirnband vom Schreibtisch und versuchte, mein Haar darum zu wickeln, sodass es mir nicht ins Gesicht hing. Ich steckte Vorors Feder hinein, nicht annähernd so kunstvoll wie Brynja, aber es musste reichen.

Mit einem letzten, finsteren Blick auf mein Spiegelbild drehte ich mich um und klopfte an die Tür. Frima öffnete.

»Warum siehst du so wütend aus? Ich dachte, du würdest dich freuen, deine Freunde wiederzusehen«, sagte sie, als ich aus dem Zimmer trat.

Ich überlegte, ob ich ihr von der Tasche erzählen sollte, aber ich traute ihr noch immer nicht, und ich hatte keinen Grund, wegen ein paar gestohlenen Kleidungsstücken so wütend zu sein. Wenn ich es ihr sagte, würde sie nur Verdacht schöpfen.

Wer auch immer die Tasche genommen hatte, musste gewusst haben, dass der Goldstab darin versteckt lag, dachte ich. Wer würde schon Klamotten stehlen?

»Ich bin nur müde«, sagte ich, als wir den düsteren Korridor hinuntergingen.

»Haben dich deine Träume wach gehalten?«

Mein Gesicht wurde heiß, als die Erinnerungen an meinen Traum zurückkehrten. Meine Muskeln verkrampften sich. »Nein. Ich weiß nicht, woher all die Gerüchte über diesen Wein kommen.«

»Lügnerin«, kicherte sie.

»Können, ähm, Fae in Träume eindringen?«, fragte ich so beiläufig wie möglich.

Sie lachte. »Nein, es sei denn, es sind Hohe Fae. Und die sind ausgestorben. Warum? Hast du im Schlaf Besuch von einem Fae bekommen?« Ihre Augen funkelten.

Ich sah erst sie, dann die vermeintlich kastanienbraunen Wände an. »Ich hasse diese Farbe«, schnappte ich.

Frima betrachtete die Wände. »Du bevorzugst strahlendes Weiß und Gold?«

»Keine Ahnung, was ich bevorzuge.«

Sie antwortete nicht.

Den Rest des Weges schwiegen wir, und dieses Mal achtete ich genau darauf, welchen Weg wir nahmen. Ich hatte den Weg zu den Sklavenquartieren schon einmal alleine gefunden, aber es konnte nicht schaden, den schnellsten Weg zu kennen.

Der lange Tisch in der Mitte des großen Raums war leer, und Frima führte mich zu dem vergitterten Raum, in dem sich Lhoris und Kara aufhielten. »Du hast zwanzig Minuten, bevor die anderen zurückkommen. Halt deine Stimme gedämpft.«

Sie schloss die Tür auf und schob mich hinein.

In Sekundenschnelle war Kara bei mir und umarmte mich. Ich erwiderte die Umarmung und genoss den Moment, von dem ich nicht geglaubt hatte, dass er je kommen würde.

»Wie geht es dir?«, fragte ich sie, als sie mich losgelassen hatte. Lhoris saß auf dem Boden in der Mitte des Raumes, umgeben von Tellern voller Käse, Brot und Aufschnitt. Da war auch ein Tablett mit Früchten, von denen ich die meisten nicht kannte. Er lächelte mich an, und sein buschiger Bart bebte.

»Es geht uns gut«, sagte Kara. »Und dir?« Sorge lag in ihren großen Augen.

»Besser als gedacht.«

»Setz dich. Iss. Erzähl«, sagte Lhoris.

Nachdem ich durch die Gitterstäbe gespäht hatte,

um mich zu vergewissern, dass Frima weg war, kam ich seiner Aufforderung nach und nahm mir so viel Essen, wie auf einem Teller Platz hatte. Heute würde ein langer Tag werden, das wusste ich.

»Da wir für den Vorfall letzte Nacht nicht bestraft worden sind, gehe ich davon aus, dass du das meiste davon abbekommen hast«, sagte er leise, währen sein Blick über meine nackten Unterarme glitt, wo er nach Spuren einer Bestrafung suchte.

Ich schüttelte den Kopf. »Svangrior hat es dem Prinzen nicht erzählt und mich auch nicht bestraft.«

Lhoris legte den Kopf schief. »Warum nicht?«

»Er, ähm, hat mir einen guten Grund gegeben, es nicht noch einmal zu versuchen. Er dachte, dass das besser funktionieren würde.«

Der große Mann nickte wissend, warf Kara einen Blick zu und aß dann von seinem Käse. Kara sah mich aufgeregt an. »Hat die Eule wirklich mit uns gesprochen? Lhoris hat gesagt, dass er es noch immer nicht glauben kann«, fügte sie schnell hinzu.

Ich lächelte sie an. »Ja, das hat sie wirklich. Sie heißt Voror und ist ziemlich von sich selbst überzeugt.«

Ihr Mund blieb offen stehen. »Wusste ich es doch!«, sagte sie und drehte sich zu Lhoris um.

Er nickte ihr zu und drehte sich dann zu mir um. »Klingt, als hättest du seit unserem letzten Gespräch viel herausgefunden. Erzähl uns davon.«

Unsicherheit überkam mich. Konnte ich es riskieren, ihnen von den Statuen zu erzählen? Ich wusste noch nicht genug über den Schrein, um ihnen etwas Nützliches zu liefern, also war es das Risiko nicht wert, entschied ich.

»Der Prinz hat dieses Stirnband mit einem Schutzzauber versehen, damit die Königin nicht in meinen Kopf eindringen kann. Er hat mir auch von einem Ort erzählt, von dem er vermutet, dass dort Gold versteckt ist«, sagte ich bewusst vage.

»Was für ein Ort?«

Ich schüttelte den Kopf. »Ich weiß nicht.« Eine glatte Lüge, aber eine, die sie beschützen würde. Sie konnten sich nicht gegen die Magie der Königin verteidigen.

»Und die Eule?«

»Von einer Fae geschickt, um mir zu helfen. Er weiß nicht, wer sie ist, und ich auch nicht.«

Lhoris sah von seinem Essen auf.

»Geschickt, um dir zu helfen?«, wiederholte er.

Ich nickte. Auf keinen Fall durfte ich ihnen verraten, dass sie gesagt hatte, dass das Schicksal *Yggdrasils* von mir abhing. Allein der Gedanke daran ließ meinen Kopf schwirren, und ich zwang mich zur Ruhe.

»Ich habe schon immer gewusst, dass du etwas Besonderes bist«, murmelte Lhoris.

»Was?«

»Dein Haar. Das Fehlen einer Vergangenheit. Reyna, du bist begehrt.«

Seine Worte bestätigten meine eigenen Erkenntnisse, und zu meiner Überraschung schöpfte ich Trost daraus. »Ja.«

»Ich bin mir nicht sicher, ob du davor weglaufen kannst.«

»Ich weiß. Aber das heißt noch lange nicht, dass ich aufgeben werde.« Ich sah Kara an und bemühte mich, die Aufrichtigkeit meiner Worte zum Ausdruck zu bringen. »Wenn wir mehr wissen, sind wir im Vorteil. Wir werden hier herauskommen, aber vielleicht nicht durch eine Flucht.«

»Doch falls sich eine Gelegenheit bietet ...«, sagte Lhoris hoffnungsvoll.

»Nur keine Sorge. Ich werde es mir nicht bequem machen.«

Er lächelte. »Was ist sonst noch passiert?«

Während ich aß, versuchte ich, ihnen so knapp wie möglich von meinem Besuch in der Werkstatt und von dem Ball zu erzählen. Natürlich ließ ich die delikaten Details meines Tanzes mit dem Prinzen aus. *Und den Traum.*

»Bitte sag mir nicht, dass du zu bezweifeln beginnst, dass er das Monster ist, von dem sich alle erzählen«, sagte Lhoris mit harter Stimme.

»Natürlich nicht.« *Auch wenn ein Teil von mir das tat.*

Ich verscheuchte die Erinnerungen an den Traum und konzentrierte mich darauf, den Rest meines Essens zu verschlingen. »Jemand hat meine Tasche gestohlen.«

Lhoris' Gesicht verfinsterte sich. »Der Stab ist weg?«

Ich nickte. »Jemand muss davon gewusst haben.«

»Das kann nicht sein. Vielleicht hat jemand deine Sachen durchsucht und Glück gehabt.« Er schnaubte wütend, als Kara sprach und sich nachdenklich mit dem Finger gegen das Kinn tippte.

»Also hat dir jemand einen Schlüssel gegeben, um

aus deinem Zimmer zu entkommen, dann den Bärenkäfig geöffnet und deine Tasche gestohlen. Glaubst du, das war dieselbe Person?«

Ich starrte sie an. »Den Bärenkäfig geöffnet?«

Sie nickte, feines Haar fiel ihr ins Gesicht. »Ja. Erinnerst du dich nicht daran, dass wir den Mechanismus gehört haben?«

»Doch, aber ich dachte ...« Noch einmal spielte ich die Ereignisse in meinem Kopf durch und erkannte, dass sie recht haben könnte. Jemand könnte den Käfig absichtlich geöffnet haben. »Glaubst du, die Person hat mir den Schlüssel absichtlich gegeben, damit ich uns in Gefahr bringe?« Mir fiel ein, dass Frima meinen Fluchtversuch Selbstmord genannt hatte. Wenn derjenige, der mir den Schlüssel gegeben hat, denselben Gedanken gehabt hatte, dann hatte ich vielleicht doch keinen geheimen Verbündeten im Palast.

»Vielleicht. Gibt es Leute hier, die dich loswerden wollen?«

Ich schnaubte. »Natürlich. Die Königin. Vielleicht Svangrior. Er scheint mich etwas zu leidenschaftlich zu hassen.«

»Was ist mit der Fae?«, fragte Lhoris.

Ich schüttelte den Kopf. »Sie spielt ein anderes Spiel. Sie versucht, mich dazu zu bringen, ihr zu vertrauen, glaube ich.«

»Wir können keinem von ihnen vertrauen«, knurrte er.

»Ich weiß.« Ich schluckte schwer und wandte mich dann Kara zu. »Also, was habt ihr beide so gemacht?«

»Sie geben uns Aufgaben, die wir hier drin erledigen können. Wir dürfen nicht raus«, sagte Kara.

»Sie können nicht riskieren, dass jemand deine Rune sieht.«

»Aber jeder weiß, dass du hier bist, weil die Königin einen Ball organisiert hat, um es im ganzen Reich zu verkündigen«, sagte sie. »Warum müssen wir versteckt werden?«

»Weil jeder Sklave oder Fae-Höfling beschließen könnte, einen von uns zu benutzen, um sich bei der Königin einzuschmeicheln«, sagte Lhoris sanft. »Wir sind sicherer hier drinnen, obwohl ich zugebe, dass es immer stickiger wird.«

Ich blickte mich in dem fensterlosen Käfig um und fühlte mich schuldig, sowohl wegen meines Ausritts als auch wegen meiner Teilnahme am Ball.

»Hoffentlich müsst ihr nicht mehr allzu lange hier drinbleiben«, sagte ich, obwohl ich keine Ahnung hatte, was danach kommen würde.

»Hoffentlich nicht«, sagte Lhoris. »Finde so viel darüber hinaus, was der Prinz von dir will. Halt deine Augen und Ohren offen. Und was auch immer du tust, lass dich nicht von ihnen verzaubern.« Sein Blick bohrte sich in meinen. Er hatte keine Ahnung, wie stark dieser Zauber sein konnte.

KAPITEL 32

Schon viel zu bald drang Frimas sanfte Stimme durch die Gitterstäbe der Tür. »Lass uns gehen, Reyna.«

Ich stand auf und umarmte zuerst Kara, dann Lhoris. »Wir sehen uns bald.«

»Pass auf dich auf«, sagte Lhoris.

»Stirb beim Versuch«, antwortete ich mit einem Lächeln.

Als Frima und ich durch die stillen Korridore gingen, fühlte ich mich überraschend bereit für das, was mir als Nächstes bevorstehen würde. Ich hatte ausgiebig gegessen, meine Freunde waren in Sicherheit, und ich würde mehr über die Statuen erfahren. *Möglicherweise sogar über mich.*

Der Gedanke an den Prinzen gab mir jedoch noch

immer ein ungutes Gefühl. Lhoris' harter Blick war eine Warnung gewesen.

Mein Mentor hatte recht.

Natürlich konnte ich Prinz Mazrith nicht vertrauen. Es war seine Fae-Magie, die mich so heftig auf ihn reagieren ließ. Dass er noch zu keinem von uns grausam gewesen war, lag lediglich daran, dass er meine Hilfe brauchte, also war er darauf angewiesen, dass ich gesund und bei Kräften war.

Daran musste ich mich immer wieder erinnern, wenn mir dieser verfluchte Traum in den Sinn kam. Verdammter Fae-Wein.

»War es schön, deine Freunde wiederzusehen?«, fragte Frima und riss mich aus meinen Gedanken.

»Sie werden gut behandelt«, antwortete ich. Ich würde mich nicht von ihr hereinlegen lassen.

»Wie versprochen.«

»Hmm.«

»Du willst mich nicht mit deiner Dankbarkeit ehren?«

»Du hast gesagt, ich hätte Mazrith zu danken.«

Sie hob eine Schulter. »Stimmt. Ich muss einen anderen Weg finden, mir deine Höflichkeit zu verdienen.«

Ärger überkam mich. »Du erwartest, dass Sklaven höflich zu dir sind, aber das ist belanglos. Wenigstens ist es wichtig, wenn ich jemandem danke.«

Sie kicherte. »Du klingst wie Maz.«

Ich funkelte sie an, als wir in den Korridor zum Rabenzimmer bogen.

»Hol deine Werkzeuge, Maz kommt dich gleich abholen«, sagte sie, als wir an meiner Tür ankamen und sie diese aufstieß.

»Du brennst darauf, mich zu fragen, wohin er mich bringt, nicht wahr?«, sagte ich, als ich mein Zimmer betrat.

Ihr Gesicht war nüchtern, aber ich sah, wie ihre Augen zuckten. »Er wird es mir sagen, wenn ich es wissen muss.« Sie knallte die Tür härter zu als nötig, und ich fragte mich, ob es weise war, sie zu reizen.

Seufzend ging ich zum Badezimmer und trat die Tür auf.

Ich erstarrte.

Eine Schlange von der Größe meines Arms glitt über den Wannenrand, und es war keine Schattenschlange. Sie war so strahlend blau wie die Wasserschlange, die wir gesehen hatten, mit weißen Ringen, die ihren dicken Körper umschlossen. Sie zischte, als sie sich nach vorn streckte und ihre gespaltene Zunge aufblitzen ließ.

Meine Instinkte übernahmen die Kontrolle. Ich knallte die Tür wieder zu und wich zurück, während ich meine Augen fest auf die Badezimmertür gerichtet hielt. Irgendwann erreichte ich die Tür zu meinem Zimmer.

Ich schlug hart darauf ein und schrie.

»Ist da jemand? In meinem Zimmer ist eine Schlange, und sie sieht nicht freundlich aus!«

Keine Antwort.

Es gab einen dumpfen Schlag an der Badezimmertür, dann öffnete sie sich quietschend. Blaue Schuppen tauchten auf, als die Schlange herausglitt, und mein Puls begann, zu rasen. Wie lang war das verdammte Ding?

Ich hämmerte noch härter gegen die Tür. »Hallo? Ist dort draußen jemand?«

Die Augen der Schlange waren fest auf mich gerichtet. Sie waren schwarz wie die Nacht. Ich tastete neben mir nach irgendetwas, das ich zu meiner Verteidigung verwenden könnte, fand aber nichts. Die Fackeln in den Wandhalterungen waren zu hoch, als dass ich sie hätte erreichen können, und die Schlange befand sich zwischen mir und der brennenden Glut im Kamin.

Ich warf einen Blick auf das Bett und entdeckte die schwere Werkzeugrolle. Sie enthielt Klingen und einen kleinen Hammer. Ich wusste nicht, wie viel sie gegen eine Schlange dieser Größe ausrichten könnten, aber sie wären besser als nichts.

Langsam machte ich einen Schritt zur Seite und behielt die Schlange genau im Auge. Sie hörte auf, sich zu bewegen, hob stattdessen den Kopf und schwang ihn hin und her, um die Luft zu schmecken.

Ich machte einen weiteren Schritt und streckte die Hand nach dem Bett und der Werkzeugrolle aus. Die Schlange schoss vor, so schnell, dass sie zu einem hellblauen Fleck wurde. Ich hechtete auf das Bett und rollte mich ab, als ich auf der Matratze aufkam.

Aber ich war zu langsam.

Ich fühlte einen heißen, brennenden Schmerz in meinem Fuß, dann wurde ich hart nach hinten gezogen. Ich packte die Decken, als ich über das Bett zurückgeschleift wurde, versuchte, nach der Werkzeugrolle zu greifen, schaffte es aber nicht, sie zu erreichen. Der Schmerz in meinem Fuß war quälend und breitete sich schnell meinem Schienbein entlang aus.

Ich schlug polternd auf dem Steinboden auf und wand mich, während ich versuchte, mich aus dem Griff der Schlange zu befreien. Ihre Reißzähne saßen tief in meinem Fuß, und jedes Mal, wenn ich daran zog, wurde der Schmerz noch unerträglicher.

Ich schlug wie wild um mich, kämpfte mich in eine sitzende Position und suchte nach etwas, was ich als Waffe benutzen konnte. Der Schmerz in meinem Fuß war so überwältigend, dass meine Augen tränen und mein Kopf zu schwirren begann.

Der große Schlangenkörper schwang herum, und der Schwanz peitsche gegen meine Rippen.

Ich schrie auf und krümmte mich, dann schnellte der Schwanz erneut auf mich herunter. Diesmal traf er meine Schulter.

In der Ferne erscholl ein lauter Knall, gefolgt von lautem Poltern und einer Stimme, die meinen Namen rief.

»Reyna?«

»Hilfe!«, schrie ich. Der Türgriff klapperte, aber die Tür ging nicht auf.

Der Schwanz der Schlange schlug erneut nach mir und traf mich hart genug, um mich auf die Seite zu werfen. Die Wucht der Bewegung zog an meinem Bein und meinem Fuß. Ich spürte, wie das Fleisch nachgab und zerriss. Der tobende Schmerz war heftiger als alles, was ich je erlebt hatte, und vernebelte meine Sinne.

Ich sah einen weiteren, hellblauen Blitz, als der Schwanz auf mein Gesicht zuschoss, und hob gerade noch rechtzeitig die Arme, um ihn abzuwehren. Das Poltern an der Tür verstummte und wurde von dem Rauschen meines eigenen Blutes in meinen Ohren übertönt. Schwarze Flecken tanzen vor meinen Augen, und der Schmerz ließ nach.

Ich wurde schläfrig.

Ein neues Geräusch drang zu mir durch. Eine männliche Stimme? Meine Augenlider fielen zu, und eine herrliche Wärme überflutete mich.

Ein neuer, brennender Schmerz zerriss meinen behaglichen Dunst, und in meiner verschwommenen Sicht sah ich etwas Hellblaues durch die Luft fliegen, umgeben von schwarzem Rauch. Oder waren es Schatten?

Mein Körper zuckte, und dann bewegte ich mich. Ich nahm undeutlich wahr, dass mich jemand trug.

Nebel hüllte mich ein. Immer wieder schlief ich ein, für Minuten oder Stunden.

Gelegentlich nahm ich einen Schmerz wahr, aber jedes Mal wurde er kurz darauf von einer behaglichen Wärme überdeckt. Eine dunkelhaarige Gestalt mit violetten Strähnen schlug mir immer wieder auf die Wangen und brachte mich an diesen dunklen, unbehaglichen Ort zurück.

Ein paar Mal versuchte ich, zu sprechen, aber es kam kein Laut heraus. Es spielte keine Rolle. Ich wollte nur sagen, dass ich müde war, und dass sie mich in Ruhe lassen sollten.

Mehrmals bekam ich etwas Bitteres zu trinken. Es fiel mir schwer, zu schlucken. Ich konnte Hände an meinen Schultern und an meinem Hals spüren, die mich bewegten, bis die Flüssigkeit meine Kehle herunterlief, wie das Wasser in den hölzernen Kanälen des Wurzelflusses.

Ich begann, von Flüssen zu träumen. Endlose Flüsse, die um einen mächtigen Baum herum flossen und wirbelten. Aber dann veränderten sie sich. Auf einmal waren sie rot, rot wie Blut. Wohin ich auch blickte, stiegen Hungernde aus dem Wasser.

KAPITEL 33

Ich erwachte mit einem Ruck und umklammerte meine Brust. Meine Stirn war schweißbedeckt. Ich holte tief Luft und suchte nach den Monstern, sah aber nur warme Wände und ein brennendes Feuer.

Ich blinzelte und versuchte, meine vernebelten Gedanken und das dumpfe Pochen in meinem Fuß zu ignorieren.

In meinem Zimmer war eine Schlange gewesen, die mich gebissen hatte. Jemand war hereingekommen und hatte mich in Sicherheit gebracht? Und dieses Zimmer … Es sah ein wenig wie mein eigenes. Ich lag in einem Bett, aber es war viel größer als das in meinem Zimmer. Alle Decken waren schwarz und silbern, und die Möbel wirkten allesamt überdimensioniert.

Links von gab es eine Tür, die halb offen stand. Durch sie hindurch konnte ich ein Wohnzimmer mit einem Sessel sehen, den ich wiederzuerkennen glaubte.

Die Wände waren nicht kastanienbraun, und die

Bedeutung dessen drang langsam durch die Nebel in meinem Kopf. Bisher war ich nur in einem einzigen, anderen Raum gewesen, dessen Wände nicht blutfarben gewesen waren.

Ich war in den Gemächern des Prinzen.

War er gekommen und hatte mich vor der Schlange gerettet?

Mir fiel eine Bewegung auf der anderen Seite der Tür auf, begleitet von dem Geräusch wütender Schritte. Ich zwang meine müden Augen, sich darauf zu konzentrieren.

»Sag mir, wo du warst.« Es war die Stimme des Prinzen. Er schien außer sich vor Wut.

Ein menschlicher Mann kam ins Blickfeld. Er hatte beide Hände erhoben, und Angst stand auf seinem bärtigen Gesicht. »Euer Hoheit, mir wurde befohlen, die Etage zu bewachen, nicht das Rabenzimmer. Ich wusste nicht ...«

Schatten kamen in Sicht, kurz darauf der Prinz selbst, der auf den verängstigten Mann zuging. »Sag mir, wer ihr das angetan hat.« Seine Stimme klang wie das Zischen tausender von Schlangen, durchzogen von Macht und Zorn.

»Ich habe niemanden gesehen, Euer Hoheit«, wimmerte der Mann.

»Lügen.«

»Niemand kam über die Treppe, an der ich stand, ich schwöre es.« Er zog den Kopf ein, als sich die Schatten um ihn schlossen. Weinen ertönte, schrill und ängstlich.

»Sag mir, wer ihr das angetan hat.«

Der Mann begann, vom Boden abzuheben. Sie Schatten strömten unter seine Kleidung und umspielten sein Gesicht.

Er stieß einen Schrei aus und versuchte, mit den Armen zu schlagen. »Ich kann ihn sehen«, keuchte er.

»Wen?«

»Meinen Vater. Er hat die Axt ...« Die Augen des Mannes waren vor Angst weit aufgerissen, und ein Schluchzen entrang sich seiner Brust. »Lass ihn aufhören!« Er schrie auf, versuchte, sein Gesicht mit seinen Armen abzuschirmen, aber die Schatten drückten sie herunter.

»Du wirst dir diese Szene immer und immer wieder ansehen, bis du mir sagst, was ich wissen will.«

»Da war niemand. Bitte. Bitte!«

Der Prinz hob seinen Stab, und der Mann schrie erneut auf.

»Wenn du es mir nicht sagst, werde ich es selbst herausfinden.«

Die Schatten schossen zum Kopf des Mannes und stürzten in seinen offenen Mund.

Mein Atem stockte, und Entsetzen überwältigte mich.

Endlose Sekunden lang schwebte der Mann in der Luft, und schwarze Schatten flossen in seinen Körper. Dann stürzte er zu Boden und brach zusammen. Die Schatten huschten zurück zum Stab des Prinzen.

»Nimm ihn mit«, befahl der Prinz. Frima kam in Sicht und ergriff den Mann unter den Achseln. Als sie sich aufrichtete, warf sie einen Blick in meine Richtung. Ich starrte benommen zurück.

»Sie ist wach, Maz«, sagte sie leise und verschwand dann.

Als der Prinz den Raum betrat, reagierte mein Körper instinktiv. Ich rutschte rückwärts, rollte mich fest zusammen und bedeckte meinen Kopf mit meinen Armen.

Angst, wie ich sie nie zuvor gespürt hatte, schoss durch meinen Körper, ließ meine Glieder zittern und mein Gehirn erstarren.

»Du wurdest vergiftet.«

Ich bewegte meinen Arm ein wenig. Die glänzende, schwarze Schädelmaske starrte auf mich herab. Ich vergrub den Kopf wieder in meinen Armen.

»Du darfst nicht in meinem Kopf eindringen. Bitte, bitte, bitte. Das darfst du nicht.« Die Worte kamen stockend und schluchzend über meine Lippen.

Er herrschte Schweigen, langes, schmerzhaftes Schweigen. Als ich irgendwann meine Arme wieder herunternahm, um nachzusehen, war er weg.

Ich blieb zusammengekauert sitzen, die mich Nachwirkungen meiner Angst genauso krank machten wie die zunehmenden Schmerzen in meinem Fuß.

Ich hatte in meiner Zeit bei den Fae grausame Strafen, brutale Schläge und herzzerreißenden Schmerz gesehen, doch nichts davon hatte je eine so extreme Reaktion hervorgerufen.

Das einzige Mal, dass ich je solche Angst verspürt hatte, war nach meiner ersten, dunklen Vision gewesen.

Ich versuchte, mich dazu zu zwingen, an die Schlange zu denken. Daran, dass jemand versucht haben musste, mich zu töten.

Aber mein müder Geist verfolgte immer wieder die Erinnerung an die Schatten, die den Mund des Mannes gefüllt hatten, und an die glänzende, schwarze Schädelmaske des Prinzen. Kalt, hart und völlig emotionslos.

Ich versuchte, wütend zu werden, versuchte, die Gefühle übernehmen zu lassen, die mir normalerweise Kraft verliehen. Aber ich war zu müde. Zu verwirrt.

Ich wusste, wer der Prinz des Schattenhofs war. Die Gerüchte waren wahr.

Ich versuchte, wach zu bleiben, denn meine Angst ließ mich glauben, dass es nicht sicher war, einzuschlafen. Bald war ich jedoch so erschöpft, dass mich keine Menge Adrenalin weiter wach halten konnte.

Als ich das nächste Mal aufwachte, beugte sich Brynja über mich. Sorge lag in ihren wachen Augen. »Mylady? Benötigt Ihr irgendetwas?«

»Wasser«, murmelte ich heiser, als mir das Schlucken die Kehle zuschnürte.

Sie reichte mir ein volles Glas kaltes Wasser. »Der Prinz sagte, Ihr würdet viel Wasser brauchen.«

»Danke.« Ich trank, so viel ich konnte. Mein Fuß schmerzte jetzt weniger, obwohl mein Kopf noch immer pochte.

Die lähmende Angst, die meinen gesamten Körper eingenommen hatte, hatte mich endlich wieder losgelassen. Ich konnte meine Arme und Beine wieder bewegen, und mein Geist fühlte sich klarer an.

Bilder der Wache, der Schatten und der Maske des Prinzen schwirrten jedoch noch immer in meinem Kopf herum. Ich holte tief Luft und schloss die Augen.

Er hatte mich schwach gesehen. Vollkommen verängstigt. Ein Feigling, in die Enge getrieben und bettelnd.

»Sind wir in seinen Gemächern?«, fragte ich Brynja, ohne die Augen zu öffnen.

»Ja, Mylady. Er ist im Wohnzimmer.«

Mein Herz machte einen Sprung.

Ich durfte keine Angst vor ihm haben.

Wenn ich Angst vor ihm hatte, hatte er gewonnen. Ich würde niemals in der Lage sein, meine Chance zu ergreifen, wenn sie sich ergab.

Stirb beim Versuch.

Ich würde nicht aufgeben.

Ich musste mich meinen Ängsten stellen.

Mühsam öffnete ich die Augen. »Würdest du ihn bitten, zu mir zu kommen?«

Sie nickte nervös und eilte aus dem Zimmer. Keine Sekunde später trat der Prinz ein.

Beim Anblick seines Gesichts zog sich mein Magen schmerzhaft zusammen. Keine Maske. Und auch kein Stab, wurde mir klar, als ich seine leeren Hände betrachtete. »Warum hast du ihm das angetan?« Ich zwang mich, die Worte hervorzuwürgen, und war erleichtert, dass es mir gelang.

»Er hat mich angelogen. Ich brauchte die Wahrheit.«

»Warum hat er über seinen Vater gesprochen?«

»Das ist nicht wichtig.«

»Sag es mir.«

Er starrte mir in die Augen, und ich zwang mich, seinem Blick standzuhalten, obwohl ich zitterte. »Ich habe ihn dazu gebracht, seine schlimmste Erinnerung zu sehen. Als mir klar wurde, dass das nicht ausreichte, um ihn dazu zu bringen, mir die Wahrheit zu sagen, nahm ich sie mir mit Gewalt.«

»Was hat sein Vater mit der Axt gemacht?«

»Das ist nicht wichtig, Reyna«, fauchte er, und ich zuckte zusammen. Als er weitersprach, war sein Ton ruhiger. »Wichtig ist, dass er gelogen hat. Rangvald kam die Treppe herauf, die er bewachte.«

»Glaubst du, Rangvald hat die Schlange in mein Zimmer gebracht?«

»Es ist möglich. Die einzige andere Person, die in diesem Flügel war, ist Svangrior.«

»Warum?«

»Ich weiß nicht. Und er steht unter dem Schutz meiner Stiefmutter, also wird es nicht leicht werden, das herauszufinden.«

»Warum kannst du nicht einfach deine Schatten in

seinen Kopf schicken?« Ich konnte nicht verhindern, dass meine Stimme bebte, und ich biss mir auf die Lippe, als ich spürte, wie meine Wangen heiß wurden.

»Er ist geschützt. So wie ich dich gegen die Magie der Königin geschützt habe.«

»Du ...« Ich brach ab und versuchte, die Worte zu finden, die ich brauchte. Scham und Wut ließen Hitze in mir aufsteigen, und ich konnte nicht leugnen, dass sein Anblick neue Angst in mir anschwellen ließ.

Schatten tanzten in seinen leuchtenden Augen. Er hob seine große Hand an sein Kinn und rieb mit den Fingern über die Stoppeln. »Du wurdest vergiftet. Durch den Schlangenbiss.«

Mein Fuß lag unter den Decken verborgen, und ich verlagerte ihn unbeholfen. »Hast du ... warst du es, der ... mich gerettet hat?«, fragte ich widerwillig.

»Ich habe die Schlange getötet und dir das Gegengift verabreicht, ja. Du wirst dich erholen, aber dein Fuß wird noch lange wehtun.« Mehr Schatten walten in seinen Augen. »Das Gift hat möglicherweise andere Nebenwirkungen verursacht.«

Ich runzelte die Stirn. »Was meinst du?«

»Extreme Emotionen, seltsame Träume. Außergewöhnliche Reaktionen.«

Seine Worte hingen in der Luft, und ich starrte ihn an. Wollte er damit sagen, dass der Schlangenbiss daran schuld war, dass ich solche Angst vor ihm hatte?

Hoffnung verdrängte das Gefühl von Scham. Ob das stimmte?

Der Gedanke daran, dass er in meinen Kopf

eindringen könnte, erschreckte mich natürlich. Aber wenn er meine Reaktion als eine Nebenwirkung des Gifts sah, statt mich als einen Feigling zu sehen ...

»Du musst den Schrein besuchen.«

»Aber jemand hat gerade versucht, mich zu töten. Und mein Fuß tut weh.«

Sein riesiger Körper spannte sich an, und seine Augen verengten sich. »Ich werde herausfinden, wer versucht hat, dich zu töten. In der Zwischenzeit musst du an den Statuen arbeiten.«

Eine winzige, goldene Rune erschien auf seinem Kiefer, erhob sich in die Luft und verblasste. Er machte einen hastigen Schritt zurück. »Ich schicke dein Dienstmädchen. Wasch dich und zieh dich an. Wir müssen zum Schrein zurückkehren.« Ich hatte nicht einmal Zeit, meinen Mund zu öffnen, da war er bereits gegangen.

Ich starrte stumm auf die leere Stelle, an der er gerade noch gestanden hatte.

Der Prinz des Schattenhofs hatte Geheimnisse.

Das zunehmend positive Bild, das ich von ihm bekommen hatte, jeder falsche Eindruck von Integrität oder gar Mitgefühl, waren unwiderruflich zerstört worden, als ich gesehen hatte, was er mit der Wache getan hatte.

Mein Verlobter war das Monster, für das die Welt ihn hielt. Das bedeutete, dass er mein Feind war.

Ein allmächtiger Fae mit einem Plan gegen eine mickrige Menschenfrau ohne Vergangenheit und Zukunft.

Aber das Volk *Yggdrasils* war für den Krieg geboren worden.

Ich würde alles tun, um zu gewinnen.

KAPITEL 34

Es dauerte lange, bis ich den Mut aufbrachte, den Zustand meines Fußes zu inspizieren, und als ich die Decken zurückzog, zog sich mein Magen zusammen. Diese Verletzung würde nicht schnell heilen.

Es gab je zwei Einstichstellen auf der Ober- und Unterseite meines Fußes. Diejenigen an der Außenseite meines Fußes waren aufgerissen, vermutlich, als ich versucht hatte, meinen Fuß zu befreien. Die Ränder waren schwarz, als wären sie verbrannt, und die Haut um die Wunden herum war von einem ungesund aussehenden Graugrün.

Vorsichtig berührte ich eine der Wunden. Es tat nicht so sehr weh, wie ich befürchtet hatte. Der schwarze Schorf um die Schnitte herum fühlte sich hart an, und nach einer kurzen Untersuchung war ich zuversichtlich, dass sie nicht aufreißen und bluten würden, wenn ich mich bewegte oder Stiefel anzog.

Behutsam setze ich beide Füße auf den Teppich. Ein unangenehmes Pochen war alles, was ich verspürte, also stand ich auf.

An der Außenseite meines Fußes begann sich ein schmerzhafter Druck aufzubauen, aber es tat nicht so sehr weh, als dass es mich am Gehen gehindert hätte. Vorsichtig machte ich ein paar Schritte und suchte nach dem Badezimmer.

»Oh, Mylady!« Brynjas Stimme erschreckte mich, und ich fuhr herum, verlor das Gleichgewicht und griff hastig nach einem Bettpfosten. Das Dienstmädchen eilte auf mich zu. »Ich kann es kaum glauben. Wie konnte das passieren? Seid Ihr in Ordnung?« Sie blickte auf meinen verletzten Fuß und zuckte zusammen. »Oh, das ist …«

»Es geht mir gut«, sagte ich zu ihr.

»Wirklich? Wie kann ich Euch helfen? Ich habe Eure Arbeitskleidung mitgebracht.« Sie deutete ins Wohnzimmer.

»Ein Bad wäre gut«, sagte ich. Mein Körper war in kaltem Schweiß getränkt gewesen, während ich im Bett gelegen hatte, entweder aufgrund des Schlangengifts oder der überwältigenden Angst, die der verfluchte Prinz in mir ausgelöst hatte.

Die aufsteigende Wut, wenn ich darüber nachdachte, beruhigte mich. Ich bewegte mich über die Angst hinaus und verspürte Wut, was sehr viel nützlicher war.

Brynja half mir, mich zu waschen, ohne dass meine Füße nass wurden, und danach ging sie mir beim Anziehen zur

Hand. Das Stirnband war während des Kampfes mit der Schlange in meinem wirren Haar geblieben, aber Vorors Feder hatte den Vorfall nicht überlebt.

Ich wollte die gebieterische Eule sehen, aber ich wusste nicht, wann oder wie. Er könnte gesehen haben, wer meine Tasche gestohlen und die Schlange in mein Zimmer gebracht hatte.

»Brynja, hast du vor dem Vorfall mit der Schlange jemanden in der Nähe meines Zimmers gesehen?«

»Das war eine Schlange?« Ihre rosigen Wangen wurden bleich.

»Ja.«

Sie schüttelte den Kopf, während sie meine Haare zurechtmachte, dann schüttelte sie ihre Schultern, als müsste sie etwas Unangenehmes loswerden. »Ich kann Schlangen nicht ausstehen, Mylady. Ich wäre vor Angst ohnmächtig geworden.«

»Ich bin ebenfalls ohnmächtig geworden, aber durch das Gift. Ich hatte noch nie wirklich Angst vor Schlangen«, sagte ich und warf dann einen Blick auf meinen Fuß, der jetzt in einem Stiefel steckte. »Obwohl ich denke, dass sich das jetzt geändert hat.«

»Was macht Euch Angst, Mylady?«

»Gefangen zu sein.«

Sie warf mir im Spiegel einen wissenden Blick zu. »Ich glaube, die meisten Sklaven fürchten sich davor«, sagte sie leise.

Ich schenkte ihr ein schwaches Lächeln. »Meine Freundin Kara nicht. Sie wurde als Sklavin geboren. Ihre größte Angst ist es, nie wieder ein Buch lesen zu können.«

»Ich habe mit Kara gesprochen«, sagte sie und lächelte mich an.

»Wirklich?«

»Ja. Ich bin die einzige, die weiß, wer Eure Freunde wirklich sind«, sagte sie stolz. »Ich bringe ihnen ihre Mahlzeiten und kleine Arbeiten. Der große Mann, Lhoris, er ist geschickt mit dem Hammer.«

Es machte Sinn, dass Brynja sich um Kara und Lhoris kümmerte, denn schließlich wusste sie bereits von mir.

Ohne nachzudenken, drückte ich ihre Hand. »Danke.«

Sie lächelte. »Ich werde versuchen, Kara ein Buch zu besorgen. Sie ist süß.«

»Das ist sie. Dies ist kein Ort für sie.«

»War es besser im Goldhof?«, fragte Brynja.

Es war keine rhetorische Frage. Es klang, als würde sie das ernsthaft interessieren. »Ja. Wir hatten unsere Werkstatt, und da wir Runenträger sind, waren Kara und ich vor den Annäherungsversuchen der Männer sicher.«

Brynja versteifte sich. »Nicht viele Sklaven werden so beschützt.«

»Es tut mir leid. Für alles, was dir passiert ist.«

Sie zuckte mit den Schultern. »Es ist nicht Eure Schuld, Mylady. Oh, stimmt, Ihr seid fertig.« Sie trat zurück, und ich stand ein wenig steif auf.

»Danke. Ich schätze das, was du für mich getan hast.«

Ihre Wangen röteten sich. »Gern geschehen, Mylady.«

Es klopfte an der Tür, und ich hörte die Stimme des Prinzen. »Bist du bereit?«

Der schmale Gang, der durch den Fels zum Schrein führte, war nicht weniger beunruhigend als beim ersten Mal. Der Prinz und ich hatten kaum ein Wort gewechselt, und die Atmosphäre zwischen uns war angespannt.

Als das kleine Boot in die Höhle glitte, konnte ich das Handgelenk aus dem Wasser ragen sehen. Da war auch die Hand, welche die Statuen über den herabstürzenden Wasserfall hielt.

Wir segelten direkt darauf zu, und ich atmete tief durch, als ich aus dem Boot auf den Stein kletterte.

»Brauchst du Hilfe?«

Ich funkelte ihn an. »Nein.«

Er warf einen Blick auf meinen verletzten Fuß und ging dann langsam über den steinernen Arm.

Ich fixierte ihn mit meinem Blick und folgte ihm, wobei ich mich bemühte, gleichmäßig zu atmen und das Unbehagen in meinem Fuß zu ignorieren. Ich hatte keine Höhenangst, aber ich hätte jeden ermahnt, besonders viel Vorsicht walten zu lassen, wenn er über diesen Abgrund ging.

Jeden außer den Prinzen.

Neue Sorgen überkamen mich, als ich die Handfläche und die Statuen erreichte.

Ich würde den Goldblick erhalten, wenn da wirklich Gold unter dem Stein lag, und ich war mir sicher, dass es so war. Und ich hatte keinen Zweifel, dass die dunklen Visionen folgen würden. Wie würde ich damit umgehen, wenn der Prinz hier bei mir war?

Natürlich würde ich ihn anlügen, ihm sagen, dass etwas anderes vorgefallen sei, und dass dies mit allen Goldgebern passierte, wenn sie mit der Arbeit fertig waren.

Die Vorstellung, dass er von den Visionen erfuhr, erfüllte mich mit einer Angst, die ich nicht erklären konnte. Ich fragte mich, ob es mit meiner Angst davor zusammenhing, dass er in meinen Kopf eindringen könnte. Ich war mir nicht sicher, welches Geheimnis sich in meinem Kopf versteckte, das ich um keinen Preis offenbaren wollte, aber da war die unumstößliche Gewissheit in mir, dass ich es für mich behalten musste.

Er beobachtete mich, als er die Werkzeugrolle vor der Statue der Gold-Fae ablegte. »Beginn mit deiner Arbeit.«

Ich sah ihn mit zusammengekniffenen Augen an, ehe ich mich dem Stab der Statue zuwandte.

Mit großer Sorgfalt machte ich mich an die Arbeit und löste mühsam den Stein vom Gold. Mein Goldblick blitzte immer wieder auf, als meine Haut über das darunter liegende Edelmetall strich, aber er blieb nie lange genug, um mich in Trance zu versetzen.

Die tiefe Stimme des Prinzen ließ mich innehalten. »Ich muss gehen.«

»Was?« Ich drehte mich zu ihm um. »Ich wäre hier

gefangen. Ich kann das Boot nicht zurück durch die Passage segeln.«

»Du bist eine Gefangene in meinem Palast. Du bist gefangen, wo auch immer du bist.«

Ich funkelte ihn an, war aber insgeheim froh, dass er ging. Wenn ich meine Arbeit beenden könnte, während er nicht da war, konnte ich die dunklen Visionen allein verarbeiten.

»Lass mich nur nicht hier sterben«, fauchte ich. Ich wollte nicht den Verdacht erwecken, ich hätte meine Meinung geändert.

Seine Augen blitzten. »Ich bin bald zurück«, wiederholte er und drehte sich um.

KAPITEL 35

Ich verdrängte meine Besorgnis darüber, ganz allein in dieser Höhle gefangen zu sein und über einem bodenlosen Abgrund zu hängen.

Ich zwang mich, mich auf die Statue vor mir zu konzentrieren, fest entschlossen, so viel wie möglich zu schaffen, bevor er zurückkehrte.

Ein leiser Vogelschrei über meinem Kopf ließ mich überrascht aufspringen und in die Höhe blicken. Flügel flatterten, und eine weiße Eule schwebte aus der Dunkelheit heran. Ein überraschendes Gefühl von Erleichterung überkam mich, als ich begriff, dass ich nicht mehr allein war.

Die Eule flog auf die Statuen zu und ließ eine einzelne Feder auf mich herabfallen, ehe sie sich auf eine der gesichtslosen Figuren setzte. *»Heimskr.«*

»Bitte nenn mich Reyna.«

»Nein. Dieser Ort strahlt Macht aus.«

»Ich weiß. Wie bist du hierhergekommen?«

»Ich bin dir gefolgt. Es war nicht einfach, wenn man bedenkt, wie viel Gestein ich durchqueren musste, aber dank meiner überlegenen Fähigkeiten war ich in der Lage, dich aufzuspüren.«

»Gut gemacht«, sagte ich zu ihm. »Hast du gesehen, wer die Schlange in mein Zimmer gebracht hat?«

Die Eule erstarrte. »Schlange?«

»Ja. Die riesige, blaue Schlange, die in meinem Zimmer zurückgelassen wurde, um mich zu töten.«

»Ich habe keine Schlangen gesehen. Als ich in den Palast zurückgekehrt bin, warst du nicht in deinem Zimmer. Als ich dich ausfindig gemacht hatte, ging ich davon aus, dass du dich mit dem Fae in seinem Bett vergnügt hattest.«

»Ich wurde vergiftet. Durch einen Schlangenbiss. Deshalb war ich in seinem Quartier.«

»Schlangen sind abscheuliche Kreaturen«, sagte Voror, schlug mit den Flügeln und verlagerte sein Gewicht.

Ich legte den Kopf schief und versuchte, nicht zu schmunzeln. »Hast du Angst vor ihnen?«

Er plusterte sich empört auf. »Ich habe vor nichts Angst!«

»Natürlich nicht. Was ist mit diesem Ort?« Ich streckte eine Hand aus und deutete auf die Statuen. »Erkennst du etwas davon?«

Er bewegte langsam den Kopf und betrachtete jede der Statuen. »Das sind die Fae der fünf Höfe. Ich weiß nicht, wer diese beiden sind, aber« – er hielt inne, hob ab und setzte sich dann wieder auf die Statue, die viel kleiner war als die anderen – »das hier, glaube ich, könnte ein Zwerg sein.«

Ich hob die Augenbrauen. »Ein Zwerg? Ich dachte, sie wären nur ein Mythos?«

Er klickte mit seinem Schnabel. »Sie waren so real wie einst die Götter und die Hohen Fae«, sagte er.

Ich blickte zurück zu den Statuen. »Könnte einer der anderen beiden ein Hoher Fae sein?«

»Vielleicht. Was ist deine Aufgabe hier?«

Ich zeigte auf die Inschrift auf dem Kreis in der Mitte der riesigen Handfläche. »Der Text besagt, dass ich eine Art Schlüssel habe. Und die Statue der Gold-Fae trägt Gold in ihrem Stab. Aber etwas stimmt nicht. Das Gold ist verbogen.«

»Du reparierst es?«

»Ich entferne zuerst den Stein, danach ja.«

»Weißt du, wie man es repariert?«

»Die goldenen Runen werden mir sagen, was ich tun soll.«

Wieder legte die Eule den Kopf schief. »Hältst du es für klug, dem Prinzen des Schattenhofs zu helfen?«

Ich biss mir auf die Lippe und dachte nach. Ich hatte nicht mehr Grund, Voror zu vertrauen, als jedem anderen. Aber ich tat es. »Was auch immer dieser Ort ist, er ist mit mir verbunden. Dies wurde Jahrhunderte vor meiner Geburt geschrieben. Wenn ich die einzige bin, die herausfinden kann, was hier verborgen ist, dann verschafft mir das vielleicht den Vorteil, den ich brauche, um zu fliehen.«

Voror blinzelte. »Wo willst du hin?«

»Ich will frei sein. Ich will mich nicht verstecken müssen. Ich möchte nicht in dem Wissen durch *Yggdrasil* ziehen, dass ich jederzeit getötet oder versklavt werden könnte.«

»Du glaubst, du kannst das, was du entdeckst, gegen deine Freiheit tauschen?«

»Ich glaube, die Chancen stehen genauso gut wie bei einem Fluchtversuch.«

»Und was, wenn das Wissen, das du dem Schattenhof im Tausch für deine Freiheit gibst, ein noch schlimmeres Schicksal bedeutet?«

»Wie was?«

»Krieg. Die Versklavung aller anderen Menschen.« Er zuckte erneut mit den Federn, was ich für ein Achselzucken hielt. »Eine riesige Katastrophe.«

»Wie ich sehe, bist du ein Optimist«, murmelte ich. Er hatte jedoch recht. Ich hatte keine Ahnung, mit was für einer Macht ich es hier zu tun hatte oder was sie in den falschen Händen anrichten könnte.

»Ich bin kein Optimist. Ich bin weise.«

»Kannst du nicht beides sein?«

»Auf keinen Fall.«

»Das sehe ich anders.«

»Nun ja, du bist auch nicht so schlau wie ich.«

Ich sah ihn finster an. »Woran du mich immer wieder erinnerst. Also dann, weise Eule, was würdest du an meiner Stelle tun?«

»Ich würde versuchen, mehr über diese Macht herauszufinden und dann entscheiden, welchen Wert sie hat.«

Ich stemmte eine Hand in meine Hüfte. »Und wie kann ich mehr über die Macht herausfinden, ohne den Stab zu reparieren?«

Voror schwieg einen Moment lang. »Das kannst du nicht. Setz deine Arbeit fort, nerviger Mensch.«

Ich schüttelte den Kopf,'und ging zurück zu der Statue. »Weißt du, wenn mich genug Leute so nennen, entwickle ich vielleicht einen Komplex.«

Stunden vergingen, und ich konnte den oberen Teil der Statue freilegen, ohne das Gold zu beschädigen. Noch immer konnte ich nichts als eine verbogene Feder sehen, und Aufregung überkam mich, als es endlich Zeit war, sie zu reparieren. Ich hob das feinste Skalpell auf, das mir gegeben worden war, legte meine Hände auf die goldenen Federn und empfing den Goldblick. Wenn ich schnell genug arbeitete, wäre der Prinz noch nicht zurück, wenn meine dunklen Visionen auftauchten. Es wäre einfacher, Voror diesbezüglich etwas vorzumachen. Die Eule konnte nicht in meinen Kopf eindringen.

Die Runen begannen, aus dem Metall zu schweben und schlugen mich in ihren Bann. Mir war vage bewusst, dass sie anders waren als die Runen, die ich normalerweise sah. Ich konnte nicht genau sagen, was es war. Es hatte etwas mit dem Winkel der Linien und der Schärfe der Punkte zu tun. Es war subtil, einfach anders.

Ich arbeitete daran, die Feder zu glätten, platzierte mein Skalpell präzise und rieb mit meinen Fingerspitzen über das Gold, genau wie die Runen es mir sagten. Als ich fertig war, ging ich in die Hocke, ließ meine Werkzeuge fallen und erlaubte dem Goldblick, sich zu lichten.

»Es macht mir Spaß, dir bei der Arbeit zuzusehen«, sagte Voror, und seine Stimme ließ mich leicht zusammenfahren.

»Wow. Ein Kompliment.«

»Du scheinst nicht sehr gut darin zu sein, es anzunehmen.«

»Mir fehlt es an Übung. Schau, Voror, da passiert *etwas* ... nach der Arbeit mit den Runen. Ich brauche kurzzeitig volle, ungestörte Ruhe.« Während ich sprach, setzte ich mich auf den Boden, legte die Hände auf den kühlen Stein und stellte sicher, dass ich in der Mitte der handförmigen Plattform saß. Ich würde jeden Moment mein Augenlicht verlieren, und ich hatte keine Lust, mich in der Nähe des Abgrunds aufzuhalten.

»Verstehe. Soll ich gehen?«

»Ja. Bitte.«

»Na gut.« Ich hörte das Schlagen seiner Flügel und schloss die Augen.

Die erste Welle brach über mich herein. Dunkelheit. Ein starkes Unbehagen, das an Angst grenzte, aber zu vage war, um sich zu verfestigen.

Ich holte tief Luft, rieb meine Hände über den Stein und versuchte, mich zu entspannen.

Aber als die zweite Welle kam, stockte mir der Atem.

Es war anders.

Es gab kein kreischendes Lachen, stattdessen weinte eine Frau. Und die sonst roten Blitze, die in der Dunkelheit leuchteten, waren silbern.

Die Vision verblasste so schnell wie immer, und Gänsehaut breitete sich auf meinen Armen aus. Die Visionen hatten sich noch nie verändert, in meinem ganzen Leben nicht. Die dritte Welle begann immer mit einem ohrenbetäubenden Schrei. Ich hatte aufgehört, mit den Händen über den Stein zu reiben, und ballte sie stattdessen zu verkrampften, schwitzigen Fäusten.

Ich hätte nie gedacht, dass ich je auf diesen Schrei hoffen würde.

Er kam nicht.

Ein Heulen ertönte in meinen Ohren, lang, rau und voller Trauer. Zwei verschwommene Gestalten tauchten auf, ein Mann kauerte über einer Frau, die auf dem Rücken lag. Als Nächstes folgte immer der Geruch von Blut, aber stattdessen nahm ich den Duft von Blumen wahr. Lilien.

Meine Sicht klärte sich, und ich öffnete die Augen. Panik stieg mir in die Kehle.

Ich hasste die Visionen der Hungernden, aber etwas anderes zu sehen hatte mich mehr aus der Bahn geworfen als alles andere.

Würde es eine vierte Welle geben?

Es wurde dunkel, und ich schlang instinktiv die Arme um mich. Die Angst lähmte mich.

Ein Gesicht kam ins Blickfeld. Nicht der Hungernde,

den ich normalerweise sah. Es war eine Frau mit blassem, hagerem Gesicht. »Mein Sohn.« Ich keuchte bei den Worten. Nie zuvor hatte ich in meinen Visionen Worte gehört. »Wenn sie herausfinden, was du wirklich bist, werden sie dich töten.«

Eine männliche Stimme antwortete, verzerrt und schmerzerfüllt. »Ohne dich habe ich keine Magie. Bitte. Verlass mich nicht.«

»Mein Tod wird dir fünf Jahre geben. Du hast bis zu deinem dreißigsten Geburtstag, um den Nebelstab zu finden.«

»Nein! Nein, Mutter, das kannst du nicht!« Das Gesicht der Frau verschwand. Dann leuchteten Augen in der Dunkelheit, die zurückblieb.

Die Vision verblasste, als ich nach dem Stein unter mir tastete.

Diese Augen.

Sie waren golden gewesen, nicht grau, aber es gab keinen Zweifel, wem sie gehörten.

Dem Prinzen.

Ich bewegte mich unsicher und verspürte auf einmal das heftige Bedürfnis, woanders zu sein, als gefangen unter der Erde. Ich brauchte Platz, Luft, eine Chance zum Atmen.

Wanken kam ich auf die Füße und erinnerte mich, dass ich auf einer Plattform über einem tödlichen Abgrund stand.

Ein Teil meiner wirren Angst davor, eingesperrt zu sein, wich der Logik.

Ich musste auf den Prinzen warten. Wo war er?

Hatte ich ihn wirklich in meiner Vision gesehen?

Als ich mich dem Wasserfall zuwandte, rechnete ich fast damit, seine Gestalt über das Handgelenk auf mich zukommen zu sehen.

Was ich nicht erwartet hatte, war die vermummte Gestalt, die nur einen Fuß entfernt stand.

KAPITEL 36

Ich schrie überrascht auf, aber das Geräusch verstummte, als die Gestalt hart gegen mich stieß.

Ohne richtig zu begreifen, was passierte, stolperte ich zu Boden.

Meine Instinkte übernahmen, und ich setzte mich auf die Knie, um mich nicht zu überschlagen. Aber mein Angreifer war zu schnell. Ein Stiefel traf mich hart in den Magen, und die Kraft des Treffers genügte, um mich nach hinten zu schleudern.

Mit schlug mit den Armen aus und griff ich nach einer Statue, als sie in mein Blickfeld kam. Ich schlang meine Arme um den Sockel, als mich der Stiefel an der Schulter traf. Mein Oberkörper und meine Beine wurden nach außen geworfen, und eine schreckliche Sekunde lang spürte ich nichts als Leere unter meinem Körper.

Ich sammelte meine Kräfte und zog mich an der Statue empor. Schmerz durchzuckte mich, als der Angreifer begann, gegen meine Arme und Hände zu treten. Ich bewegte meinen Körper und ignorierte den Schmerz so gut es ging, während ich versuchte, meine Beine zurück auf die Plattform zu bekommen.

Ein lauter Schrei ertönte, und die Tritte gegen meine Arme hörten abrupt auf. Ein Zischen erscholl, als ich es endlich schaffte, meinen Fuß zurück auf die steinerne Hand zu stellen.

Ich richtete mich auf und sah Vorors weiße, flatternde Flügel, als er wild nach der schwarz vermummten Gestalt pickte.

»Zieh die Kapuze ab!« Ich schrie der Eule zu, als ich zitternd in die Mitte der Plattform kroch. Voror stürzte erneut auf die Gestalt zu, aber sie schlugen mit etwas Metallenem, Glänzendem auf ihn ein. Er kreischte, als es ihn traf, dann verschwand er außer Sichtweite.

»Voror!«»Ich sprang auf die Füße, aber ein höllischer Schmerz schoss durch die Wunde in meinem Fuß und ließ mich stolpern. Ich hielt mich an der nächsten Statue fest und stolperte erneut, als meine Sicht golden wurde.

Scheiße.

Ich hatte den freigelegten, goldenen Stab gepackt.

Als ich ihn losließ, sah ich Metall aufblitzen. Ich sprang gerade noch rechtzeitig zur Seite, um dem Messer auszuweichen, mit dem die Gestalt nach mir hieb. Ich erhaschte einen Blick auf eine schwarze Maske, die das Gesicht unter der Kapuze verdeckte.

»Wer bist du?«

Die Gestalt antwortete nicht, sondern trat erneut nach mir. Sie traf meine Hüfte, und ich taumelte rückwärts. Ich griff nach der Statue. Alles wurde golden, als ich die Spitze des Stabes ergriff. Aber das Gold war zu weich, um der Kraft meines Gewichts standzuhalten, und der Teil, den ich freigelegt hatte, brach in meiner Hand ab. Mein Magen drehte sich um. Alles schien sich wie in Zeitlupe zu bewegen. Der Schwung trug mich rückwärts, direkt über die Kante der Steinhand.

Ich schrie nicht, als ich fiel.

Das Geräusch von rauschendem Wasser erfüllte meine Ohren, und mein Haar wirbelte vor meinem Gesicht. Eine seltsame Ruhe überkam mich, und ich fühlte mich zufrieden, weil ich die gezackte Höhlendecke sehen konnte, anstatt in den tödlichen Abgrund blicken zu müssen, in den ich fiel. Alles war golden. Ich umklammerte noch immer den oberen Teil des Stabs, und irgendwie schien es passend, dass ich mit meinem Goldblick sterben würde.

Etwas prallte gegen meine Seite, und ich drehte mich in der Luft.

Ein erschrockener Schrei entkam meinen Lippen, aber ich fiel so schnell, dass ich kaum noch Luft bekam. Unter mir tauchte ein dunkler Teich auf, als ich mich in der dünnen Luft drehte, dann stürzte erneut ein weißer Fleck auf mich zu.

Voror?

Was hatte er vor?

Wieder rammte er mich, und als ich mich drehte, sah ich erneut das Wasser unter mir. Dieses Mal war ein

Fleck davon dunkler. Und näher. Übelkeit machte sich in meinem Magen breit, während ich mich weiter drehte. Ich kniff die Augen zu.

Ich würde jede Sekunde auf die Wasseroberfläche aufschlagen. Zweifellos würde mich der Aufprall umbringen, und falls nicht, dann würden es die Felsen darunter tun.

Voror prallte erneut gegen meine Seite, eine Sekunde bevor ich aufschlug.

Nur traf ich nicht auf Wasser. Meine Atemluft verließ meinen Körper, als mein Rücken auf etwas Weichen landete. Die Zeit schien, stillzustehen, als ich verzweifelt versuchte, Luft in meine Lungen zu bekommen. Dann begann Wasser, durch meine Kleidung zu sickern.

Ich sank.

Endlich strömte neue Luft in meine Kehle, und ich breitete meine Arme aus, um die Benommenheit zu vertreiben.

Ich lag auf einem Bett aus Pflanzen, und auf dem Wasser schwamm eine dicke Schicht Moos, die meinen Sturz abgefangen hatte.

Ich trat mit den Beinen. Das Wasser war eisig. Ich sah alles in Gold. Ich steckte den Stab in meine Tasche und stieß mich ins Wasser ab, aus Angst, mich im Unkraut zu verheddern und nach unten gezogen zu werden.

Benommen sah ich mich nach Voror um.

Er hatte meine Flugbahn so manipuliert, dass ich direkt auf das Unkraut fiel. Die Eule hatte mir das Leben gerettet.

Ich entdeckte ihn, als er über einem dunklen Riss in

der Höhlenwand kreiste. Er befand sich auf der gegenüberliegenden Seite der Felsen, auf die der Wasserfall
auftraf. Der Lärm war ohrenbetäubend, und ich hatte
das Gefühl, eine Art surrealen Traum gefangen zu sein.
Jeder Teil von mir schmerzte, und jede Schwimmbewe-
gung entzog meinem Körper weitere Energie.

Die Strömung zog mich auf den Riss zu, also ließ ich
mich treiben und versuchte, meine Kräfte zu schonen.
Ich warf einen Blick auf die Steinhand, aber sie lag so
hoch, dass sie nichts als ein dunkler Fleck an der Höhlendecke war.

Wer hatte gerade versucht, mich umzubringen? Wie
hatte diese Person überhaupt von der Höhle gewusst?
Und nicht nur das. Sie hatte gewusst, dass sie das Wasser
trinken musste, war in der Lage gewesen, die geheime
Tür zu öffnen und hatte verhindern können, dass sie
über den Ran des Sees getragen wurde.

Voror schrie, als ich die Felsspalte erreichte. Ich hatte
seine Feder nicht mehr, also konnte ich ihn nicht sprechen hören, aber er flog in den dunklen Spalt. In der
Annahme, dass ich ihm folgen sollte, schwamm ich ihm
hinterher.

Die Strömung nahm zu, und ein überraschter Schrei
verließ meine Lippen, als ich viel schneller mitgerissen
wurde, als ich erwartet hatte. Der Gang wand und
schlängelte sich durch den Felsen, und war kaum breit
genug für mich. Meine Arme blieben ständig am rauen
Felsen hängen, zerkratzten und zerrissen meine Haut.

Ich war gänzlich darauf konzentriert, meinen Kopf über Wasser zu halten, während ich für eine gefühlte Ewigkeit durch den Tunnel gespült wurde. Es war das Adrenalin, das mich weitermachen ließ, obwohl meine Erschöpfung drohte, mich nach unten zu ziehen. Jedes Mal, wenn ich dachte, mein Körper würde mir endgültig den Dienst versagen, hörte ich einen Schrei von oben und zwang mich, noch einmal mit meinen schmerzenden Beinen und meinen zerkratzten, blutenden Armen auszutreten.

Gerade, als ich dachte, aufgeben zu müssen, machte der Gang eine scharfe Biegung. Ich wurde gegen die kalte, raue Felswand gestoßen, dann sah ich Licht. Der felsige Tunnel öffnete sich.

Ich verspürte erst Erleichterung, dann Angst, als ich vom Berg in einen riesigen, tieferliegenden Fluss gespült wurde. Der Fall war nicht so hoch wie gedacht, aber es reichte aus, dass mein Körper gänzlich untertauchte. Ich öffnete erschrocken die Augen, als ich von dem kalten Wasser verschlungen wurde, und sie fingen sofort an, zu brennen. Ich nahm das letzte bisschen Kraft zusammen und brachte mich zurück an die Oberfläche.

Der Eulenschrei ertönte, kaum hatte ich meinen Kopf aus dem Wasser gestreckt, und ich sah mich rasch nach Voror um. Er war der einzige, weiße Fleck in der verschwommenen, düsteren Umgebung, und ich schwamm blind auf ihn zu. Gott sei Dank trafen meine Füße auf etwas unter dem Wasser.

Den Boden.

Ich stolperte. Mein Fuß pochte, und meine Knie

schrammten über den steinigen Boden, als ich mich praktisch an Land zog.

Ich brach auf dem zusammen, was ich für Sand hielt, und rollte mich keuchend auf den Rücken.

Meine Glieder fühlten sich an, als wären sie aus Blei. Neben mir schwebte eine weiße Feder herab, und ich zwang mich, meine Hand auszustrecken und sie zu ergreifen.

»Voror.«

»Reyna. Geht es dir gut?«

»Nein. Nein, es geht mir nicht gut. Aber dank dir lebe ich noch.«

»Meine Aufgabe ist es, der kupferhaarigen *Goldgeberin* beizustehen«, sagte er stolz.

»Bestnoten«, hauchte ich.

»Weißt du, wer das war, der versucht hat, dich umzubringen?«

»Nein. Du etwa?«

»Nein.«

»Weißt du, wo wir sind?«

»Nein, aber ich kann jedoch Raubtiere riechen und hören.«

Ich war außerhalb des Palastes.

Die Erkenntnis gab mir ein kleines bisschen neue Energie, und ich zwang mich dazu, mich aufzusetzen.

Ich saß am kleinen Ufer eines breiten Flusses. Auf beiden Seiten der Wasserstraße erhoben sich knorrige Bäume, und der zwielichtige Himmel, an dem kleine Sterne funkelten, war die einzige Quelle von Licht. Hinter mir ragte der Berg auf, und ich musste meinen Hals verrenken, um den Palast auf dem Gipfel zu sehen. Weit darunter glitzerten die Städte.

Wenn sich der Schrein mitten im Berg unter dem Palast befand, musste ich den ganzen Weg nach unten gefallen und dann auf dem Kanal nach draußen getragen worden sein. Ich war weit, weit weg von meinem Ausgangspunkt.

Ein fernes Heulen veranlasste mich dazu, mich umzudrehen und nach hinten zu schauen. Hier ragten dichte Bäume auf, die zum Glück nicht so verkrümmt oder unheimlich aussahen wie die, durch die wir am Tag zuvor geritten waren.

»Was für Raubtiere kannst du riechen?«, fragte ich Voror.

»Wölfe. Bären. Einige kann ich nicht identifizieren.«

Es waren nicht nur Raubtiere, vor denen ich mich außerhalb des Palastes in Acht nehmen musste. Wenn Menschen des Schattenhofs einen Runenträger fanden, würden sie ihn sofort töten.

»Was ist mit Menschen?«

»Das glaube ich nicht. Aber du blutest, und das wird die Fleischfresser anlocken.«

Ich betrachtete meine Arme und wünschte, ich hätte etwas Robusteres als Baumwolle getragen. Die Ärmel meines Hemdes waren zerfetzt und zerrissen und von Dutzenden blutigen Kratzern befleckt. Meine dicke Wollhose hatte sich besser geschlagen und hatte nur ein paar Risse an den Knien abbekommen. Meine Lederstiefel und das Mieder hatten sich gut gehalten.

»Ich brauche einen sicheren Ort, an dem ich mich ausruhen kann. Hast du eine Idee?«

»Mein Vorschlag wäre ein Baum.«

»Das liegt daran, dass du ein Vogel bist.«

»Und daran, dass Wölfe nicht auf Bäume klettern können. Da ist ein Rudel in der Nähe, und ich glaube, es kommt näher.«

KAPITEL 37

Das Ausruhen in einem Baum erwies sich als bequemer, als ich es mir vorgestellt hatte. Voror hatte einen Baum gefunden, der groß genug war, um mich aufzunehmen, und in dem es ein Geflecht aus dichten Ästen gab, die hoch über dem Boden eine Art Plattform bildeten.

»Können Bären hier hochklettern?«, fragte ich, als ich nach unten spähte. Zwischen dem Geäst des Baumes war es viel dunkler, da das Zwielicht des Himmels kaum durch die Krone dringen konnte.

»Manche könnten es, ja.«

Ich sah ihn an. Er saß auf einem Ast, ein paar Fuß von der Stelle entfernt, an der ich mich sicher verankert hatte. »Sind wir hier sicher?«

»Ich werde dich warnen, falls sich ein Bär nähern sollte.«

»Danke.« Es gab ein raschelndes Geräusch, und mein Körper verspannte sich.

»Eine Maus.«

»Woher weißt du das?«

»Mein Sehvermögen ist ausgezeichnet. Genauso wie mein Gehör. Ich bin dir weit überlegen.«

»Oh. Gut.«

Die Eule drehte langsam den Kopf. »Dafür hast du deinen magischen Sinn.«

»Du meinst den Goldblick?« Plötzlich wurde mir das Gewicht des zerbrochenen Stabs in meiner Tasche bewusst.

»Ja. Was passiert mit dir, nachdem du mit dem Gold gearbeitet hast?«

Ich schluckte. »Ich werde müde.«

»Und deswegen bist du lieber allein?«, fragte er zweifelnd.

»Ja. Ich mag es nicht, anderen gegenüber Schwäche zu zeigen.«

»Ah«, sagte er besänftigt. »Ich verstehe.«

Ich schloss die Augen und versuchte, mich an die Details der dunklen Vision zu erinnern, die ich kurz vor dem Angriff gehabt hatte.

Könnte das der Prinz gewesen sein? Und wenn ja, war das seine Mutter gewesen?

Oder war er die Gestalt gewesen, die aus der Dunkelheit aufgetaucht war, um die Frau und ihren Sohn zu töten?

Wenn sie herausfinden, was du wirklich bist, werden sie dich töten.

Ich konnte nicht anders, als zu glauben, dass sie über den Prinzen sprach. Ich wusste, dass er ein Geheimnis hatte. Warum sonst würden goldene Runen auf seiner Haut erscheinen?

Sie hatte seinen dreißigsten Geburtstag und einen Nebelstab erwähnt. Ich hatte noch nie von einem Nebelstab gehört, aber könnte es das sein, was der Prinz so verzweifelt finden wollte? War es das, wobei ich ihm helfen sollte?

Eine Woge der Müdigkeit überkam mich und machte es mir schwer, klar zu denken.

»Was wirst du jetzt tun?«, fragte Vorors Stimme in meinem Kopf. »Du hattest beschlossen, nicht zu fliehen, aber jetzt bist du hier. Frei.«

Derselbe Gedanke kreiste in meinem Kopf umher, seit ich aufgehört hatte, um mein Leben zu schwimmen.

Ich war außerhalb des Palastes, aber nichts war mehr, wie zuvor.

»Ich bin nicht frei.«

»Du bist nicht gebunden.« Meine Augen öffneten sich bei seinen Worten.

»Doch, das bin ich. Gebunden. An den Prinzen.«

Voror blinzelte mich an. »Metaphorisch?«

»Magisch. Ich bin seine Verlobte.« Ich atmete tief aus. »Ich bin auch an meine Freunde gebunden. Ich habe ihnen versprochen, dass sie nicht verletzt werden würden. Solange ich hier bin, kann ich dieses Versprechen nicht halten.«

»Du hast vor, in den Palast zurückzukehren?«

»Wenn ich fliehe, werde ich gefunden und meine Freunde getötet. Das hat der Prinz deutlich gemacht. Und selbst wenn ich damit leben und dem Prinzen entkommen könnte – was unmöglich ist – wird deine mysteriöse Fae wahrscheinlich auftauchen«, sagte ich mit einem Schulterzucken. »Davor kann ich nicht weglaufen.«

Die Eule drehte langsam den Kopf. »Stimmt. Du hast ein Schicksal zu erfüllen. Dem Schicksal kann man nicht entfliehen.«

Ich schloss die Augen. »Also, hier ist ein Satz, von dem ich nie gedacht hätte, dass ich ihn je sagen würde. Ich werde etwas schlafen, und sobald ich mich kräftig genug fühle, machen wir uns auf den Weg zurück zum Palast des Schattenhofs.«

Während Voror Wache hielt und ich darauf vertraute, dass die Äste mein Gewicht halten konnten, war ich innerhalb von Sekunden eingeschlafen. Ich war ganz einfach zu erschöpft.

Ein scharfes Ziepen an meinem Arm riss mich aus dem Tiefschlaf.

»Reyna.« Vorors telepathische Stimme klang anders. Mein Körper war steif und schmerzte, aber mein Geist wurde schnell wach.

»Was ist los?« Es war dunkel. Selbst das schwache Licht, das vom Himmel kam, wirkte düsterer, und ich konnte die weiße Gestalt der Eule nur knapp erkennen.

»Etwas kommt.«

»Wölfe? Die Bären, die auf Bäume klettern können?«

»Nein. Etwas viel Schlimmeres.« Er klang … verängstigt.

Mein Magen verkrampfte sich. »Was?«

»Ich hoffe, ich liege falsch, aber der Gestank ... Ich fürchte, er ist unverkennbar.«

Meine Haut fühlte sich an, als würde sie sich mit Eis überziehen. »Gestank?« Auf ein knackendes Geräusch in der Ferne folgte ein langes Heulen.

»Reyna, ich weiß nicht, ob du hier bleiben, dich verstecken oder weglaufen solltest.«

Meine Augen gewöhnten sich an die Dunkelheit, und ich konnte seine Flügel flattern sehen. Es erscholl ein weiteres Heulen, das sich in ein Jaulen verwandelte und dann abbrach. Lähmende Angst durchströmte mich.

»Voror, bitte. Was kommt?«

»Die Hungernden.«

Blut schoss in meine Ohren, meine Haut kribbelte vor Angst. »Nein. Das kann nicht sein.«

»Bleib hier.« Er schlug mit den Flügeln und hob vom Baum ab.

»Voror!«, zischte ich, aber er war weg. Ich steckte seine Feder in den Bund meiner Hose und bewegte mich dann so leise wie möglich in eine bessere Position, sodass ich den Waldboden sehen konnte.

Er musste sich irren. Es war Jahre her, seit jemand einen Hungernden gesehen hatte.

Abgesehen von dem, den du am Wurzelfluss gesehen hast, dachte ich und schluckte schwer.

Und die, die du in deinen Visionen siehst.

Ein Rascheln von oben ließ mich scharf Luft holen, dann schwebte Voror durch die Äste nach unten.

»Fehlalarm?«, flüsterte ich hoffnungsvoll.

»Du wirst ihnen nicht entkommen können.«

Ich erstarrte. »Sind sie es wirklich?«

»Ja. Mehr, als ich je auf einmal gesehen habe.« Die Eule klang so ernst und verängstigt, wie ich mich fühlte.

»Odin steh uns bei. Vielleicht gehen sie direkt an uns vorbei, wenn wir keinen Laut von uns geben.«

»Sie werden deine Wunden riechen können.«

»Was?« Ich starrte durch die Äste auf den Wald unter mir. Mein Puls raste. Eine Bewegung erregte meine Aufmerksamkeit, und mein Herz setzte einen Schlag aus.

Etwas Dunkles bewegte sich ruckartig zwischen den Bäumen.

Die humanoide Gestalt war nichts als eine schwarze Silhouette, die sich fortbewegte, als würde sie ein Bein hinter sich herschleifen. Sie hatte einen ausgeprägten Buckel auf der rechten Schulter.

Ein jammerndes Heulen drang zwischen den Bäumen hindurch, und jeder Muskel in meinem Körper versteifte sich.

Im Wald tauchten weitere Gestalten auf, die sich fahrig und unbeholfen bewegten.

Wie aus dem Nichts brach eine verfaulende Hand durch die Äste unter mir, und ich trat panisch aus. Mein Atem ging so schnell, dass mir schwindelig wurde. Eine überwältigende Angst verschlang meine Sinne.

Kalte, schleimige Finger schlossen sich um meinen Knöchel und zerrten fest daran.

»Voror!«, schrie ich, als ich von dem Ast gerissen wurde. Ich streckte eine Hand aus und versuchte, irgend-etwas zu packen, aber der Griff um mein Bein war zu stark. Baumrinde schrammte über meine Glieder, als ich nach unten gezogen wurde und gegen Äste prallte.

Wehklagen drang an meine Ohren, während ich mich abmühte, und der Gestank wurde überwältigend. Verrottendes, ekelhaft süßliches Fleisch. Der Griff um mein Bein lockerte sich, und meine Füße berührten den Boden, doch meine Sicht wurde immer noch von dichten Ästen verdeckt.

Ich rannte los.

In der Dunkelheit konnte ich nicht richtig sehen, doch ich wusste, dass ich von Kreaturen umgeben war. Ich sah ein Auge hier, einen aufgerissenen Kiefer dort, dann ein zusammengenähter Arm und Knochenfinger, die in Sicht kamen und wieder verschwanden, als ich panisch weiterlief.

Sie hielten mit, packten meine Kleidung, zogen an meinen Schultern und rissen mich jedes Mal zurück, wenn ich zu entkommen versuchte. Es war ein Spiel. Sie hatten mich bewusst laufen lassen. Jetzt jagten sie mich und spielten mit ihrem Essen.

Wir waren von dicken Bäumen umgeben, und jedes Mal, wenn ich ihren Griff entglitt, stieß ich gegen einen Baumstamm. Mein Fuß verfing sich in einem Gewirr aus Wurzeln, und mit eisigem Schrecken fiel ich auf die Knie.

Sie hatten mich.

Aber ich kämpfte und versuchte, wieder auf die Beine zu kommen. Zu fliehen.

Sofort waren sie wieder über mir und verdeckten das Licht. Rote Mäuler, verfaulte Hände und entblößte Zähne, die vor Aufregung klapperten.

Sie würden mein Fleisch fressen und mich in Stücke reißen. Dann würden sie mich aus dem wieder zusammennähen, was von ihren anderen Opfern übrig geblieben war.

Dann würde ich einer von ihnen werden.

Eine eisige Kälte hüllte mich ein, und ich wusste, dass dies das Ende war. Meine Angst wurde so überwältigend, dass ich spürte, wie mir die Sinne schwanden. Ich betete darum, ohnmächtig zu werden, als ein heftiger Schmerz durch mein Schulterblatt fuhr.

Aber ich blieb wach. Die Kälte wurde intensiver, und dann wurde das Gejammer lauter.

»Lauf!«

Lähmende Angst kämpfte gegen die Realität der lauten Stimme, die mir zugerufen hatte. Die Hände und Zähne, die an mir zerrten, verschwanden. Licht drang zwischen den Körpern der zurückweichenden Monster hindurch.

»Reyna, hörst du mich? Lauf!«
Der Prinz.

Völlig synchron drehten sich die Hungernden um mich herum um und knirschten und klapperten mit den Zähnen.

Eine Explosion schwarzer Schlangen brach aus dem Boden hervor und wand sich um die fauligen Körper. Ich kam taumelnd auf die Füße und drehte mich blindlings um. In der Dunkelheit sah ich etwas Weißes, also zwängte ich mich zwischen den um sich schlagenden

Monstern hindurch und rannte auf das zu, von dem ich hoffte, dass es Voror war.

Ich erreichte die Eule und prallte gegen den Baum, auf dem sie saß. Ich umklammerte den Stamm, während ich nach Luft rang.

»Er ist stark. Aber ich weiß nicht, ob er stark genug ist.«

Ich drehte mich um. Mir war übel, und Adrenalin durchströmte mich.

Prinz Mazrith stand auf der Lichtung, und bei seinem Anblick stockte mir der Atem.

Er glich einem verdammten *Gott*.

Seine Augen stachen schneeweiß aus der Dunkelheit, und sein Stab glühte silbern, als sich seine Schatten daraus ergossen. Sie ballten sich zu Schlangen, wickelten sich um die abscheulichen, verrottenden Kreaturen und zerrten sie zu Boden. Einer von ihnen stürzte auf ihn zu. Ein weiterer Schatten schoss aus dem Stab hervor, und als er das Monster erreichte, drang er in das klaffende Loch in seiner Brust ein. Der Hungernde erstarrte, dann explodierte er.

Ich umklammerte den Baumstamm fester und presste mich gegen die Rinde. »Für mich sieht er stark genug aus«, flüsterte ich.

Eine Stimme sang in der Dunkelheit, und der Prinz hielt inne.

»Goldene, Dunkle, Hungernde«, sang die Frauenstimme. »Zu hell, zu blind, zu gierig.«

Die Schattenschlangen, welche die Hungernden am Boden festhielten, begannen, auseinanderzubrechen, und der Prinz knurrte. Mehr Schatten strömte aus seinem Stab, und die abscheulichen Kreaturen begannen, ein neues Geräusch von sich zu geben, ein kicherndes, lachendes Kreischen.

Meine Knie wurden schwach, als die Stimme wieder sprach, und in der Ferne zwischen den dichten Bäumen sah ich eine Gestalt. Eine große Gestalt, so groß wie der Prinz. »Habt Ihr Hunger, Eure Hoheit?«

»Verlasst mein Reich!«, brüllte der Prinz.

»Ihr wisst nicht, wie das ist, oder? Zu essen und zu essen und zu essen und niemals die Glückseligkeit zu empfinden, satt zu sein.« Sie stieß ein kleines Lachen aus. »Nun, vielleicht wisst Ihr es doch. Wonach sehnt Ihr Euch, Euer Hoheit? Fleisch? Knochen? Die Schreie Eurer Feinde?«

Die Gestalt war zwanzig Fuß vor der Menge der Hungernden stehen geblieben, von denen die meisten wieder auf die Füße gekommen waren und mich und den Prinzen anstarrten. Vor Angst stand ich wie angewurzelt da. »Verlasst mein Reich«, zischte Prinz Mazrith. »Sofort.«

»Gebt uns das Mädchen.«

Mein Magen drehte sich um, und meine Haut wurde von Gänsehaut überzogen.

»Niemals.«

»Ihr werdet sie zurückbekommen. Wenn wir mit ihr fertig sind.«

»Ihr werdet sie nicht bekommen«, knurrte Mazrith. Schatten wogten um ihn herum und brachen dann über die Menge der Hungernden herein.

Plötzlich war es zu dunkel, um etwas zu sehen. Ich konnte das Jammern und Schreien der Hungernden und das Gebrüll des Prinzen hören, aber ich konnte nichts sehen.

»Hoch mit dir! Steh auf!« Es war Voror. Blind tastete ich mich an dem Baumstamm hinter mir entlang. Meine Gedanken waren ein wirres Chaos aus Angst und Verwirrung. Ich wusste nur, dass ich nicht vor ihnen davonlaufen konnte.

Ein neues Brüllen ertönte, als ich mich verzweifelt am Baum emporzog.

Ich hatte dieses Brüllen schon einmal gehört.

Ich riskierte einen Blick zurück über meine Schulter und sah einen Bären, mindestens sechs Fuß groß, der durch die Bäume auf die Gestalt zustürzte. Silberne Bänder schimmerten um seine Schultern und Beine herum, genau wie bei Jarl.

Es gab einen ohrenbetäubenden Knall, dann gab es eine Lichtexplosion, die den Wald verschlang, gerade als der Bär auf die Gestalt einschlug. Ich drehte meinen Kopf weg, presste mich gegen den Baumstamm und schirmte meine Augen vor dem schmerzhaft hellen Licht ab. Ein klagendes Heulen setzte ein, genau wie das Geräusch, das ich in meinen Visionen hörte, und brach dann abrupt ab. Es gab ein knirschendes Geräusch, gefolgt von einem menschlich klingenden Stöhnen.

Ich drehte mich langsam um.

Der Prinz stand an einer Stelle, die jetzt einer Lichtung glich. Es sah aus, als hätte ein Feuer den Wald um ihn herum verwüstet, und die zerfetzen Teile von zwanzig oder mehr Hungernden lagen auf dem verbrannten Boden.

Der riesige Bär war stand weit hinter ihm und riss etwas von einem der Körper.

Meine vor Angst aufgerissenen Augen wanderten zurück zu Mazrith. Der Blick seiner strahlenden, eisblauen Augen traf auf meinen. »Sie kommt«, sagte er.

»Wer?«

»Die Königin. Lauf.«

Dann brach er auf dem Boden zusammen.

DANKE FÜRS LESEN!

Vielen Dank, dass Sie *Hof der Raben und des Untergangs* gelesen haben. Ich hoffe, das Buch hat Ihnen gefallen! Und ich entschuldige mich für das offene Ende. :)

Die Geschichte geht im nächsten Buch, *Hof des Goldes und der Gier*, weiter.

Erhalten Sie exklusiven Zugang zu Zwischensequenzen und ersten Einblicken in Kunst und Handlung, sowie kostenlose Kurzgeschichten und Hörbücher, wenn Sie sich für meinen Newsletter auf elizaraine.com anmelden.